Veux-tu passer tous
tes Noël avec moi ?

EMILY BLAINE

VEUX-TU PASSER TOUS TES NOËL AVEC MOI ?

ROMAN

HARPERCOLLINS FRANCE
83-85, boulevard Vincent-Auriol, 75646 PARIS CEDEX 13.

www.harlequin.fr

ISBN 978-2-2804-7855-7 — ISSN 2271-0256

Chapitre 1

— C'est vrai, Evan ?

Je fixai celui qui faisait partie de mes meilleurs amis avant de lever un sourcil d'incrédulité. Puis je croisai les bras sur mon torse, soucieux de sa réponse. Il m'avait appelé ce matin, me demandant de le rejoindre chez lui pour travailler sur la tournée à venir… et nous nous retrouvions dans une des chambres de son appartement, à des années-lumière de la soirée que j'avais imaginée. Posté près d'une commode, Evan l'agrippa, attendant que je l'imite pour l'aider à la déplacer.

— Je n'ai pas besoin de tes commentaires, dit-il finalement, une lueur d'agacement dans le regard.

— De toute évidence. Mais tu aurais pu me prévenir !

— Si je l'avais fait, tu ne serais pas venu.

— Oh ! donc, tu préfères me mentir ?

— Max, quand on te dit rendez-vous à 18 heures, tu arrives à 20 heures.

— Oui, et à 20 heures, généralement, je réalise que j'aurais pu arriver à 21 heures.

— On te ment pour ton bien et pour le nôtre : sinon, on passerait notre vie à t'attendre. Donc, oui, j'ai un peu arrangé la vérité pour que tu viennes ici !

Je posai brutalement au sol la commode que je peinais à déplacer, vaguement contrarié par les révélations d'Evan. Je pouvais admettre mes difficultés à être à l'heure – voire parfois à être juste présent –, mais le voir échafauder tout un stratagème pour pallier ce minuscule défaut était vexant. À la réflexion, il n'était d'ailleurs peut-être pas le seul. Curieux, je demandai :

— Comment ça « on » te ment ?

Il soupira puis lâcha à son tour le meuble avant de répondre :

— « On », c'est-à-dire tous les gens qui doivent d'une manière ou d'une autre composer avec le fait que tu vives dans ton propre fuseau horaire. Sans oublier ton humeur charmante de ces derniers mois.

— Maintenant, je suis vraiment vexé.

— Est-ce que cette vexation t'empêche de m'aider à bouger ce meuble ?

— Tu m'as fait venir ici, dans un froid polaire et sous la neige, sous un prétexte fallacieux !

— Est-ce ma faute si l'hiver débarque en avance ?

— Ça sera ta faute si j'attrape une pneumonie !

— Parfois j'oublie ton côté *drama queen* ! Achète-toi un pull épais et mets un bonnet. Je te promets qu'on va aussi préparer la *setlist* pour la tournée qui arrive, mais là, tout de suite, j'ai besoin de toi pour ce meuble !

— Mec, on est dans les tops des ventes, la tournée affiche complet et tu ne peux pas payer des gens pour faire ça à ta place ?

— Soulève cette commode, Max ! m'ordonna Evan.

Pour la forme, je ronchonnai avant de m'exécuter. Nous transportâmes la lourde commode de la chambre d'Evan jusqu'au salon, la poussant contre un des murs. Une montagne de cartons s'élevait dans la pièce, signe visible du déménagement en cours de mon ami. Avec Juliette et leur joyeuse marmaille – Gloria, sa nièce, et Thomas, son fils –, ils avaient finalement décidé d'abandonner Paris pour la banlieue verdoyante.

— Il faut aussi rapporter les deux fauteuils et la lampe, m'indiqua Evan.

— Pitié, dis-moi qu'ensuite on pourra boire une bière et manger une pizza.

— J'avais promis quelque chose ? s'amusa Evan.

— Non. Mais j'ai faim. Et si on doit s'amuser à vider les pièces et à parler de mon aimable personne j'aime autant le faire le ventre plein et à tes frais !

— Nic doit apporter à manger. Viens m'aider !

Sans attendre ma réponse, il remonta le couloir et s'engouffra dans l'une des chambres. Je le suivis sans comprendre la raison de ce trafic de mobilier. Normalement, son déménagement devait se terminer dans le courant de la semaine suivante, ces meubles n'avaient pas à être bougés. Alors que nous déplacions les fameux fauteuils dans le salon, la sonnerie de la porte retentit. Evan alla ouvrir, laissant apparaître Nic avec quatre cartons de pizza.

— Je suis en retard ? s'alarma-t-il, ses yeux passant d'Evan à moi.

— Non, c'est Max qui est un peu en avance, ricana Evan.

— Et on s'étonne qu'il neige en novembre…

— Hé, je suis là ! protestai-je, en agitant les mains.

— Oui, d'où notre étonnement ! s'esclaffa Nic.

— Il m'a menti, expliquai-je. Je pensais venir pour travailler la *setlist* et je me retrouve dans un déménagement clandestin, grommelai-je.

— Tous ces muscles vont enfin servir à quelque chose ! s'exclama Nic, hilare.

Je râlai dans ma barbe, avant de lui arracher les pizzas des mains. Depuis que Nic et Evan étaient chacun en couple, ils avaient une fâcheuse tendance à agir en pères de famille responsables et à me traiter comme si j'étais un adolescent attardé. Je les adorais, mais la situation commençait à me peser.

— Oh ! et merci ! Ces meubles sont pour Louise, pour sa nouvelle boutique, expliqua finalement Nic, avec une fierté non dissimulée.

— Pitié, non ! râlai-je.

— Quoi « non » ? demanda Evan.

— On a des pizzas, des bières et on est tous les trois ensemble : je refuse qu'on passe la soirée à s'extasier sur vos copines respecti...

— Fiancée, corrigea Nic.

Il était tellement fier et débordant de bonheur que ça me donnait presque la nausée. Pendant des années, Nic avait été mon plus fidèle partenaire de soirée pour écumer les bars et draguer les filles, affirmant haut et fort que nous étions des rock stars et que notre liberté comptait plus que tout.

Et maintenant Nic était fiancé à Louise, chocolatière fan de Noël, et Evan roucoulait avec Juliette en plein bonheur familial. Tout ce bonheur étalé aux yeux du monde était un peu écœurant.

— Peu importe, soufflai-je. Est-ce qu'on peut se faire une soirée... sans parler d'elles ? J'avais compris qu'on devait bosser !

— C'est vrai, c'est vrai, admit Evan. Promis, on va faire un effort. Merci pour les meubles.

— Oui, merci, renchérit Nic. Louise ouvre officiellement dans quelques jours et il lui manquait quelques éléments pour parfaire sa décoration.

À nouveau, l'ombre d'un sourire heureux flotta sur ses lèvres. Je poussai un soupir, un peu dépité. Je devais admettre que Louise se débrouillait très bien depuis son arrivée dans la capitale. Je l'appréciais d'autant plus qu'elle n'avait pas utilisé la notoriété de Nic pour réussir. Leur couple était resté longtemps dans l'ombre et je savais que Nic prisait cette discrétion : il détestait voir des photos de sa fiancée et de lui dans la presse à scandale.

— Juliette travaille sur la soirée d'ouverture, reprit Evan. Enfin, c'est ce qu'elle me dit pour justifier les boîtes de chocolats qu'elle achète chaque semaine !

— Tu réalises que la dernière fois toutes ses fringales avaient une explication ? lui rappelai-je, dans un sourire.

— Je m'en souviens très bien. Et je me souviens aussi très bien de ton cadeau de naissance et, au risque de me répéter, Thomas ne sera pas batteur.

— Thomas serait la cerise sur le gâteau. À vrai dire, je mise plutôt sur Gloria. Elle a un excellent sens du rythme et du contre-rythme. Gros potentiel, assurai-je pour faire enrager Evan.

Je ne mentais pas : Gloria avait une véritable prédisposition pour la musique. Michael, son père, était un guitariste hors pair. Après l'accident qui avait coûté la vie à celui-ci ainsi qu'à sa femme, Evan avait recueilli sa nièce âgée de quelques mois seulement et il avait aussitôt tenté de l'initier à la guitare. En vain. Malgré tous les efforts et les dénégations d'Evan, Gloria préférait les percussions. J'avais eu l'occasion de l'asseoir – clandestinement – derrière une batterie et elle parvenait déjà à reproduire un rythme complexe.

— Gloria a un père guitariste et un père adoptif bassiste. C'est déjà un compromis que j'aie autorisé Nic à l'initier au piano.

— Elle veut frapper sur une batterie, Evan.

— Plus tu l'en empêcheras, plus elle voudra en faire, ajouta Nic.

Evan lâcha une grimace, à court d'arguments. Il savait que Nic avait raison. Pour avoir régulièrement discuté avec Lydie, leur mère, je connaissais l'histoire d'Evan et de son frère Michael. Ce dernier avait entraîné son frère dans la musique, et très vite Lydie avait abandonné l'idée de les faire renoncer à leur passion.

— Au moins, je sais où ils sont et je m'évite une crise d'angoisse, m'avait-elle confié tout en regardant avec bienveillance ses deux fils gratter leurs guitares dans leur minuscule salon.

— Je ne peux jouer qu'au lycée, avais-je marmonné, jaloux de ce qui était pour moi la liberté ultime.

Elle avait posé une main sur mon épaule, en signe de soutien, avant de proposer de m'aider à répéter ma leçon d'histoire. Lydie était ce qui se rapprochait le plus d'une figure maternelle dans mon univers. Présente, aimante, prête à me soutenir et à m'accueillir chez eux chaque fois que je le souhaitais. Leur foyer avait été un véritable refuge pendant mes années d'adolescence.

— Concentre-toi sur ton contrôle d'histoire. Un jour ou l'autre, mes fils finiront par comprendre que les études étaient la bonne voie à suivre et ils viendront vivre chez toi pour manger à leur faim, avait-elle lâché en riant et en s'emparant de mon cahier.

— On va monter un groupe, avais-je assuré.

Je me souvenais encore du sourire empreint de douceur qu'elle m'avait adressé. Elle n'y avait certainement pas cru. Pour être honnête, à l'époque, je n'y avais pas vraiment cru non plus, mais cette idée farfelue m'avait aidé à garder la tête hors de l'eau tandis que mon monde éclatait de toutes parts : mon père quittait la maison et ma mère, malheureuse comme les pierres, cherchait son bonheur dans les paradis artificiels. Je m'y étais accroché coûte que coûte.

— Alors, dis-moi ce que tu sais de l'insurrection de Budapest ? avait-elle demandé.

Entre deux riffs de guitare de Michael et les accords plus approximatifs d'Evan, j'étais parvenu à débiter ma leçon. Je ne l'avais pas fait pour moi, mais uniquement pour Lydie. Parce qu'elle croyait en moi et que c'était agréable d'avoir quelqu'un qui vous écoutait quand vous parliez.

— Bon, on les mange ces pizzas ? proposai-je.

Evan et Nic me suivirent jusqu'au salon d'Evan. Comme nous l'avions fait des centaines de fois, nous nous installâmes sur son canapé, les cartons de pizza ouverts devant nous et avec pour fond sonore un vieux vinyle sélectionné par Evan. Cela me rendait un peu nostalgique. Cela faisait plus de douze ans que nous avions formé le groupe et ce rituel de soirées pizza n'avait pas évolué. À chaque signature de contrat, lors de la préparation de notre première tournée et à chaque nouvelle conception d'album nous nous réunissions ainsi.

En fait, si, notre rituel avait évolué malgré lui, forcé par le destin et ses tours tragiques. Depuis plus de trois années, nous n'étions plus que trois : Michael, son rire tonitruant et son sens de la dérision avaient disparu. J'aurais aimé dire que j'avais repris le flambeau, mais sa personnalité était inimitable et son absence laissait un vide impossible à combler. Aujourd'hui encore, mon ami me manquait douloureusement.

Evan s'arma d'un feutre et d'une feuille de papier et, après une courte discussion, lista cinq premiers morceaux choisis parmi notre discographie. Je fronçai des sourcils, gêné par son choix, puis déclarai avant d'engloutir un morceau de pizza :

— Ça fait… tournée d'adieux.

— Ce sont les morceaux qu'on nous réclame le plus régulièrement, répondit Nic.

— Probablement, mais on pourrait peut-être proposer des titres plus récents. Voire des inédits.

Evan arqua un sourcil, pas vraiment convaincu. Il échangea un regard avec Nic, qui haussa les épaules, perdu lui aussi.

— Ce que je veux dire, repris-je, c'est qu'on tourne en rond. Les mêmes morceaux, les mêmes transitions… C'est la routine et on finira par lasser si on ne change rien. Ça fait deux ans que nous n'avons fait aucun concert. Les fans méritent qu'on leur prépare un spectacle mémorable, pas un truc réchauffé…

— Max…

— Les critiques doivent nous attendre au tournant. Techniquement, on a eu deux ans pour préparer ces concerts. Ça ne peut pas être… minable. Et ce n'est pas ce que Michael aurait voulu, terminai-je.

Un silence pesant s'installa dans le salon. Nous n'en parlions jamais. Ce n'était ni tabou ni secret. Mais, tacitement, nous avions choisi de nous protéger. Et nous protéger consistait à éviter d'évoquer Michael, son souvenir ou ce qu'il aurait fait dans telle ou telle situation. Malgré le temps qui s'était écoulé depuis sa mort brutale, chaque évocation du frère d'Evan nous replongeait dans nos douleurs respectives.

Evan reposa sa feuille et son feutre, pendant que je me levais puis me dirigeais vers la baie vitrée. Il neigeait toujours sur la capitale et je regrettais désormais de ne pas avoir pris de bonnet. J'habitais à trois rues d'ici, mais j'avais une affection toute mesurée pour le climat hivernal.

— Pourquoi fait-on cette tournée déjà ? demandai-je, restant dos à eux.

— Pour rencontrer les fans, se faire plaisir, jouer en…

— Comme d'habitude, coupai-je Nic. La tournée est courte : on a moins d'une dizaine de dates. On pourrait se permettre de changer un peu notre routine. J'ai l'impression que… je ne sais pas, qu'on a peur de changer quoi que ce soit depuis la mort de Michael.

— Ce n'est pas vrai, intervint Evan.

Je pivotai vers mes amis. Nous nous connaissions depuis suffisamment longtemps pour être francs et directs. L'équilibre du groupe en dépendait : j'avais l'énergie et l'envie, mais faire et refaire inlassablement la même chose était en train de ronger ma motivation et mon inspiration.

— Si, c'est vrai, objectai-je avec conviction. Je ne blâme personne. J'ai accepté tout ça, mais là… j'ai besoin que ça change. On a une semaine de répétitions devant nous avant la première date, on peut encore proposer quelque chose de différent.

À nouveau, Evan et Nic échangèrent un regard. Nous avions toujours été honnêtes les uns envers les autres, mais que je partage mes états d'âme était assez inédit. Généralement, j'expulsais mes sentiments à travers la batterie. C'était assez bruyant et fatigant pour m'apaiser.

Cette fois, il ne s'agissait pas que de moi, mais aussi et surtout du groupe. Nous tournions en rond, nous répétions les mêmes chansons, nous écoutions les mêmes artistes et ce sur-place était inquiétant. Le groupe était toute ma vie, si je perdais ça, je perdais tout. Ce vase clos sinistre était étouffant et risquait de ruiner nos dernières bribes de créativité.

Devant leur silence, je continuai :

— Michael nous aurait poussés à être plus créatifs, à produire de l'inattendu ou à générer de la curiosité. Evan, tu as écrit ce début de liste si vite que je suis persuadé que tu n'y as même pas réfléchi. C'était automatique.

Il jeta un œil à sa feuille et poussa un soupir qui avait valeur d'aveu. Je ne voulais pas lui faire de la peine – même si évoquer son frère lui en faisait certainement –, mais nous devions avancer maintenant.

— Qu'est-ce que tu proposes ? demanda Nic avec prudence.

— Il faut… tester. On pourrait prendre la journée de demain pour construire une nouvelle *setlist*. On joue, on tente des trucs et on garde ce qui fonctionne. Et on essaye de s'amuser, conclus-je.

Evan resta muet, les yeux toujours rivés sur sa liste. Je passai une main sur mon visage fatigué, me demandant si je n'avais pas fait trop de dégâts. J'avais l'habitude qu'on me juge sur mes humeurs changeantes et mes colères – c'était même un sujet de plaisanterie.

J'approchai d'Evan et de Nic et je m'emparai d'une nouvelle part de pizza. Nic m'adressa un sourire compréhensif, avant de scruter Evan. L'équilibre du groupe avait toujours tenu sur notre capacité à parler de tout, sans craindre que cela ne provoque colère ou incompréhension. Mon regard passa alternativement de Nic à Evan, cherchant, sur leurs visages, un indice de leur état d'esprit.

— Il a raison, souffla finalement Nic. Ce ne sont que quelques dates, on peut se permettre de déroger à la mécanique habituelle.

— On peut et on doit, renchéris-je en mordant dans ma pizza. Les mecs, c'est bientôt Noël, même le public sera en mode festif.

Evan poussa un soupir, avant de braquer les yeux sur les photos accrochées au mur de son salon. Il y en avait des dizaines : du groupe, de son frère, de Juliette, de nos concerts. Toutes nos vies étaient étalées dans ce salon. Je me demandais s'il réfléchissait à ma proposition ou s'il s'inquiétait de ce qu'aurait pu en penser Michael. Soudain, il marmonna :

— Je ne sais pas ce qui m'agace le plus : le fait que tu aies raison ou t'entendre parler la bouche pleine !

— Sûrement les deux : je suis un homme aux multiples talents, dis-je dans un sourire.

— Comme si je ne le savais pas.

— Evan, je t'assure que…

— Je suis d'accord, me coupa-t-il, d'une voix assurée. Michael passait son temps à nous secouer et nous pousser à innover.

Il darda son regard sombre dans le mien et, en une seconde, l'ambiance s'allégea. Je terminai ma part de pizza, soulagé. Je n'avais pas pris conscience d'à quel point cette routine pourtant si rassurante me pesait.

— Il va falloir retravailler la scénographie et l'éclairage, fit remarquer Nic. Si on veut aller au bout de l'idée de Maxime et modifier drastiquement le contenu, il faut que la forme évolue aussi.

— Mais on ne change pas le fait que le dernier concert est la soirée de charité à Paris, objecta Evan. Juliette a déjà tout planifié et…

— Sans problème, dis-je. Je m'en voudrais de ruiner le travail de Juliette. Et puis, mon domaine, c'est la musique, pas vraiment la philanthropie.

— Pour ça, il faut aimer les gens, ricana Nic.

— Tu as prévu quelque chose à mettre aux enchères ? Une montre peut-être ? plaisanta Evan.

En guise de réponse, je levai mon majeur, balayant ainsi les dernières bribes de gravité de notre conversation. Je préférais me concentrer sur la musique : au moins, elle ne me demandait pas de comptes ni d'explications. Ma liberté n'avait aucun prix.

— Avant d'attaquer la quatre fromages, il y a encore un point à aborder, annonça Evan.

Je hochai la tête, l'écoutant d'une oreille distraite. J'avais parlé musique, le reste m'importait peu. Evan et Nic avaient l'habitude de gérer nos tournées, je me contentais de me pointer, de m'installer derrière la batterie et d'assurer le spectacle.

— Pour la tournée ? demanda Nic.

Evan se contenta d'opiner, pendant que j'ouvrais le carton de la fameuse quatre fromages. Il y eut un silence, qui suffit à me faire relever les yeux vers mes deux meilleurs amis et demander :

— Quoi ? C'est quoi le problème ?

Tandis que le silence s'étirait de façon suspecte, je listai les sujets principaux de la tournée. Nous avions évoqué la musique, les visuels, les dates, les salles, la soirée de charité. Nous tournions avec nos équipes techniques habituelles, le régisseur était même devenu un ami… Pour moi, tout était prêt.

Soudain, je compris. Evan et Nic n'auraient pas pris autant de précautions à propos d'une simple question technique. Non, il s'agissait d'*elle*. *Elle* dont nous évitions soigneusement de parler ; du moins, depuis son départ avec un autre groupe, presque deux ans auparavant. Sous leurs regards insistants, je ravalai ma colère froide et choisis de les ignorer en me concentrant sur la pizza.

— Il faut que tu l'appelles, m'indiqua Evan.

Devant mon absence de réaction, il abattit le seul argument capable de me faire flancher :

— C'est ce que Michael aurait voulu.

Chapitre 2

— Tu es certaine que tu ne veux pas venir dîner avec nous ? proposa Noah.

— Je suis en train d'encaisser le décalage horaire, je risque de m'endormir dans mon assiette.

— Tu as survécu à toutes nos soirées, tu ne vas quand même pas manquer la dernière ?

— Tu me raconteras ! proposai-je en ouvrant la portière de la voiture.

Le froid parisien me saisit et je réprimai un frisson désagréable. Mes chaussures crissèrent sur la neige et je regrettais maintenant de ne pas avoir prolongé la tournée par des vacances ensoleillées. Je fermai mon blouson, captant un sourire complice de la part de Noah. Il coupa le moteur et sortit à son tour du véhicule avant de le contourner et d'ouvrir le coffre pour en extraire mes deux imposantes valises. Je ne parvenais toujours pas à comprendre comment ma vie tout entière avait pu tenir dans si peu de place. C'était un peu déprimant, à la réflexion.

— On s'appelle dans la semaine, promis-je à Noah.

— Tu me dois un dîner, me rappela-t-il.

— Je sais.

— Un vrai dîner. Pas un truc commandé à manger sur ton canapé !

— Beaucoup d'hommes seraient ravis de manger sur mon canapé !

— Je sais. Disons que j'aime faire les choses dans l'ordre. Tu veux que je t'aide à monter les valises ?

— Ça ira. J'ai fini par prendre l'habitude.

Noah me fixa avec intensité. Nous avions déjà eu l'occasion de nous faire nos adieux. Après deux années de vie quasi commune, nous avions fait une grande soirée, avec l'ensemble de l'équipe technique et le groupe, pour célébrer notre retour à la vie normale. Maintenant que j'étais devant chez moi, je me demandais si le retour à la normalité était vraiment ce que je voulais. Voyager, découvrir des villes, goûter des plats locaux : j'avais adoré chaque jour de ces deux dernières années et la sensation de liberté qui allait avec.

— Je sais ce que tu ressens, reprit Noah, chassant quelques flocons emprisonnés dans mes cheveux.

— Vraiment ?

— Oui. Au début, ça me faisait toujours ça. Rentrer et revenir dans un rythme de vie plus classique me déboussolait un peu. Tu vas te sentir en décalage pendant quelques jours.

— Et ensuite ? m'inquiétai-je.

— Et ensuite ton téléphone va sonner, on va te faire une nouvelle proposition et tu diras oui sans te poser aucune question. Surtout si on te propose de partir dans l'autre hémisphère alors qu'il neige à Paris, ajouta-t-il dans un rire.

— Je ne suis pas encore assez connue pour espérer d'autres contrats.

— Bien sûr que si. Et puis, je me chargerai de tes relations publiques si besoin. J'adorerais repartir avec toi et partager un de ces repas infâmes d'aire d'autoroute.

Ce souvenir suffit à chasser ma soudaine nostalgie. Dès le premier jour, Noah avait été un vrai soutien. Il m'avait accueillie dans l'équipe, montré les ficelles, aidée à décoder les blagues qui m'échappaient. Peu à peu notre complicité s'était muée en solide amitié, notamment parce que nous cherchions tous les deux à panser nos cœurs malmenés.

— Allez, viens par là, dit-il en ouvrant les bras.

Au bord des larmes, je me serrai contre lui. Noah avait un parfum rassurant et un corps éprouvé dans toutes les salles de sport du monde. Il m'entoura de ses bras et, pendant quelques secondes, je savourai la chaleur irradiant de lui. Je ravalai mes larmes, inspirai un grand coup et trouvai le courage de me libérer de son étreinte.

— Je suis certain que ton téléphone va sonner dès demain, assura-t-il.

— Et toi, tu enchaînes avec une autre tournée ?

— Pas avant février. Et toutes mes soirées sont libres d'ici là, si jamais tu as besoin que je te remonte le moral.

— On a déjà fait la rétrospective Scorsese, lui rappelai-je.

— Oui. Et je persiste à croire que tu l'aurais mieux appréciée en étant réveillée !

— Parfois, je me demande si tu n'as pas soixante-dix ans !

— Je suis une vieille âme, c'est tout. Allez, rentre vite avant d'attraper une pneumonie.

— Ça ne serait pas si problématique : tu me préparerais une de tes merveilleuses soupes maison !

Noah secoua la tête, son sourire laissant deviner deux fossettes, à peine masquées par une légère barbe. Avec ses épaules larges, son regard bienveillant et sa haute stature,

Noah m'avait immédiatement inspiré confiance. La sérénité qui émanait de lui m'avait amenée à le considérer comme une sorte de refuge, de confident quand mes états d'âme et mes souvenirs m'envahissaient.

J'agrippai mes deux valises et je rejoignis l'entrée de mon immeuble. Avant de franchir la lourde porte en bois, je me tournai une dernière fois vers lui pour le saluer. Je savais pourtant que nous allions nous revoir et qu'il habitait à quinze minutes de chez moi, mais je ne pouvais m'empêcher d'éprouver un pincement au cœur à l'idée de ne plus partager mon quotidien avec lui. Ces deux années avaient été une parenthèse heureuse et nécessaire. Elles m'avaient permis de trouver mes marques seule en tant que photographe professionnelle et de tirer un trait sur ma relation chaotique avec Maxime.

— T'as géré, Mathilde ! cria-t-il en levant un pouce dans ma direction.

Je me contentai d'esquisser un sourire. C'était ce qu'il m'avait dit à la fin de chaque concert. Il n'avait pourtant aucune idée du nombre ou de la qualité de mes photos, mais il avait suffisamment confiance pour être certain qu'elles étaient bonnes. Cette phrase était devenue notre rituel.

J'appelai l'ascenseur et je retins mon souffle jusqu'à franchir le seuil de chez moi. En mon absence, Juliette et Louise avaient pris soin de mon appartement. Tout était parfaitement propre et, lorsque j'ouvris le réfrigérateur et que je découvris des cannellonis aux épinards et une boîte des chocolats de Louise, je me promis de leur faire un cadeau hors du commun pour Noël. Dans le salon, Louise avait laissé une seconde boîte de ses chocolats sur la table basse, accompagnée d'un mot m'invitant à la rejoindre à sa boutique le lendemain matin.

Épuisée, je m'installai sur mon canapé, fixant le mur bleu nuit devant moi, et je pris alors vraiment conscience que ma fameuse parenthèse était terminée. D'ici quelques jours, j'allais devoir à nouveau affronter le monde réel que j'avais évité pendant deux ans.

Sans parler de Maxime. J'avais fait tout mon possible pour oublier notre histoire. Ou plutôt notre pseudo-histoire. Je n'avais jamais vraiment su définir ce que nous étions. Grâce à la presse et au nombre ahurissant de messages échangés avec Juliette et Louise, j'avais suivi de loin ses péripéties. Maxime était toujours cet électron libre, passionné par la musique et canalisant son énergie avec sa batterie, que j'avais décidé de fuir deux ans auparavant.

Comme il adorait entretenir le mystère autour de sa vie privée, je n'avais aucune idée de sa situation actuelle. J'aurais aimé faire comme si j'avais tourné la page, mais l'imaginer avec une femme revenait à agiter un couteau à dents dans une plaie mal cicatrisée.

Je réprimai un bâillement et vérifiai l'heure à ma montre. J'étais encore à l'heure californienne, mais le voyage m'avait éreintée. J'ouvris une des valises, y dégotai ma trousse de toilette et un pyjama froissé. Après une douche rapide et pour la première fois en deux ans, je dînai seule et dans un silence apaisant.

Mon téléphone vibra et je compris que mon répit n'allait être que de courte durée. Louise me faisait parvenir une photo de sa nouvelle boutique, débordante de cartons de décorations de Noël, mentionnant seulement un « à l'aide ! ». Je lui promis de passer le lendemain, lui indiquant que j'avais besoin d'une vraie nuit de sommeil, dans un vrai lit, avant d'affronter la vie parisienne.

— Tu n'as pas vu un peu trop large ? demandai-je en tenant l'échelle sur laquelle était perchée Louise.

Elle me jeta un coup d'œil surpris, avant de tendre le bras pour accrocher une des – trop – nombreuses guirlandes lumineuses qu'elle avait achetées pour orner sa boutique.

— Peux-tu me donner les suspensions en forme d'étoiles ?

— Euh, oui.

Après m'être assurée qu'elle était stable, je lâchai l'échelle et me dirigeai vers le carton que Louise me désignait. La boutique devait ouvrir dans une semaine et ça ressemblait pour le moment à un grand chantier fait de plastiques, de cartons et de feuilles de papier.

— Celles en bois ou celles en verre ?

— Les deux. Je vais les superposer.

Je m'exécutai et regardai Louise grimper deux marches supplémentaires pour les accrocher. J'étais arrivée une heure auparavant et Louise m'avait tout de suite mobilisée pour l'aider. Je savais que ma journée finirait avec le sapin de presque deux mètres qui trônait dans l'entrée. Louise, avec sa longue chevelure brune et ses yeux pétillants, avait intégré notre petit groupe après avoir rencontré Nic et en être tombée amoureuse, deux ans auparavant. Fan du groupe, Louise était surtout chocolatière et grande prêtresse de la décoration de Noël. Pour elle, cette fête justifiait une débauche de guirlandes, de boules et de gui.

Je m'étais très vite liée à elle ; Louise était de nature joviale et positive et trouvait toujours le moyen de me faire rire, y compris lors de nos conversations nocturnes quand mes amis me manquaient et qu'elle se faisait un devoir de me rappeler les défauts de chacun. Évidemment, Nic trouvait toujours grâce à ses yeux.

— J'ai demandé à Nicolas de m'aider, mais il est pris par les répétitions, m'expliqua-t-elle.

— Album ?

— Tournée ! Elle commence dans deux semaines et ils ont décidé de tout changer à la dernière minute.

— Oh. D'accord.

Découvrir que le groupe repartait en tournée était douloureux. Lors des deux dernières, j'avais été leur photographe attitrée et nos relations avaient largement dépassé le cadre professionnel. Je considérais les Sharp End comme des amis proches. Ensemble, nous avions vécu des soirées folles, des moments plus difficiles, des fous rires mémorables. Sans eux, je n'aurais jamais osé embrasser ma carrière de photographe. Ils m'avaient fait confiance et m'avaient aidée à me lancer.

— Je pensais que tu le savais, reprit Louise, en descendant de son échelle.

— Je suis rentrée hier. J'ai beaucoup échangé avec toi et Juliette, un peu avec Evan et Nic, mais... on ne parlait pas vraiment de boulot.

— Et avec Maxime ? Vous n'êtes quand même pas restés pendant tout ce temps sans vous parler ?

Je masquai ma peine avec un superbe sourire factice. Après avoir encaissé la nouvelle de la tournée, entendre maintenant le prénom de Maxime fendillait l'armure que j'avais mis deux ans à construire. Pire même, je me rendais compte que la simple évocation de Maxime me perturbait encore. J'aurais dû y être hermétique.

— Mathilde ? Dis-moi que vous n'êtes pas restés pendant près de deux années sans vous parler ?

— Je crois qu'il boude toujours, murmurai-je.

— Bien sûr que non ! répliqua Louise en haussant les épaules.

— Il ne m'a pas appelée, ni écrit pendant tout ce temps. D'après moi, le message était clair. Le silence de Maxime avait sonné le glas de notre histoire. Il n'y avait plus rien à sauver.

— Parce qu'il agit toujours comme un idiot immature qui passe son temps à taper sur sa batterie, répliqua Louise. Ça ne veut pas dire qu'il est en colère contre toi.

— Deux ans, Louise. Et il était tellement furieux quand je lui ai annoncé que j'avais décroché ce contrat.

— Oui, je m'en souviens. Les murs du chalet en ont tremblé. Mais je me souviens aussi qu'il semblait plus calme et plus apaisé quand vos vacances se sont terminées.

Je haussai les épaules. À la fin de notre séjour, Maxime s'était effectivement montré plus mesuré, laissant même entendre que notre relation allait perdurer. Douce illusion. Dès notre retour à Paris, il avait ignoré mes appels. J'en avais été très blessée mais, avec le recul, je réalisais que je n'aurais pas su gérer notre relation à distance.

Déjà qu'elle était compliquée quand nous étions ensemble, une séparation de plusieurs mois n'aurait rien arrangé.

— Donc, il n'a pas pris contact avec toi pendant deux ans, mais… Enfin, de ton côté, tu as bien dû tenter quelque chose ? demanda Louise en déballant une boîte de décorations pour le sapin.

— Plus ou moins.

— Plus ou moins ?

— J'ai appelé plusieurs fois, laissé des messages. Mais je ne suis pas du genre maso, au bout de quelques semaines j'ai abandonné.

Louise me lança un regard incrédule pendant que je tentais d'ouvrir une boîte contenant des bougies parfumées.

— Tu as abandonné ? répéta-t-elle.

— Maxime et moi n'avons jamais été... quelque chose, dis-je, sans trouver le terme adéquat pour définir notre relation. Nous étions attirés l'un vers l'autre, nous avons passé quelques nuits ensemble, mais il n'y a jamais eu plus.

— Tu ne peux pas dire ça. J'ai vu clairement la façon dont il te regarde.

— Regardait. Cela fait deux ans ! Il est temps de passer à autre chose. Je suis certaine que lui l'a fait !

— Oh ! c'est donc ça ? s'esclaffa Louise.

— Je connais Maxime et je sais comment il parvient à ses fins. Il n'a jamais eu aucun problème pour séduire des filles et passer la nuit avec elles.

Louise secoua la tête. Je savais qu'elle ne pouvait pas comprendre. Après quelques rebondissements et malentendus, Nic et elle vivaient désormais un bonheur parfait. Mon histoire avec Maxime était quant à elle chaotique et j'étais lasse d'être la seule à faire des efforts pour que cela fonctionne. Il ne voulait pas d'une relation sérieuse et il n'avait jamais caché ses intentions.

Louise déplia une guirlande lumineuse et entreprit de l'enrouler autour d'une des colonnes de la boutique. Je refoulai l'image de Maxime avec une autre femme et celle, encore pire, où il intégrait sa conquête à notre petit cercle d'amis. Je n'aurais pas supporté d'être spectatrice de son bonheur.

— Il fait toujours ce truc avec son sourire en coin, lança Louise.

Je demeurai silencieuse, sachant tout à fait ce dont mon amie parlait. Maxime n'avait jamais eu besoin de déployer beaucoup d'efforts pour séduire. Sans être un sportif accompli, il avait un corps musclé et solide. Ses yeux couleur d'orage, ses cheveux châtains et ce fameux sourire en coin et énigmatique suffisaient à attirer les femmes. Ajoutez à ça ses talents de musicien et l'argent qui allait avec, et, invariablement, elles succombaient.

J'avais moi aussi succombé, sans opposer aucune résistance.

Et plusieurs fois. Une véritable récidiviste du crime.

— Chaque fois c'est presque… comme un phénomène scientifique à observer, reprit Louise. Il est là, dans une pièce, et dès qu'il sourit je pourrais jurer que les femmes sont sur le point de s'évanouir.

— Il est loin d'être repoussant, admis-je.

— Mathilde, utiliser des euphémismes ne t'aidera pas à te sentir moins coupable.

— Coupable ? Je ne me sens coupable de rien !

— Si, tu te sens coupable parce que tu es tombée dans le panneau comme toutes les autres. Promets-moi de ne pas le répéter à Nic, mais je dois avouer que Maxime a un truc… magnétique.

— Je…

— Et je ne parle pas que du physique, me coupa-t-elle en fixant la guirlande. Il porte en lui une sorte de tristesse, un côté sombre qui donne envie de lui faire un gros câlin et lui redonner le sourire.

Je poussai un soupir de lassitude. Louise avait raison : Maxime n'était pas qu'un physique. C'était un homme à la personnalité complexe, au passé trouble, qui portait les cicatrices d'un parcours difficile. Pendant notre histoire, je m'étais sentie heureuse et privilégiée d'être une des rares à avoir accès à cette facette de sa personnalité.

Avec le temps, j'avais compris que nos disputes épiques étaient aussi nées d'une volonté de sa part de me protéger de lui-même.

— Et de ton côté ? demanda-t-elle.

— De mon côté ?

— Eh bien, en deux ans, tu as peut-être rencontré des hommes, non ? Nic m'a raconté quelques trucs sur vos tournées, ce n'est jamais... très calme !

— Je travaillais, lui rappelai-je.

— Je sais. Et combien de couples se rencontrent sur leur lieu de travail ?

— Rien à voir. C'était mon premier contrat et je jouais ma réputation. L'objectif n'était clairement pas de coucher avec un mec différent chaque soir !

— Qui a dit différent ? Tu peux coucher avec le même plusieurs soirs, fit-elle en riant.

— C'est vrai. Mais, comme Nic a dû te le dire, ce qui se passe en tournée reste en tournée !

Stupéfaite, Louise se contenta d'ouvrir la bouche, incapable d'émettre un son. Elle sembla analyser ma réponse, une guirlande entre les mains. Puis, elle fronça les sourcils et déclara :

— Je comprends mieux pourquoi Nic m'a dit que ça ne lui posait aucun problème que j'ouvre la nouvelle boutique pendant que lui bourlinguait. Ça se payera.

— Nic est un saint, assurai-je.

— Ne tente pas de changer de sujet : une tournée de deux ans, ça doit aider à tisser des liens !

— Des liens amicaux et professionnels. Je t'assure, Louise. Je... J'avais besoin d'une pause et cette tournée tombait parfaitement. Avec Maxime, on aurait fini par s'entretuer.

J'en étais convaincue. Nos disputes m'épuisaient, sa capacité à se faire chaque fois pardonner me donnait la sensation d'être faible et nos nuits ensemble, si elles comptaient parmi les plus belles et mémorables de ma vie, finissaient invariablement par l'amertume de la solitude quand Maxime quittait ma chambre avant le lever du jour.

Perdue dans mes souvenirs, je passai mécaniquement une boîte de décorations à Louise. J'étais dépitée de constater qu'après deux années sans Maxime j'en étais revenue au même point : j'attendais toujours un geste de sa part. Ça confinait au ridicule.

— Sans vouloir gâcher la surprise : je sais qu'Evan compte sur toi pour les dates à venir, m'annonça Louise, avec un sourire embarrassé.

Ce n'était pas vraiment surprenant. Même si j'étais la photographe du groupe, j'étais surtout amie avec Nic et Evan. Ils m'avaient soutenue lors de mon départ et m'avaient dit et répété qu'ils seraient ravis de retravailler avec moi. Mais, vu la situation avec Maxime, je doutais que ce soit une bonne idée. Cela ruinerait l'ambiance et la sérénité primordiales pour les tournées et la vie sur la route.

— Je crois qu'il va devoir faire sans. Je rentre à peine, je ne me vois pas repartir aussi vite.

— À vrai dire, Juliette et moi comptions sur toi pour garder un œil sur Evan et Nic.

— J'ai arrêté le baby-sitting depuis longtemps. Et honnêtement Evan est père de famille et Nic… Eh bien, il faudrait qu'il trouve une fille qui aime autant les cornichons que lui, je crois donc que tu peux dormir tranquille.

— Donc, c'est... définitif ? Tu ne partiras pas avec eux ?

— Il faut savoir tourner la page.

Je mentais si bien que j'en étais épatée. Je me fichais de tourner la page, j'étais presque certaine que je n'y parviendrais jamais tout à fait. En réalité, je voulais à tout prix éviter d'affronter Maxime. Je refusais de me sentir à nouveau faible, dépendante de son bon vouloir et désespérée de l'attendre, et il était hors de question que je le voie, soir après soir, avec de nouvelles filles. J'avais le cœur morcelé, je n'avais pas envie de le voir réduit en miettes. Rester le plus loin possible de lui était la meilleure des solutions. Pour nous deux.

— Et tu comptes agir comment la prochaine fois ? Tu ne vas pas pouvoir l'éviter toute ta vie. Nous sommes tous liés.

Je haussai les épaules. Il me suffisait de ne pas rester seule avec lui, de ne pas fixer son regard envoûtant et, surtout, de ne pas sentir sa peau chaude contre la mienne.

Facile à dire.

— On peut devenir amis, dis-je finalement, en me dirigeant vers le sapin à décorer.

Je devinais le regard de Louise sur moi. Mon don pour le mensonge avait ses limites. Même moi, je n'y croyais pas vraiment. Nous avions été amants et il y aurait toujours ce lien invisible mais tenace entre nous. Dans ces conditions, je n'avais aucune idée de comment nous pourrions devenir amis.

Je n'étais même pas certaine de le vouloir réellement. Devenir amis revenait à enterrer définitivement toute autre possibilité de relation. Et malgré tout ce que je me racontais je n'étais pas prête à cela.

— Merci, Mathilde, lança Louise derrière moi, avant d'éclater de rire.

— Merci ?

— On se demandait quel serait l'objet du pari de cette année… et tu viens de nous l'offrir sur un plateau !

Chapitre 3

Je grimaçai en reposant mon gobelet de café presque froid. Je me souvenais maintenant pourquoi j'avais donné carte blanche à Evan pour gérer la dimension business de notre groupe : ces réunions à la maison de disques étaient interminables et profondément ennuyeuses. J'adorais faire de la musique, c'était toute ma vie, mais je détestais parler contrats, publicité ou logistique. Evan, lui, faisait ça à merveille, je me promis de le lui rappeler et d'en profiter pour le remercier.

Je promenai mon regard autour de la table ; chacun des représentants de la maison de disques arborait une chemise immaculée et un teint frais, alors qu'avec Nic et Evan nous avions dégainé nos plus beaux sweat-shirts de sport gris – ceux qui étaient élimés jusqu'à la corde –, nos jeans bruts et nos barbes inégales. Lors de ces réunions, je savourais ma chance d'être musicien et donc de ne pas avoir à me déguiser en costume chaque matin. De fait, je me demandais toujours si ces gens, ceux qui portaient des chaussures vernies pour travailler, pouvaient vraiment nous comprendre. Si je détestais leur accoutrement, j'étais certain que la réciproque était vraie et devait leur inspirer une sorte de mépris.

Je poussai un soupir las, remarqué par Nic, qui fronça des sourcils comme pour m'encourager à rester concentré.

Je haussai les épaules : je me fichais de choisir le modèle de bus pour la tournée ou d'arbitrer sur tel produit dérivé en lieu et place d'un autre. Evan alimentait la conversation, défendant nos intérêts avec une énergie que je lui enviais.

— Il nous faut deux chauffeurs : je veux qu'on puisse rentrer à Paris entre deux dates, expliqua Evan.

— On peut aussi prévoir des hôtels, objecta l'un des types à cravate.

— On peut. Mais je veux qu'on puisse rentrer. On a besoin de voir nos proches.

Je ravalai un rire nerveux. Evan et Nic étaient en couple et côtoyaient régulièrement leur famille mais, de mon côté, j'aurais été bien en peine de définir qui étaient mes proches. Non, en fait, mes proches étaient à cette table : Nic et Evan étaient à la fois ma famille et mes meilleurs amis.

— Vous avez terminé votre *setlist* ? s'inquiéta l'homme en face d'Evan.

— On y travaille, affirma Nic avec un sourire et un regard dans ma direction.

— Un problème ? reprit le même homme.

Evan pivota vers moi et esquissa un sourire complice. Nos relations avec la maison de disques étaient simples : nous gérions l'aspect artistique du groupe, pendant qu'eux, avec leurs cravates et leurs téléphones portables vissés à leurs mains, s'occupaient de l'administratif et de la logistique. Michael avait instauré ce mode de fonctionnement dès la signature de notre premier contrat, et j'en étais ravi. Je refusais de discuter musique avec ces types.

La musique n'appartenait qu'au groupe et Evan, comme Nic, le savait.

— Maxime nous fait travailler nos enchaînements et transitions. On a prévu de faire… différemment, assura-t-il.

— Différemment ? s'inquiéta à nouveau le gars en cravate.

— Différemment, appuyai-je en le fusillant du regard.

Cela suffit à faire cesser les questions. Je tambourinai des doigts sur la table, impatient d'en finir, avant de me perdre dans la contemplation des murs gris de la salle de réunion dans laquelle nous étions enfermés depuis trop longtemps. Entre des affiches de concert d'autres artistes de la maison et des articles de presse encadrés, je tombai sur le vinyle de notre premier album. Et les souvenirs affluèrent.

— Tu veux que je vienne maintenant ? avais-je demandé à Michael, partagé entre incompréhension et stupéfaction.

Je m'étais planqué dans un recoin de la réserve, espérant qu'aucun de mes collègues du supermarché ne me surprendrait à répondre à mon téléphone pendant mes heures de travail. J'avais ignoré les dix premiers appels de Michael, avant de céder.

— On a besoin d'aide. Je viens de virer notre batteur et tu es le seul mec que je connaisse qui sache ce qu'est vraiment une batterie et comment s'en servir.

— Michael, je bosse, là…

J'avais jeté un coup d'œil à la pile de cartons qui attendaient que je les vide. C'était un job que je détestais, mais qui m'avait permis de louer un minuscule studio : je tenais trop à mon indépendance pour tout abandonner sur un coup de tête.

Même si cela concernait ma seule vraie passion, la musique. J'avais appris très tôt que croire en ses rêves était décevant et douloureux ; autant limiter la casse et garder les pieds sur terre.

— Max, tu ne bosses pas. Tu tentes de survivre, m'avait-il rappelé. Je te propose de faire de la musique et éventuellement, si on a un peu de chance, de devenir riche. Tu ne vas pas me faire croire que déballer des cartons et remplir des rayons est une vocation pour toi…

— Ça paye le loyer, avais-je soupiré.

— Mec, on va signer un contrat. On a un label, ce n'est pas juste pour faire semblant. On a vraiment besoin d'un batteur. D'un bon batteur. On a huit morceaux à enregistrer pour cet album, ça ne te prendra que quelques jours.

— Je ne peux pas poser de congés du jour au lendemain ! Tu vas devoir trouver quelqu'un d'autre et…

— Ramène ton cul, Max !

J'étais resté silencieux pendant de longues secondes, pesant le pour et le contre de ce que Michael me demandait. Quelques jours de batterie… C'était tentant. Ce job m'exaspérait, mais c'était une situation raisonnable. Je n'étais pas certain que mon CV, relativement dépouillé de diplômes et d'expérience, me permettrait de trouver un autre boulot. Ce fameux contrat avec une maison de disques, je l'avais souvent espéré. Cela restait encore hypothétique et je risquais non seulement de perdre mon job, mais aussi d'être déçu. Encore.

— Michael, je crois qu'il vaut mieux que je reste ici et que…

— Ramène ton cul, Max. Je ne vais pas le répéter une troisième fois.

Je n'avais pas eu le temps de trouver une excuse, car Michael avait raccroché, me laissant seul devant mon tas de cartons et de doutes. J'avais très souvent joué avec

Michael et son frère, usant quantité de peaux de batterie et de baguettes, mais j'avais toujours refusé de croire que les fantasmes de gloire et de succès de Michael étaient réalistes.

Pourtant, dans cette réserve étriquée et tandis que mon dos me rappelait à quel point mon boulot me pesait, son rêve m'avait semblé atteignable. Et les miens avec. Michael s'enflammait souvent. Il avait toujours fantasmé une vie de rock star, mais il ne m'aurait jamais menti au sujet du label pour me faire venir. Il savait que ce job, aussi pourri fût-il, m'était vital. J'avais fini par ranger mon téléphone dans ma poche et j'avais saisi un carton.

Puis un deuxième, puis un troisième, puis un quatrième, vidant mécaniquement leurs contenus pour qu'ils soient mis en rayon.

Au dixième carton, encore perturbé par ma conversation avec Michael, j'avais senti mon téléphone vibrer et découvert un message de Michael.

POUR LA TROISIÈME PUTAIN DE FOIS : RAMÈNE TON CUL, MAX !

Cinq minutes plus tard, j'avais quitté mon poste, sans prévenir mon manager, sans même chercher à me justifier. Déterminé et persuadé d'avoir pris la bonne décision, j'étais sorti du bâtiment pour traverser le parking et monter sur ma moto de l'époque avant de rejoindre le groupe. Je savais maintenant que ce n'était pas cet ultime message qui m'avait convaincu de tout quitter pour la musique.

Au fond de moi, j'avais été convaincu dès ma rencontre avec Michael, le jour où il m'avait regardé taper sur ma batterie pendant une bonne heure, avant de me demander qui j'imaginais frapper.

Je les avais rejoints et, en dix jours, nous avions enregistré huit morceaux.

En trois mois, nous avions lancé une tournée à guichets fermés.

En six mois, deux de nos titres avaient fini numéro 1.

Pourtant, je n'avais réalisé que j'étais officiellement musicien et que j'avais pris la bonne décision en quittant cette réserve que lorsque j'avais tenu entre mes mains notre premier disque d'or. Le vinyle, accroché au mur de cette salle de réunion terne et grise, représentait à la fois le succès du groupe et ma plus grande fierté.

— Max ? T'es avec nous ?

La voix d'Evan me tira de mes souvenirs. Je me tournai vers lui et le vis risquer un œil vers le point que je fixais. Un bref sourire éclaira son visage, avant qu'il s'adresse à moi à nouveau :

— Ton avis sur la dernière date ?

Je rassemblai les souvenirs de nos dernières conversations : la dernière date était prévue à Paris et devait s'articuler avec un événement caritatif. À la façon dont Evan me regardait, je me doutais que j'avais loupé une information importante.

— La soirée de charité ? dis-je, incertain.

— Ben propose qu'on fasse une captation du concert. Ça te va ?

Je hochai la tête, pressé d'en finir avec toutes ces questions de marketing et de communication.

— On peut y aller ? demandai-je, agacé.

— On a encore quelques détails à aborder, indiqua le fameux Ben en consultant ses notes.

— Du genre ? demanda Nic.

— Nous avons une difficulté de dernière minute.

Le ton prudent de Ben me tira une grimace. Il garda les yeux rivés sur ses notes tandis que j'échangeais un regard préoccupé avec Nic et Evan. J'étais plutôt franc et direct, alors les euphémismes et autres circonvolutions avaient tendance à me rendre dingue et peu conciliant.

— Deux difficultés, en fait, corrigea Ben.

— Le suspense est insoutenable, raillai-je.

Evan se renfonça dans son fauteuil, signe que l'information lui échappait aussi. Je me redressai, soudain inquiet. Même si je pouvais paraître désinvolte, je tenais à cette tournée. Jouer sur scène était une nécessité pour moi. Les cris de la foule, l'adrénaline, l'électricité palpable : le *live* était grisant et une source précieuse d'inspiration. Les fans nous aimaient sans condition et, même si chaque concert me forçait à piocher dans mes ultimes forces, cela me rendait euphorique et heureux.

Hors de question que l'armée de chemises blanches vienne menacer tout ça.

— Tina est enceinte, lâcha finalement Ben.

En tant que *tour manager,* Tina était l'huile dans les rouages de la tournée. Nous nous reposions sur elle pour gérer l'organisation sur le terrain et régler les aléas de dernière minute. Elle parvenait toujours à réaliser des miracles et empêcher les imprévus – inévitables – de menacer le bon déroulé de nos concerts.

Vu comment le visage de Ben était fermé et contrarié, je comprenais que Tina était maintenant le grain de sable dans les fameux rouages de la tournée.

— Et son médecin l'a mise au repos absolu, ajouta-t-il d'une voix grave.

— On ne peut pas faire sans Tina, intervint Nic.

— C'est vrai, renchéris-je, elle connaît tout de nous, nos

habitudes, notre mode de fonctionnement. Elle a même deux ou trois dossiers honteux sur nous...

— Plus de deux ou trois, plaisanta Evan.

— Comment fait-on ? demanda Nic à la cantonade.

— Nous avons passé quelques coups de fil pour trouver un remplaçant. Pour l'instant, nous n'avons pas encore trouvé un profil satisfaisant.

— Et on est censés faire comment ? s'inquiéta Nic. La première date est dans deux semaines !

— On va trouver une solution, nous rassura Ben.

S'il y avait mis un peu de conviction, j'aurais pu y croire. J'échangeai un regard avec Nic, puis avec Evan. L'inquiétude se lisait dans leurs regards. Techniquement, nous étions assez aguerris pour faire quelques dates sans *tour manager*. Mais, dans les faits, savoir qu'une âme charitable et amicale comme Tina s'occupait de tout était un soulagement précieux.

— Et le second point ? dis-je après un court silence.

— Le second... Ah oui, le second point, répondit Ben. C'est presque un détail et je suis certain que ça sera résolu dans la journée.

Son visage soucieux fut soudain traversé par une expression enthousiaste. Honnêtement, cela ne me rassurait pas : la plupart du temps, ce qui réjouissait la maison de disques avait tendance à m'agacer. Avec le temps, j'avais pris conscience que leurs intérêts et les nôtres n'étaient pas toujours convergents.

— Ça concerne votre photographe habituelle, Mathilde, indiqua Ben.

Aussitôt, je sentis l'air devenir plus lourd autour de moi. Je gardai les yeux rivés sur le mur en face de moi, ignorant les regards pesants d'Evan et de Nic. Je me raidis sur ma chaise, tout en tentant de conserver un visage neutre. Devant notre silence, Ben poursuivit :

— Comme vous le savez peut-être, elle a décidé de se consacrer à sa carrière de photographe et a été en tournée pendant les deux dernières années.

— En effet, répondit prudemment Evan,

Il me jeta un nouveau regard, comme s'il essayait de comprendre où Ben voulait en venir. J'étais incapable de lui répondre : je n'avais pas parlé à Mathilde depuis des mois et, même si je disais l'inverse, j'étais encore contrarié qu'elle ait signé un contrat avec un autre groupe.

Je retins mon souffle, refoulant un vague sentiment de culpabilité. La dernière fois que j'avais parlé avec Mathilde remontait à des mois. Nous nous étions quittés apaisés mais, très vite, j'avais limité nos échanges. Je ne lui avais pas vraiment pardonné qu'elle parte et qu'elle nous laisse. Aussi, j'avais opté pour la stratégie du silence, afin de limiter tout risque de dispute. Officiellement, donc, nous avions mis de la distance entre nous.

— Malheureusement, expliqua Ben d'une voix terne, elle a refusé notre proposition de contrat. Nous devons en tirer les conclusions qui s'imposent et vous trouver un autre photographe.

— On a toujours travaillé avec Mathilde, intervint Nic. On ne peut pas…

— À vrai dire, nous n'avons pas vraiment le choix. Comme je vous l'ai dit, elle est injoignable et il est indispensable que nous récupérions de la matière visuelle tout au long de la tournée. Il nous faut quelqu'un d'autre.

— C'est vrai, approuva Evan.

Je lui lançai un regard incrédule. Que Mathilde ignore les appels était déjà contrariant, mais qu'Evan approuve la maison de disques était révoltant. Je parvins à capter son attention et je secouai la tête en signe de désapprobation.

— Nous avons donc approché plusieurs autres photographes. Ils ont tous une expérience de tournée et deux d'entre eux sont disponibles pour vous suivre, nous vous proposons de les rencon…

— Non, dis-je d'une voix forte.

— Non ? répéta Ben.

— C'est Mathilde notre photographe.

— Max, nous n'avons pas le choix, reprit Evan. Et puis Mathilde a sûrement aussi d'autres engagements.

Je me surpris à sourire. Evan avait toujours été la voix de la raison, il nous incitait à garder les pieds sur terre chaque fois que le succès commençait à nous monter à la tête et s'assurait que nous ne dépensions pas tout notre argent en deux semaines. Michael était son exact opposé : exubérant et irrévérencieux. Il aurait certainement refusé une solution autre que Mathilde.

Evan et Nic échangèrent un regard, et je compris qu'ils m'avaient caché la vérité.

— Tu lui as parlé, dis-je à Evan en le fusillant du regard.

— Max…

— Tu lui as parlé et tu savais ce qui allait se passer aujourd'hui, continuai-je, en fermant mes poings de colère.

— Elle m'a appelé.

Son regard balaya la salle de réunion, me rappelant ainsi que nous n'étions pas seuls. Je ravalai ma colère, me promettant d'affronter Evan en privé. J'étais déjà déçu du silence assourdissant de Mathilde, découvrir qu'Evan avait eu le privilège de lui parler me rendait maintenant amer.

Et, surtout, la confirmation que Mathilde était de retour et faisait en sorte de m'éviter exacerbait ma colère.

Ben s'éclaircit la gorge, cherchant à dissiper la tension qui s'était installée en quelques secondes. Prudemment, il poussa les deux larges dossiers au centre de la table, fuyant maintenant tout contact visuel avec moi.

— Je vous laisse les books et les coordonnées des deux photographes dont je vous ai parlé et vous nous indiquerez votre choix, expliqua-t-il.

Son regard resta rivé sur la table. Je fixai la porte de la salle de réunion, luttant contre l'envie furieuse de quitter cet endroit. Pour me contenir, je sortis mon téléphone et épluchai mes derniers messages, espérant naïvement des nouvelles de Mathilde. Dans un soupir, je relus son dernier message laconique, et qui résumait certainement encore son état d'esprit.

Va te faire foutre, Max.

Je n'avais pas répondu. Ça n'aurait fait qu'envenimer notre relation. J'avais joué le fair-play et la compréhension à notre retour du chalet mais, très vite, j'avais senti que Mathilde s'éloignait pour mieux s'intégrer à son nouveau groupe ; et moi, j'avais tenté de garder le contrôle de la colère bouillonnante qui menaçait de me faire exploser en rompant la communication. J'avais mis de la distance pour nous préserver.

— Pour le *tour manager,* on vous tient au courant, nous indiqua Ben avant de se lever de sa chaise.

— On veut le ou la rencontrer avant toute signature, intervint Nicolas.

— Nous organiserons une rencontre dès que possible.

Il jeta un coup d'œil dans ma direction, ne récoltant qu'un sourire pincé et forcé. La mention de Mathilde m'avait tellement plongé dans mes ruminations que l'absence de notre *tour manager* habituelle m'apparaissait comme anecdotique. La salle de réunion se vida en quelques secondes et, d'un pas traînant, je suivis Nic et Evan dans le couloir. J'enfonçai les mains dans mes poches, gardant mes distances avec eux. J'en voulais encore à Evan de m'avoir caché la vérité, mais je refusais d'avoir cette discussion en public. Au moindre éclat de voix, nous finirions à la une d'un magazine à scandale annonçant notre séparation.

— Tu vas faire la tête encore longtemps ? demanda Nic alors que les portes de l'ascenseur se refermaient sur nous.

— Vous auriez dû me le dire, grognai-je, mâchoires serrées.

— Mathilde nous a demandé de garder ça pour nous, répondit Evan avant d'appuyer sur le bouton du rez-de-chaussée.

— Oh ! vraiment ? Evan, on se connaît depuis qu'on est gosses, je pensais que tu avais un minimum de loyauté…

— J'en ai aussi pour Mathilde. Ne crois pas que son absence m'arrange.

— Mais tu n'as rien fait pour la convaincre ? demandai-je sèchement.

— J'ai fait tout ce que j'ai pu.

Un soupir lui échappa et je me rejouai la conversation de la salle de réunion. Soudain, un détail me revint et j'eus la sensation que le fameux couteau qu'Evan m'avait planté dans le dos quelques minutes auparavant s'enfonçait un peu plus profondément.

— Elle n'a aucun engagement, n'est-ce pas ? demandai-je.

— Non, soupira Nic. Nous lui avons demandé de nous accompagner et elle a refusé. J'imagine que tu sais pourquoi.

— Je ne lui ai pas parlé depuis des mois, me défendis-je.

— Et là encore tu sais sûrement pourquoi, renchérit Evan.

Dans la petite cabine d'ascenseur, l'air devint soudainement irrespirable. Habituellement, à chaque dispute ou divergence, nous jouions cartes sur table et réglions nos différends en quelques minutes. Cette fois, Evan affichait une colère froide sans pour autant exprimer ce qu'il pensait. Je pivotai vers Nic, espérant trouver une lueur de soutien dans son regard : en vain. Nic me fixait, sourcils froncés, comme s'il essayait de décrypter une notice complexe rédigée en langue étrangère.

Quand les portes de l'ascenseur s'ouvrirent enfin sur l'imposant hall d'entrée en marbre de l'immeuble, je sortis le premier, soulagé d'échapper à cette tension. Le ressentiment que j'avais éprouvé en découvrant que Mathilde m'évitait sciemment avait laissé place à un début de culpabilité. Il ne s'agissait plus uniquement de moi, mais du groupe.

— Juliette l'a invitée à dîner à la maison ce soir, je vais tenter de la convaincre.

— D'accord. Dis-moi à quelle heure je dois venir, fis-je, tentant crânement ma chance.

Evan étouffa un rire, avant de secouer la tête, tandis que Nic s'arrêtait une seconde, stupéfié par ma proposition.

— Max, dans la section des mauvaises idées, je crois que celle-ci est la pire de toutes, lâcha Evan alors que le froid et un crachin désagréable nous accueillaient à l'extérieur de l'immeuble.

Je resserrai mon perfecto autour de moi ; cette journée n'allait pas en s'améliorant.

— Je crois même qu'elle détrône cette fumeuse idée de clip en apesanteur, ironisa Nic.

— Je sais que j'ai merdé. Mais on a besoin d'elle pour la tournée et le groupe, je pourrais…

— Le groupe ? C'est ça qui te préoccupe ? Que Mathilde nous accompagne pour la tournée ?

Evan plongea son regard incrédule dans le mien. Il attendait certainement une réaction, mais je n'avais aucune idée de ce que je devais répondre. Je m'inquiétais pour le groupe, c'était un fait. Cela étant, je redoutais aussi de me confronter à Mathilde et d'avoir à parler avec elle de ce que nous étions… ou n'étions pas. Ou n'étions plus. J'étais partagé entre le petit soulagement de ne pas avoir à la croiser et l'espèce de grand vide à la perspective qu'elle ne nous accompagne pas sur la tournée.

Je n'avais pas vraiment envisagé de faire sans elle. Sa présence était une telle évidence parmi nous que la possibilité de son absence ne m'avait pas du tout effleuré. J'avais imaginé que nous retrouverions nos automatismes, qu'elle me pardonnerait mes silences, que nous reprendrions nos soirées en tête à tête, qu'elle se plaindrait de son expérience malheureuse ailleurs. Il ne pouvait pas en être autrement.

Mathilde m'avait manqué. Ces deux dernières années, sans tournée ni album ni elle, avaient été un long tunnel sinueux d'ennui.

Si Mathilde refusait de me voir ou de me parler, elle avait trop d'amitié pour Evan pour nous lâcher définitivement.

— Tu l'as dit, elle nous connaît et… Et ça serait bien trop étrange de faire la tournée sans elle.

Ses yeux toujours plantés dans les miens, Evan réduisit l'espace entre nous. Je restai figé, prêt à encaisser une nouvelle remarque paternaliste. Je savais déjà ce que pensait Evan de mon comportement : il me trouvait puéril et idiot dès qu'il s'agissait de Mathilde.

Pour la première fois depuis six ans, j'étais sur le point de lui donner raison.

— Maxime, comme tu dis tu as merdé, lâcha Evan. Mais je pense que tu es assez grand pour régler tes problèmes avec Mathilde sans utiliser le groupe comme alibi.

— Elle a pris ses distances, mentis-je.

— C'est une fille intelligente, déclara-t-il dans un sourire.

— Et têtue, renchérit Nic.

À nouveau, ils échangèrent un regard complice, ce qui m'agaça d'autant plus. Mes deux amis semblaient jubiler de mon désarroi et avaient clairement choisi leur camp – et, de toute évidence, pas le mien. D'un même mouvement, ils enfoncèrent les mains dans leurs poches et Nic dégaina les clés de sa voiture, marquant la fin de cette conversation.

— Bonne soirée, Max, lança Evan en s'éloignant.

Ses lèvres se soulevèrent dans un sourire en coin qui me donna l'envie brutale de lui en coller une. Je fixai sa silhouette en train de s'éloigner, désemparé et en colère. Mes deux amis me plantaient là, me laissant me dépêtrer seul avec les problèmes que j'avais causés. J'avais pensé qu'ils se battraient pour garder Mathilde et je réalisais seulement maintenant leur stratagème. Leur apparent manque de combativité pour convaincre Mathilde n'avait eu pour objectif que de tester ma réaction. Et visiblement ils avaient obtenu ce qu'ils attendaient.

— Tu ne vas tout de même pas accepter qu'un autre photographe se joigne à la tournée ? criai-je soudain à Evan.

En guise de réponse, je n'eus que son sourire narquois. Je serrai les dents et résistai à l'envie de faire valser la poubelle près de moi.

J'avais merdé, soit. Il fallait maintenant que je recolle

les morceaux et, pour ça, il fallait que je parle à Mathilde. J'étouffai un juron monumental : j'avais eu près de deux ans pour lui parler… et j'avais maintenant trois jours pour la convaincre.

Chapitre 4

— La ressemblance avec Evan est incroyable, dis-je à Juliette, alors que Thomas, leur fils, babillait dans mes bras.

— Ils ont le même regard, acquiesça Juliette. Et le même appétit féroce !

Elle me tendit un biberon de lait, puis un lange, avant de s'installer face à moi, dans un des fauteuils qui décoraient leur nouveau salon. Il ne s'était passé que deux années, et j'avais la sensation qu'une vie entière s'était écoulée.

— La dernière fois qu'on s'est parlé, tu étais encore enceinte, dis-je, un peu nostalgique.

— C'est vrai. Mais je ne suis pas celle qui est partie pendant deux ans.

— Je travaillais ! me défendis-je.

— Je sais, je sais ! Mais ces deux années ont été… mouvementées, fit-elle en balayant du regard le salon autour d'elle.

Quelques cartons, vestiges de leur récent déménagement, trônaient encore dans un coin. Les guitares d'Evan reposaient sur deux racks, tout près d'une caisse débordante de jouets et de peluches. Cela me tira un sourire : une vie entière s'était écoulée… pour eux. De mon côté, j'avais la sensation d'avoir fait du sur-place.

Thomas s'empara du biberon entre ses mains potelées et me fixa avec ses grands yeux doux.

— La maison est superbe, dis-je pour chasser l'idée désagréable qui germait dans mon esprit.

— À croire qu'on est devenus adultes, sourit-elle. J'ai prévenu Evan qu'une maison en banlieue, avec un jardin, risquait de nuire à son statut de rock star, mais il n'a rien voulu entendre.

— Sûrement parce qu'il tient plus à toi qu'à son fameux statut ?

— J'aime son statut, protesta-t-elle dans un rire.

— C'est vrai : tu es une véritable groupie, dis-je avec un clin d'œil.

— Presque. Je ne campe toujours pas ! Mais je dois admettre que j'ai hâte de le revoir sur scène.

Je me tendis et cherchai une pirouette pour me sortir de la conversation que je sentais arriver et ne souhaitais pas avoir. Louise avait déjà tenté de me tirer les vers du nez. Juliette était plus discrète et respectait ma vie privée, mais il ne suffisait que de quelques phrases pour glisser sur les deux sujets sensibles que je voulais éviter : la tournée et Maxime. Juliette parvint à accrocher mon regard et je lus dans le sien toute la prévenance du monde. Elle m'adressa un petit sourire, avant de lancer un sujet moins délicat.

— Et si tu me disais comment s'est passée cette tournée ? Je suis certaine que tu as des tas de choses à nous raconter.

— C'était... c'était fou, je crois. Les deux premières semaines, j'étais tétanisée et je rasais les murs. Tout était nouveau et perturbant pour moi, mais l'équipe a tout fait pour que je me sente à l'aise.

— Ton travail parle pour toi. Ils le savaient certainement !

— Probablement, mais c'est toujours particulier de

débouler dans une équipe qui se connaît parfaitement. Ils ont été géniaux et m'ont accueillie très chaleureusement.

— Et tu vas avoir d'autres propositions ?

— J'espère, oui. Pour le moment, j'ai besoin d'une pause. J'ai la sensation d'avoir couru un marathon pendant des mois, sans jamais vraiment réaliser ce qui m'arrivait.

— L'adrénaline retombe ?

— Un peu. Le groupe va sûrement me rappeler pour bosser sur les visuels de leur album *live* et de plusieurs vidéos prises pendant la tournée. C'est vraiment gratifiant et…

Je m'arrêtai en voyant Juliette sourire largement. Je me pinçai les lèvres, un peu embarrassée par mon enthousiasme. Sans Evan, sans les encouragements de Juliette et le soutien de Nic, je n'aurais jamais accepté ce contrat. Sans eux, je n'aurais même jamais pu espérer vivre de ma passion.

— Je dois beaucoup à Evan, soufflai-je. Et à vous tous.

— Tu nous as beaucoup manqué Mathilde.

Avant que je ne puisse trouver une nouvelle stratégie pour éviter l'éléphant énorme qui hantait le salon, la porte d'entrée s'ouvrit et Gloria, avec ses quatre ans et son énergie débordante, déboula dans la pièce pour se jeter dans les bras de Juliette. Cette dernière l'embrassa affectueusement sur le front, avant de dégager les cheveux éparpillés sur son visage.

— C'était trop bien ! s'exclama la petite fille en laissant entrevoir un large sourire édenté.

Evan apparut dans l'encadrement de la porte et s'appuya sur le chambranle, les yeux rivés sur sa nièce et sa compagne. Puis, ses yeux dérivèrent sur Thomas, lequel tétait furieusement son biberon, et, enfin, trouvèrent mon regard tandis qu'il me souriait.

— Qu'est-ce qui était trop bien ? demanda Juliette à Gloria.

La petite fille leva les mains au ciel, comme si elle était stupéfaite qu'on ose lui poser la question. Je retins un sourire. Si Thomas était le portrait de son père, Gloria avait le tempérament et l'enthousiasme du sien. Michael avait toujours été l'incarnation du clown, s'extasiant sur tout ce que lui apportait la vie en général, et la musique en particulier.

— Les répétitions pour le spectacle de Noël ! s'exclama-t-elle.

— Ah oui, les répétitions, dit Juliette en lançant un coup d'œil furtif à Evan.

Mon regard passa de Juliette, retenant difficilement un rire, à Evan, visiblement contrarié : je soupçonnais qu'une anecdote savoureuse se cachait derrière cette histoire de spectacle.

— Gloria répète avec son école pour la fin d'année, expliqua Evan. Elle aura besoin de public !

— Je viendrai. Je serai même au premier rang pour prendre des photos, dis-je à Gloria quand elle pivota vers moi avec un grand sourire aux lèvres.

Pendant une courte seconde, j'eus la sensation d'apercevoir Michael. Son sourire, son regard pétillant, son enthousiasme contagieux... Ce n'était pas une simple question de ressemblance physique : l'attitude même de Gloria était tellement similaire à celle de son père que j'en restai stupéfaite.

— Laisse-moi t'aider à retirer ton manteau, proposa Juliette à la petite fille. Mais... attends, il neige ? s'écria-t-elle, effarée.

— Il neige, fit Evan. On aurait été là plus tôt si Gloria n'avait pas voulu faire des boules de neige !

— Qui était l'ennemi ? demandai-je.

— Django Reinhardt. Enfin, sa statue dans le parc.

J'échangeai un regard amusé avec Juliette, tandis qu'Evan secouait la tête, partagé entre l'envie de rire et l'indignation que lui dictaient ses convictions de musicien. Depuis qu'il avait hérité de la mission de père de substitution, il tentait, en vain, de faire de Gloria une guitariste émérite.

— Elle sera guitariste, promit Evan. C'est dans ses veines !

— Elle a quatre ans, Evan. Laisse-la faire ce qu'elle veut ! plaida Juliette.

Juliette passa une main délicate dans la chevelure de la petite fille, décrochant ainsi les quelques cristaux de neige encore incrustés dans ses mèches.

— Juliette, tu sais, la maîtresse m'a fait changer mon rôle, reprit Gloria, débordante de joie.

— Ah oui ? Et tu vas faire quoi alors ?

— Ils m'ont donné un tambour et je dois frapper dessus pour donner le rythme.

L'agacement d'Evan était aussi palpable que la joie irradiante de Gloria. Dire que son oncle était dépité était loin du compte. Il leva les yeux au ciel, pendant que Juliette et moi partions dans un fou rire incontrôlable. De toute évidence, le destin – et la maîtresse – avait décidé de contrecarrer les plans d'Evan.

— Je vais préparer le dîner, soupira ce dernier.

Gloria en profita pour quitter le salon à toutes jambes, se ruant vers sa nouvelle chambre tout en fredonnant ce que j'imaginais être une des chansons du spectacle.

— Tu crois qu'il s'y fera ? demandai-je à Juliette.

— Tant que Maxime n'en rajoute pas une couche, je crois qu'il finira par se résigner. Il est très fier de Gloria… Et ce, malgré son addiction aux percussions.

Thomas termina son biberon et tendit les bras vers sa mère. Elle le prit contre elle, le berçant instinctivement. Le petit garçon se lova contre elle, les yeux clos, l'apaisement se dessinant peu à peu sur ses traits. Juliette et moi avions deux ans d'écart et sa vie me semblait aux antipodes de la mienne, avec ses deux enfants à élever. Devenir mère n'était pas sur la liste de mes envies pour l'instant, c'était bien trop de responsabilités.

— Je crois qu'il est temps pour lui d'aller au lit, murmura Juliette.

— Je vais aller aider Evan à préparer le dîner.

La cuisine, spacieuse, était dotée d'une grande baie vitrée qui donnait sur le jardin ; il faisait déjà nuit, mais je devinai de petits flocons qui s'écrasaient contre la vitre. Je réprimai un frisson, me souvenant avec nostalgie de la brûlure du soleil californien sur ma peau. Ce retour était un véritable choc, tant météorologique que psychologique.

— Alors ? Ce décalage horaire ? s'inquiéta Evan.

— Horrible. Est-ce qu'il a toujours fait aussi froid ici ?

— Disons que la neige est précoce, répondit-il en découpant méthodiquement un morceau de poulet.

— Tu t'es mis à la cuisine ?

— Je suis père de famille, ça oriente un peu mes compétences initiales. Et puis, ça me permet de garder les pieds sur terre.

Il y eut un bref silence. Je fixai Evan, réalisant qu'il n'était plus tout à fait l'homme que j'avais rencontré des années auparavant. Il avait toujours été plus calme et plus raisonnable que Michael, mais ce soir cette sérénité était encore plus visible.

— Gloria est... incroyable, dis-je, émue.

— C'est vrai. Je n'arrive pas à être vraiment fâché contre elle, tu sais.

— Lorsqu'il s'agit de sa passion pour les percussions ?

— Pour ça. Et pour le reste.

— Tout à l'heure, pendant une fraction de seconde, j'ai eu la sensation de voir...

— Je sais, me coupa immédiatement Evan. C'est le portrait de Michael.

Evan tourna le visage vers moi. Malgré les années, et cette fameuse vie qui semblait s'être écoulée depuis mon départ, l'ombre de la tristesse dans son regard était toujours présente. La mort de son frère avait été un séisme dans nos vies et pour le groupe. Dans le cas d'Evan, elle avait bouleversé toute son existence pour le pire, mais aussi, indirectement, pour le meilleur : il avait désormais Gloria, Juliette et Thomas. Sa propre famille.

— Elle a le même regard malicieux, ajoutai-je.

— Oui, le regard qui dit : je vais faire une bêtise mais, tu verras, c'est pour la bonne cause ! renchérit Evan en riant.

Après le poulet, il s'empara de tomates et de deux aubergines pour les découper en rondelles. Je l'observai en silence, repensant à Michael qui peinait à faire cuire des pâtes et qui jonglait volontiers avec les tomates plutôt que de les cuisiner. Il aurait certainement contemplé Evan avec un air incrédule avant de lâcher une remarque acerbe sur l'incompatibilité d'une carrière de rock star avec des talents ménagers.

— Parfois, je regrette de ne pas avoir tout noté ou enregistré. Je n'ai jamais autant ri qu'avec lui !

— Parce que tu n'avais pas à réparer les dégâts derrière, soupira Evan. Mais, tu as raison, il était imbattable pour amuser la galerie.

— Je sais que ça ne va pas te consoler, mais je crois qu'il aurait adoré que Gloria fasse de la batterie.

— Pour être honnête, je pense qu'il aurait adoré que Gloria fasse ce dont elle a envie. C'était ce qu'il voulait : que les personnes qui l'entourent soient heureuses.

— Je sais, admis-je en me plongeant dans mes souvenirs de Michael.

Lors du premier concert auquel j'avais assisté, j'avais été fascinée par cet homme qui sautillait sur scène pendant deux heures tout en haranguant la foule. Grâce à sa folle énergie, il avait insufflé une force incroyable au public, provoquant ce délicieux et addictif picotement électrique dans l'air.

Je l'avais fixé pendant ces deux heures de concert, planquée en coulisses comme une clandestine, le sourire aux lèvres. Michael dégageait un magnétisme fou : c'était impossible de ne pas être hypnotisé par sa présence.

— On se connaît ? m'avait-il demandé à la fin du concert.

Les membres du groupe décompressaient dans une petite salle de repos, éparpillés et avachis sur les canapés et fauteuils à disposition, tandis que l'équipe technique s'affairait autour d'eux. J'avais baissé les yeux, consciente que je le dévisageais.

— Je... Je m'appelle Mathilde, je suis nouvelle. Je travaille pour la maison de disques.

— Eh bien, bienvenue, Mathilde de la maison de disques. Tu es photographe pour eux ?

Il avait désigné l'appareil que je tenais à la main. J'avais pris quelques photos furtives du concert, mais je doutais que l'une d'elles rende justice à l'adrénaline et l'énergie vibrante qui flottait encore dans la salle.

— Je… Non, pas vraiment. Je fais ça pour m'amuser.

— Et tu es douée ? avait-il demandé avec une franche curiosité.

— Michael, tu vas la mettre mal à l'aise, était intervenu Evan.

— Franchement, je ne crois pas. J'ai vraiment aimé le concert, mais je ne suis pas certaine qu'on puisse figer sur une image ce qu'on ressent. J'ai surtout pris des photos du public.

— Le premier rang, n'est-ce pas ?

J'avais acquiescé, tandis qu'un sourire s'étirait lentement sur les lèvres de Michael. Il avait épongé son visage ruisselant de sueur et s'était emparé de la bouteille d'eau face à lui. Il m'avait scrutée avec attention, son regard pétillant de malice, tandis que j'expliquais, un peu intimidée :

— Parce qu'il y a une étincelle dans le regard du public, comme s'ils étaient… hypnotisés.

— J'ai toujours su que j'étais un être fascinant, s'était vanté Michael.

— Je crois que quand maman dit ça ce n'est pas vraiment un compliment, s'était esclaffé Evan, avant de recevoir une serviette humide sur la tête en guise de représailles.

— J'ai toujours été son préféré. Tu es juste jaloux parce que la foule, comme notre mère, ne voit que moi !

Evan s'était contenté de lever les yeux au ciel, certainement habitué au tempérament de diva de son frère. J'avais immédiatement envié leur complicité, malgré leurs caractères opposés. Nic était plus en retrait, la tête penchée au-dessus des genoux, comme s'il cherchait son souffle.

— Mathilde, je propose que tu viennes demain soir, à

un autre concert, et que tu fasses des photos. Tout un tas de photos. Ensuite, on verra si on te garde.

J'avais senti mon cœur s'emballer. Pour moi, la photo avait toujours été une passion – ce qui impliquait que personne ne me prenait vraiment au sérieux quand j'en parlais. Y compris moi : si je prenais plaisir à immortaliser des instants, je n'avais aucune prétention sur mon talent. Pour moi, il était inexistant.

— J'avais compris que la maison de disques avait déjà choisi un photographe, avait indiqué Nic.

— Mathilde a regardé le premier rang, avait lancé Michael, avec une conviction inédite. Je n'ai pas besoin d'en savoir plus : elle a vu ce qu'on voit, elle saura capter ce que nous sommes.

Je n'avais jamais autant rougi de ma vie. Soudainement, la pièce m'avait semblé trop étroite et le gage de confiance de Michael avait pesé une tonne sur mes épaules. Je n'avais pas eu le temps de réagir, ni de le remercier : la porte de la pièce s'était ouverte brutalement, laissant apparaître Maxime, son torse nu et musclé luisant de sueur avec, sur le visage, un sourire à damner un escadron de saintes.

Et j'avais été en première ligne de cet escadron, me cramponnant à mon appareil pour ne pas flancher et trahir mes émotions.

Des coulisses, je n'avais pas eu l'occasion de l'observer. Il était trop en retrait des trois autres et planqué derrière une immense et rutilante batterie. Maintenant qu'il était en pleine lumière et à moitié nu, il était spectaculaire.

— Je vais prendre une douche, avait-il lancé à la cantonade.

Son regard gris s'était arrêté sur moi, avant de me détailler des pieds à la tête. La gorge sèche et le cœur sur le point de s'évader de ma poitrine, je m'étais sentie impuissante et totalement sous le charme. Ses yeux rivés aux miens et ses lèvres soulevées dans un demi-sourire, il avait ajouté :

— Si jamais quelqu'un est intéressé.

Soudain muette et incapable de bouger, je l'avais regardé fermer la porte et disparaître dans le couloir. Il m'avait fallu encore quelques secondes pour retrouver mon souffle. Après quelques mois à fréquenter Maxime, j'avais pris l'habitude de vivre en apnée.

Et même si jamais je ne le lui avouerais j'adorais ça.

Le bruit de la hotte me tira de mes souvenirs et je secouai la tête pour chasser ma nostalgie et une tristesse persistante. J'affichai un large sourire, me concentrant sur ce que préparait Evan : la poêle à la main, il faisait sauter les légumes auxquels il venait d'ajouter des fines herbes.

— Pas trop dur le retour en zone tempérée ? demanda Evan avec un bref sourire.

— Je dois admettre que le soleil californien me manque un peu.

— Et la vie en tournée aussi ?

— Aussi. Je crois que j'ai la fibre nomade. Et puis, cela permet de découvrir tout un tas de pays.

— Je comprends, Mathilde. Et c'est vrai que voir des aéroports, des hôtels et des salles de concert représente une expérience touristique inédite !

— J'ai quand même pu visiter deux ou trois choses ! C'était… c'était génial, en tout cas. Je ne crois pas t'avoir remercié pour ton aide et ton soutien dans toute cette histoire.

— Tu plaisantes ? C'est ton travail qui t'a offert ce contrat.

Je me contentai de ravaler un sourire, me souvenant précisément du moment où j'avais annoncé aux Sharp End que j'avais décroché un contrat avec un autre groupe. Si Nic et Evan avaient été heureux pour moi et prompts à me féliciter, Maxime, lui, s'était très vite mis en colère et m'avait reproché de les abandonner. Notre relation, déjà compliquée, avait connu un nouveau creux de la vague.

Un creux qui durait depuis deux ans maintenant.

— Et toi ? Prêt à repartir pour quelques dates ? demandai-je.

— Côté groupe, nous sommes prêts, mais il reste quelques détails à régler : Tina, notre *tour manager* habituelle, n'est pas disponible.

— Est-ce qu'elle va bien ? m'inquiétai-je.

— Parfaitement bien : elle est enceinte. La maison de disques cherche un ou une remplaçante.

— Je connais quelqu'un, si besoin. Noah était *tour manager* sur la tournée et, même s'il voulait faire une pause, je peux lui proposer. Il connaît parfaitement le métier et en plus il est très sympa.

— Plus sympa que nous ? m'interrogea Evan, soupçonneux.

— Presque. C'était platonique, ajoutai-je après une courte pause.

Evan étouffa un rire tandis que je sentais mes joues chauffer malgré moi. J'avais été honnête : ma relation avec Noah était fraternelle et platonique. De toute façon, ni lui ni moi n'étions émotionnellement disponibles pour une relation. Par ailleurs, c'était le début de ma carrière et je refusais de mélanger le travail avec le plaisir.

— Tout ce qui se passe en tournée reste en tournée, me rappela Evan.

— Aussi. Mais je t'assure qu'il ne s'est rien passé avec lui. Son cœur est déjà pris.

Evan me jeta un coup d'œil rapide tandis qu'il disposait les légumes dans un plat. Je le connaissais suffisamment pour savoir qu'il brûlait de me poser une question. Pourtant, il resta muet. Il n'avait jamais manqué une occasion de me taquiner sur mon histoire avec Maxime, prêchant le faux pour obtenir le vrai. Pourtant, depuis que j'avais décroché ce contrat, il était beaucoup plus prudent. Craignait-il de m'encourager dans une relation que j'aurais été la seule à vouloir ?

Ironiquement, ni lui ni moi ne savions vraiment sur quel pied danser concernant Maxime.

— On a aussi besoin d'un photographe, indiqua Evan en glissant son plat au four.

— Je pensais que la question était résolue ; cela fait déjà plusieurs semaines qu'ils m'ont sollicitée et que j'ai refusé !

— Ils devaient croire que tu finirais par accepter. Je dois avouer que j'espérais aussi que tu changerais d'avis.

— Evan, tu sais très bien pourquoi je refuse.

— Je sais, je sais. Crois-moi, Maxime est en colère.

— Contre moi ?

Contre lui. Si ton refus visait à le faire céder sur votre... relation, tu...

— Le faire céder ? répétai-je, incrédule, dans un éclat de rire. Personne ne peut faire céder Maxime. Et ce n'était pas du tout l'objectif.

— Alors, dans ce cas, rien ne t'empêche de nous accompagner !

Très fier de lui, Evan afficha un large sourire et je levai les yeux au ciel. Je revenais d'une tournée longue et éreintante : j'avais besoin d'une pause. C'était la version officielle.

Officieusement, je ne voulais pas me confronter à Maxime. Pour être honnête, j'essayais surtout d'éviter d'avoir à nouveau le cœur brisé. Je pouvais supporter de voir Maxime se pavaner avec d'autres filles, je pouvais aussi tenter de sauver notre semblant d'amitié. Mais je craignais de ne pas être assez forte pour lui résister s'il tentait quoi que ce soit – pour être honnête, j'avais toujours cédé face à son charme – et je redoutais d'être en permanence sur la brèche, à m'interroger sur ma relation avec lui, à voler des heures d'intimité avant qu'il prenne la fuite au petit matin… C'était insupportable.

J'avais assez souffert de notre histoire clandestine.

Je voulais plus, et je n'étais plus certaine de le vouloir avec lui.

— Je crois que je vais plutôt rester chez moi, à l'abri de la neige, à manger des pizzas et à rattraper mon retard sur les séries à la mode !

— Mathilde, tu as vécu toutes nos tournées, tu as participé à nos virées station-service pour trouver des chips au vinaigre pour Michael et des cornichons pour Nic, et tu as même couru aussi vite que nous quand des fans nous poursuivaient dans la rue. Tu n'es pas faite pour rester sur ton canapé.

— J'avais oublié les chips au vinaigre.

— Sans Michael, je crois qu'ils ont fini par arrêter d'en produire.

— Ça sera sans moi, affirmai-je, déterminée. De toute façon, j'ai encore plein de choses à peaufiner. Et puis, il y a Maxime.

« Il y a Maxime. » Avec Evan, je n'avais pas besoin

d'élaborer mon explication. Il ne savait pas tout, mais il savait lire entre les lignes et connaissait son batteur et son tempérament volcanique depuis suffisamment longtemps pour deviner la situation.

— Il est assez contrarié par ton absence, dit-il en me tendant un verre de vin.

— Maxime est né contrarié.

— C'est différent cette fois. Je sais qu'il est pénible, têtu, et qu'il a la maturité d'un gamin de douze ans, mais il a du mal à accepter ton refus.

— Parce que tu crois que je vais lui manquer ?

— Il n'en est pas là... Pour l'instant, il se sert du groupe comme alibi. Il finira par comprendre, lança Evan avec un clin d'œil complice.

— Je suis passée à autre chose. Ça fait six ans qu'on se tourne autour, je crois qu'il faut que l'un de nous deux devienne adulte. Et, comme tu l'as dit, il a la maturité d'un gamin de douze ans, donc... je dois prendre la seule décision raisonnable.

— Et cette décision te rend heureuse ? demanda Evan, concerné.

— De quelle décision vous parlez ?

Le regard de Juliette passa d'Evan à moi, attendant ma réponse. Je me réfugiai dans mon verre de vin, détestant l'idée de leur mentir. Je m'enterrais déjà sous une accumulation de faux-fuyants et de mensonges, je ne voulais pas en rajouter.

— Thomas s'est endormi ? demanda Evan, me sauvant ainsi la mise.

— Une histoire et il dormait !

Evan lui tendit un verre de vin et orienta la conversation vers l'itinéraire de la tournée à venir. Je me promis de le remercier pour sa discrétion. Nous trinquâmes à nos retrouvailles, à leur nouvelle vie dans cette maison et à ma carrière, enfin lancée, de photographe.

Au cours du dîner, Evan m'interrogea sur Noah et, déjà convaincu, me demanda ses coordonnées pour le contacter. Au moment de nous séparer et alors que j'attendais l'arrivée de mon taxi, il me rappela que sa proposition tenait toujours :

— Si tu changes d'avis, nous serons ravis de t'avoir comme photographe.

Il réajusta le col de son manteau épais et fourra les mains dans ses poches pour lutter contre le froid nocturne, guettant ma réponse. J'avais eu le temps de mûrir ma décision et, même si j'adorais l'ambiance des tournées du groupe, j'avais trop à perdre.

— Je suis sûre de moi, dis-je avant de nouer mon écharpe.

Au loin, mon taxi apparut, se garant à l'angle de la rue. Je levai le nez vers le ciel, scrutant l'accumulation de nuages et espérant, contrairement à Juliette, que quelques flocons viendraient décorer les rues. L'hiver était ma saison préférée et Noël avait toujours une saveur particulière pour moi.

— Juliette prévoit un dîner avant Noël avec atelier sapin, cookies et chamallows grillés.

— C'est tentant.

— Maxime sera certainement là. Mais je ne veux pas être privé de la présence d'une amie parce qu'il fait preuve de crétinerie à un niveau olympique.

— Evan…

— Je t'en prie, ne m'oblige pas à jouer la carte « émotion » en te rappelant que Gloria et Thomas seraient ravis que tu sois là.

— D'accord, d'accord, abdiquai-je. Je vais au moins y réfléchir.

— Super ! Tu devrais y aller avant de finir bloquée sur la route avec neige et verglas.

Il m'embrassa sur la joue avec affection, avant de me prendre dans ses bras. Après deux années passées loin du groupe, je ne réalisais que maintenant à quel point ils m'avaient tous manqué.

Tous, y compris Maxime.

Evan se détacha de moi et, avant de retourner dans sa maison, s'assura que je me dirigeais bien vers mon taxi, patientant au bout de la rue. J'avais passé une excellente soirée ; le dîner avait été chaleureux, entrecoupé de rires, de récits de souvenirs et des interventions de Gloria, débordante de joie et d'enthousiasme au sujet de son spectacle à venir. Pourtant, une partie de moi avait l'impression qu'il ne s'était pas vraiment agi d'un dîner de retrouvailles ; j'avais la sensation inconfortable d'avoir fait mes adieux à mes meilleurs amis. Je secouai la tête et mis mes états d'âme sur le compte de la fatigue, du changement de météo et du décalage horaire. Arrivée au niveau de la berline qui m'attendait, j'agrippai la poignée de la portière quand une voix m'interpella :

— Mathilde ?

Je me figeai, soudainement tétanisée par ce timbre rauque. J'aurais reconnu cette voix entre mille, parce qu'elle avait vibré contre ma peau des centaines de fois, quand Maxime, lové contre moi, tapotait de ses doigts ma chair nue en fredonnant un air récemment composé par le groupe. C'était cette voix qui murmurait mon prénom quand nous faisions l'amour, c'était cette voix qui m'entraînait hors des sentiers battus et me faisait prendre des décisions insensées.

C'était cette voix qui faisait s'emballer mon cœur et m'empêchait de respirer.

Tous mes mensonges n'étaient pas suffisants, tout ce temps écoulé n'avait servi à rien, parce que, en une seconde, tous mes sentiments – de la colère à la joie, en passant par la tristesse – remontèrent à la surface.

Je pivotai lentement, me composant un visage déterminé, et plongeai dans ce regard orageux dont je connaissais chaque nuance. Avec sa barbe de quelques jours, sa mâchoire parfaitement ciselée et son imposante stature, Maxime semblait échappé d'un magazine de mode.

Il fit un pas vers moi, incertain, et risqua un faible sourire.

— Je t'attendais, dit-il.

Chapitre 5

Je n'avais pas vérifié l'heure à laquelle j'étais arrivé, mais mes orteils paralysés de froid m'indiquaient que cela faisait plus de deux heures. Au début, j'avais envisagé de sonner à la porte d'Evan pour me joindre au dîner, mais je redoutais un nouvel accès de colère de la part de Mathilde. Après deux ans de silence, elle avait tout à fait le droit de me demander des explications et de me les demander sans mettre de gants.

Alors, j'avais patienté, priant pour qu'il ne neige pas à gros flocons, restant dans l'ombre pour éviter qu'on me repère – ou, pire, qu'on me considère comme un psychopathe en devenir. Lorsque, enfin, j'avais entendu la voix de Mathilde qui sortait de la maison, j'avais failli renoncer. D'une part je craignais sa réaction – mes deux années de silence radio ne jouaient pas en ma faveur –, d'autre part je n'avais aucune idée de ce que j'allais pouvoir lui dire.

En réalité, je ne savais pas bien ce que je faisais ici, tapi contre un buisson et luttant contre le froid. Je savais malgré tout que j'avais merdé dans les grandes largeurs, nous privant de notre photographe attitrée, et que je devais tenter de réparer mes âneries. Je le devais au groupe.

Quand je l'avais vue, un flot de souvenirs m'avait submergé, ces mêmes souvenirs que j'étais parvenu à contenir pendant deux ans pour ne pas sentir son absence. La gorge sèche et les mains moites, je réalisais qu'elle m'avait manqué bien plus que ce que je voulais m'avouer. Son air doux, son regard bienveillant, sa façon même de me sourire avec tendresse ; elle n'avait pas vraiment changé. Pendant ces deux ans, je n'étais pas resté sagement chez moi. J'étais sorti, j'avais rencontré d'autres femmes, couché même avec certaines, mais aucune ne m'avait écouté comme Mathilde.

Aucune ne m'avait rendu fou comme Mathilde.

Aucune n'avait réussi à me faire oublier Mathilde.

— Tu m'attendais ? répéta-t-elle, incrédule.

— Evan m'a parlé de votre dîner, alors je me suis dit que j'allais venir ici pour discuter avec toi.

— Tu sais, il y a un truc très utile qui s'appelle le téléphone, Max. Enfin, je doute que tu le saches, vu que tu n'as donné aucune nouvelle depuis presque deux ans.

Son ton acide me gifla comme une bourrasque désagréable. Maintenant, j'avais froid jusqu'aux os. Je fourrai les mains dans ma veste de moto et avançai vers Mathilde. Elle me dévisagea, les deux pieds figés dans une fine pellicule de neige. Son regard bleu ciel accrocha le mien, mais je n'y décelais pas l'étincelle de joie qui l'habitait en temps normal.

J'avais grave merdé.

— Comment s'est passé ton contrat ? demandai-je.

Mathilde croisa les bras sur sa poitrine et son visage se durcit davantage. Je réalisais maintenant que venir ici pour l'affronter sans avoir préparé mes arguments était la pire des idées.

— Bien.

— J'ai vu quelques photos et…

— Si tu me disais plutôt ce que tu fais ici ? me coupa-t-elle.

— Tu veux le plan A ou le plan B ?

J'espérais voir un sourire se dessiner sur ses lèvres, mais Mathilde resta stoïque. Pendant des années, cette seule phrase avait suffi à la faire rire. Je découvrais maintenant que j'avais saccagé notre relation et les dégâts étaient bien plus profonds que ce que j'avais imaginé. Mathilde n'était plus la même et cette prise de conscience me fit l'effet d'un mauvais uppercut ; au fond de moi, j'avais naïvement pensé que nous reprendrions là où nous nous étions arrêtés, que nous redécouvririons nos escapades nocturnes et nos étreintes passionnées. Nous avions toujours fonctionné ainsi : une relation sporadique, jalonnée de disputes, de retrouvailles sensuelles. Une relation sans engagement et spontanée. Je l'entraînais avec moi dans mes envies de liberté et de transgression, elle me suivait en traînant les pieds, avant de m'avouer qu'elle adorait ça. Nous passions la nuit ensemble, je prenais la fuite, et je parvenais à me faire pardonner avec un sourire et un regard implorant. Elle cédait systématiquement, en promettant, à chaque fois, que c'était la dernière.

— Dans un monde idéal, je t'aurais proposé d'aller boire un café, histoire de ne pas me transformer en congère, ajoutai-je, en espérant débloquer la situation.

— Mon taxi attend, je vais rentrer chez moi.

Désarçonné par sa réponse, je me figeai. Mathilde ne m'avait jamais semblé aussi déterminée et sûre d'elle ; son comportement brouillait tous mes repères. Constater qu'elle était désormais insensible à mon sourire ou à mes blagues me rendait encore plus nerveux.

Elle ouvrit la portière, prête à emporter avec elle tous

mes espoirs de réconciliation. Subitement, j'effaçai la courte distance entre nous et agrippai son coude pour la retenir. Surprise, elle s'immobilisa en fronçant les sourcils. Le cœur battant, je cherchai une manière de la retenir, même quelques secondes.

— Je peux te ramener, proposai-je.

— Maxime, tu es en moto, il fait un froid polaire et je ne suis pas franchement habillée pour une virée nocturne.

— Écoute, je sais que j'aurais dû t'appeler et que tu m'en veux, mais on se connaît depuis longtemps et...

— Et tu m'as laissé sans nouvelles pendant quasiment deux ans. Tu as refusé mes appels, tu n'as répondu à aucun de mes messages. Et maintenant tu voudrais que je te suive pour aller boire un café en pleine nuit comme si de rien n'était ?

— Je suis désolé, murmurai-je.

— Tu peux.

— J'étais... j'étais en colère.

— En colère ? Parce que j'ai osé vouloir une carrière ? Ou parce que j'ai osé m'éloigner du groupe ? Ou peut-être parce que tu pensais que j'allais rester éternellement à ta disposition ?

Tout son corps vibrait d'exaspération. Derrière elle, le taxi s'impatienta et lui rappela que le compteur tournait. D'un geste vif, je sortis mon portefeuille de ma poche et dégainai un billet, lui demandant de garder la monnaie.

— Qu'est-ce-que... Ne partez pas, monsieur, j'en ai pour quelques minutes, expliqua Mathilde.

— Partez, je la raccompagne, assurai-je en fusillant le chauffeur des yeux.

Le pauvre homme ne méritait pas ma colère, mais je devais avoir cette conversation avec Mathilde. Si elle l'évitait maintenant, je savais non seulement que je n'aurais plus le courage d'aller vers elle, mais aussi que la rage finirait par me dominer et me ferait prendre de mauvaises décisions.

— Je t'en prie Mathilde, j'aimerais juste qu'on puisse discuter, plaidai-je.

— Maxime, tu as eu deux ans, non, en fait, tu as même eu plus que ça, presque six années pour « discuter » ! s'écria-t-elle, visiblement agacée.

— Je me suis déjà excusé !

— Et ça signifie que je dois passer l'éponge ? lâcha-t-elle dans un rire nerveux.

Le chauffeur de taxi jeta un coup d'œil dans notre direction, embarrassé d'assister au début d'une dispute nocturne, au beau milieu de la banlieue. À sa place, j'aurais sûrement eu le même doute ; pire, je n'aurais pas laissé une jeune femme avec un mec comme moi, même en plein jour.

— Evan m'a dit que tu ne voulais pas faire la tournée avec nous.

— En effet.

— J'aimerais te faire changer d'avis.

— Et tu as prévu de réussir cet exploit en pleine nuit et avec le risque de geler sur place ? Maxime, c'est…

— Non. Je veux te faire changer d'avis au chaud, en buvant un café ou un de ces thés infâmes que tu aimes, dans ton bar préféré. Si on se dépêche, on peut arriver avant la fermeture, précisai-je, radouci.

— Et si je refuse ?

Je haussai les épaules. Je n'avais aucun moyen de la forcer à me parler ou à m'écouter. Notre relation longue et chaotique était à la fois un argument de poids et une véritable embûche. Le taxi patientait toujours, nous épiant dans son rétroviseur.

— Tu as le droit d'être en colère contre moi, dis-je finalement. Mais c'est injuste pour le groupe.

— Maxime...

— Tu as toujours été notre photographe attitrée. Celle que Michael avait choisie.

À la mention du prénom de mon meilleur ami et membre fondateur de notre groupe, je vis le masque de colère de Mathilde se fendiller. Michael avait toujours eu du flair avec les gens. En un clin d'œil, il savait à qui faire confiance, et qui éviter. Son instinct était si infaillible qu'il avait su à la seconde où il avait rencontré Lucie qu'il finirait par l'épouser.

Je lui avais toujours envié ce sixième sens. Au moins, lui savait faire confiance aux autres. Je murmurai :

— Michael n'est plus avec nous et je ne peux rien faire pour le ramener mais, te concernant, je peux encore essayer.

— Je ne fais pas ça contre le groupe, soupira-t-elle.

— Je sais. Et je sais aussi que si tu acceptes de revenir tu le feras pour le groupe.

— Tu crois vraiment que je reviendrais uniquement pour cette raison ?

— Eh bien, ça, c'est le plan A.

Elle haussa un sourcil et se pinça les lèvres. Je savais qu'elle brûlait d'envie de me demander quel était le plan B, mais elle se retint. Elle lança un coup d'œil vers le taxi et se passa une main sur le visage. Je laissai un sourire flotter sur mes lèvres. Mathilde avait changé, mais je savais encore lire ses émotions : c'était rassurant. Ces années ne nous avaient pas complètement séparés.

— Je t'expliquerai le plan B au bar, promis-je.

— Jouer la carte de Michael, c'est vraiment… nul.

— Ce qui est nul, c'est que je ne sens plus mes pieds. Alors, soit tu acceptes de grimper sur cette moto avec moi, soit tu vas devoir m'accompagner aux urgences les plus proches pour hypothermie.

— D'accord, d'accord. Mais ça ne veut pas dire que j'accepte pour la tournée.

— Non. Ça veut seulement dire que je vais tout faire pour te convaincre de nous suivre.

Elle poussa un nouveau soupir, avant d'aller informer le taxi de l'annulation de la course. Ce dernier me jeta un regard, pour s'assurer que je n'étais pas un assassin en puissance. Il finit par quitter les lieux et je tendis un casque à Mathilde.

— Je n'arrive pas à croire que j'ai accepté, marmonna-t-elle.

— Pour être honnête, moi non plus. J'avais envisagé que tu me gifles.

— Ne me tente pas. La nuit est loin d'être finie.

Je m'approchai pour l'aider à fixer la jugulaire de son casque, récoltant une grimace quand mes doigts glacés touchèrent la peau de son cou. Pendant quelques secondes, j'accrochai son regard lumineux. Ce même regard que je cherchais à chaque concert dans la foule et qui devenait ensuite mon port d'attache.

— Tu veux des gants ? demandai-je, mon visage à quelques centimètres du sien.

— J'en ai.

Elle s'écarta aussitôt et je sentis la frustration me gagner. Je n'avais aucune prise sur elle. Je démarrai ma moto et attendis patiemment que Mathilde soit prête pour l'aider à grimper à l'arrière. Quand elle fut installée, elle fureta sur sa gauche, puis sur sa droite, cherchant un moyen de se maintenir.

— Je crois que tu vas devoir t'accrocher à moi, dis-je, sans masquer mon sourire triomphal.

— Ce que je cherche justement à éviter depuis des mois, marmonna-t-elle.

Mon sourire se fana aussitôt. À nouveau, elle se montrait froide et cassante.

— Je n'avais pas réalisé que tu t'accrochais, dis-je, déboussolé.

— J'avais remarqué, siffla-t-elle.

Je secouai la tête, cherchant à comprendre. Malgré ces deux ans de silence, malgré la distance, elle s'accrochait à moi. Ou, du moins, elle s'était accrochée à moi. J'étais soudain partagé entre la joie de découvrir qu'elle ne m'avait pas complètement oublié durant ces mois de séparation et la crainte que cette révélation n'arrive trop tard.

Après avoir mis mon casque, je m'installai derrière le guidon. Mathilde posa les mains sagement sur mes flancs, prenant soin de ne pas presser son corps contre le mien. Cette proximité relative fit remonter un flot de souvenirs, notamment ceux des soirs où nous nous retrouvions dans ma chambre à l'issue des concerts.

— Tu devrais me rejoindre, avais-je dit à Mathilde tout en m'enfonçant dans mon bain.

Habillée d'un de mes T-shirts, elle profitait du fait que je sois dans un bain moussant – et donc à sa merci – pour me prendre en photo. À son sourire, j'avais compris qu'elle prenait beaucoup de plaisir à me figer sur sa pellicule.

— Et louper une occasion pareille ? Tu ne poses jamais pour moi !

— Je ne pose toujours pas : je prends un bain. Tu te

rends compte qu'à ta place la plupart des filles sauteraient immédiatement dans l'eau pour me rejoindre ?

— J'aime me détacher du lot, avait-elle rétorqué dans un sourire.

Elle s'était approchée de moi, continuant à me mitrailler. J'avais profité d'un moment d'inattention pour lui saisir le poignet et la faire basculer dans la baignoire. Elle avait crié de surprise, avant de m'insulter pour son appareil que j'avais failli noyer au passage.

— Je t'en achèterai un autre demain, avais-je dit en lui retirant son T-shirt.

Elle s'était installée à califourchon sur mes cuisses, le T-shirt mouillé et couvert de mousse moulant sensuellement les courbes de son corps, la pointe de ses cheveux légèrement humide. Quand j'avais agrippé ses cuisses pour l'attirer encore plus près de moi, elle avait posé les mains sur mes épaules, laissant mes lèvres picorer son cou.

— Je me fiche de l'appareil, avait-elle murmuré. Ce sont les photos qui vont me manquer.

Je n'avais pas répondu. Je m'étais contenté de la faire gémir de plaisir et nous avions fait l'amour dans ce bain, recouvrant le carrelage d'eau et de savon, avant de nous glisser dans le lit, la peau encore humide et parfumée.

Cette légèreté me manquait, je regrettais maintenant de ne pas en avoir plus profité, de ne pas avoir compris la chance que j'avais eue de partager ces moments avec elle.

— Prête ? demandai-je en me tournant vers elle.

— Pas vraiment.

Je fis vrombir le moteur, sentant ses mains se cramponner à ma veste. J'avais gagné une première victoire, mais je savais que Mathilde se montrerait plus résistante pour la suite de notre conversation. Notre relation avait toujours été agitée – mélange de confrontation, de désir et de retrouvailles nocturnes. Chaque fois, j'avais réussi à l'amadouer, la charmer, la faire succomber. Mais jamais je n'avais eu à me faire pardonner une erreur d'une telle ampleur. Et Mathilde n'était plus tout à fait la femme que j'avais connue. La bataille s'annonçait rude pour la convaincre de partager notre bus de tournée.

— Bordel, grognai-je en entrant dans le bar.

Du coin de l'œil, je vis Mathilde sourire franchement, son regard arrondi d'émerveillement. Je ne savais même pas où regarder tant Julian avait décoré entièrement les lieux. Son amour pour Noël avait viré à l'obsession : il y avait maintenant un sapin gigantesque dans l'angle droit du bar, les chaises étaient couvertes de plaids en fausse fourrure, des guirlandes lumineuses avaient été enfermées dans des boules en verre, trônant sur chacune des tables, et sur les murs étaient suspendues des décorations en bois, typiques de Noël.

— On est en novembre, marmonnai-je.

— On est fin novembre, Maxime.

— C'est bien ce que je dis. On dirait qu'il a perdu le sens de la mesure.

— Je trouve ça très joli. D'année en année, il améliore l'ambiance.

Je levai le nez vers le plafond, découvrant des branches de gui suspendues, auxquelles étaient attachées des boules multicolores. Mathilde adorait Noël et, surtout, Mathilde adorait ce bar depuis qu'Evan et Juliette s'y étaient rencontrés.

— Aurais-je une vision ? fit la voix de Julian, le propriétaire, derrière nous.

Mathilde pivota dans un cri de joie, ignorant les regards curieux autour de nous. Elle sauta dans les bras de Julian, me donnant la sensation brutale et désagréable d'être transparent. Ils s'étreignirent longtemps, riant, tout en prenant des nouvelles l'un de l'autre. Quand Julian la relâcha, son regard se déporta sur moi et son visage radieux se décomposa aussitôt.

— Ravi aussi, dis-je sans même esquisser un sourire.

— Ça faisait longtemps, répondit-il, d'une voix terne.

— Mathilde voulait qu'on boive un verre en tête à tête, lâchai-je.

Sa mine déjà contrariée s'assombrit encore. Mathilde secoua la tête de désapprobation, avant de se diriger vers l'extrémité de la salle pour s'installer à la rare table encore libre. Julian nous suivit, s'emparant au passage de deux cartes.

— On sait ce qu'on va boire, dis-je en m'asseyant face à Mathilde.

— J'aimerais regarder, rétorqua cette dernière, en adressant un large sourire à Julian.

J'ignorai le sourire victorieux du barman. Mathilde cherchait à me faire payer mes deux années de silence, et nos six années de relation épisodique. J'étais presque sûr que Julian n'était pas son genre d'homme et qu'elle appréciait seulement qu'il lui porte de l'intérêt.

— Je crois que je vais prendre un vin chaud, parce que je suis vraiment gelée, indiqua Mathilde.

— Avec ton supplément cannelle habituel ?

— Bon sang, tu te souviens de ça ?

— C'est mon boulot de me souvenir des commandes de mes clientes préférées. Je compte sur toi pour me raconter ton...

— Je prendrai une bière, le coupai-je, agacé. Normale, pas un truc de Noël.

Je serrai le poing à m'en faire mal. J'avais envie de lui faire ravaler son sourire et ses bonnes manières. Surtout, j'avais envie de lui rappeler qu'il devait cesser de tourner autour des filles du groupe : Evan m'avait confié que Julian avait eu des vues sur Juliette au tout début de leur relation.

— Je vous laisse le programme des festivités du mois prochain, dit-il sans se démonter. On fait un concours de pulls de Noël et de déguisements. Il y a même une catégorie « Grinch », si tu veux, Maxime.

— Je visais plutôt le concours de baisers. Avec Mathilde.

Julian ne nous avait encore rien servi, mais Mathilde toussa à s'en étouffer. Mon sourire s'élargit aussi vite que celui de Julian s'effondrait. Il baissa les yeux et prit la fuite en direction de son bar.

— Tu te fous de moi ? Tu étais sérieux ? m'interrogea Mathilde, sans masquer son agacement.

— Pour le concours ? Si je dois le faire, je ne le ferai qu'avec toi.

— Et nous afficher devant tout le monde ?

— T'embrasser me semble moins préjudiciable que de me trimballer avec un pull de Noël.

— Merci, Maxime. J'adore être ton plan B, siffla-t-elle.

Elle haussa un sourcil et je profitai de ce moment pour l'observer de plus près. Des cheveux plus longs, une peau hâlée… Mathilde avait toujours été de ces beautés discrètes et naturelles. Un seul sourire suffisait à éclairer son visage et, même après une nuit à danser de manière effrénée, elle arborait toujours un visage radieux et d'une fraîcheur injuste.

Ces deux années d'éloignement lui avaient fait du bien ;

la maturité l'embellissait. Je retrouvais avec plaisir les traits délicats de son visage, sa bouche aux lèvres pleines que j'adorais tant embrasser, son grain de peau fin et désormais bronzé que j'avais effleuré pendant des heures, et ses longs cils que j'avais eu l'occasion d'admirer quand elle dormait près de moi et que je souffrais d'insomnie.

— Tu sais ce qui me terrifie ? me demanda Mathilde.

— C'est une vraie question ? Genre pour vérifier si j'écoute vraiment ce que tu me dis depuis des années ?

— Max, ce qui me terrifie, c'est qu'en deux ans tu n'as pas changé d'un pouce. Tu es toujours ce mec arrogant et sur la brèche, prêt à bondir sur la première personne qui aura eu l'audace de t'agacer.

— Aucune raison que je change.

— Aucune ? Vraiment ? Je croyais que tu devais me convaincre d'accepter la tournée.

— En effet. Mais je n'ai jamais dit que j'étais l'argument ultime. C'est le groupe qui compte, et c'est le groupe que je veux défendre, uniquement.

Je n'avais pas de meilleur argument. M'embarquer à parler de nous, ou pire de moi, m'aurait amené dans le mur. Je n'avais aucune idée de ce que nous étions, et je ne voulais pas lancer ce sujet ce soir, en public. Mathilde me fixa en silence, jouant nerveusement avec ses doigts. Autour de nous, les conversations étaient animées et je réalisais maintenant que Julian avait déjà lancé sa playlist préférée, en la chargeant de titres de Noël.

Nos boissons se matérialisèrent sur la table et Mathilde entoura sa tasse de ses mains. Elle prit une profonde inspiration avant de se lancer :

— J'aime le groupe. J'adore travailler avec vous, mais

je sors d'une tournée de plus de deux ans, j'ai besoin d'une pause.

— Ce n'est que pour quelques semaines, contrai-je. On sera de retour en janvier et tu pourras prendre toutes les vacances dont tu as besoin ensuite.

— Il n'y a pas que ça. J'ai travaillé avec vous pendant des années, je ne vois pas bien ce que je vais pouvoir apporter. C'est d'un œil neuf que vous avez besoin.

Elle avait raison. Évidemment. J'avais tenu le même discours à Evan et Nic concernant la *setlist* et la nécessité d'un renouveau. Que nous soyons, elle et moi, aussi alignés et en accord me tira un sourire.

— Tu as raison, admis-je.

Elle releva son regard azur vers moi, stupéfaite.

— Je retire ce que j'ai dit. Tu as un peu changé, fit-elle en riant. Depuis quand admets-tu que j'ai raison ?

— Quand tu as effectivement raison. Et sur ce coup tu as vraiment raison.

— J'entends l'ombre d'un « mais » se profiler...

— Mais... tu nous connais par cœur. Tu sais comment nous photographier, tu sais être présente sans être intrusive, tu sais quand nous avons besoin d'être seuls. Tu partages nos rituels. Tu fais partie du groupe, Mathilde. Et je suis certain que tu sauras trouver un moyen d'apporter de la nouveauté à tes photos.

Je bus une gorgée de ma bière, masquant ma nervosité. Convaincre une foule de hurler, je savais le faire. C'était instinctif. Mais persuader Mathilde d'accepter de nous accompagner ressemblait à une mission impossible. Le jeu était simple à gagner pour elle : il lui suffisait de dire non, sans même expliquer pourquoi.

— C'est une mauvaise idée, Max.

— Tu es là depuis nos débuts, ou presque.

— Tu sais ce que je veux dire, murmura-t-elle en buvant, à son tour, une gorgée de son vin chaud.

Je savais.

Je ne le savais que trop.

Argumenter sur les bienfaits pour le groupe était facile. Mais je n'étais pas dupe. Si Mathilde ne voulait pas rempiler, ce n'était pas pour des raisons professionnelles. J'étais le seul à être en cause, j'étais celui qui la repoussait constamment, persuadé qu'elle reviendrait toujours. Je l'avais fait deux ans plus tôt face à l'annonce de son départ, et je m'étais rendu compte que ça ne fonctionnait plus. Cette fois encore, elle semblait décidée à ne pas changer d'avis.

— J'adore le groupe, reprit-elle. Je serai toujours reconnaissante envers Michael de m'avoir donné ma chance et de m'avoir permis de vous rencontrer. Mais ces deux années de pause m'ont fait réfléchir.

— Ne fais pas ça, Mathilde.

— On se connaît depuis six ans, Max. Six ans durant lesquels j'ai appris des tas de choses et j'ai adoré faire partie de vos vies mais, si j'ai décidé d'accepter l'offre de tournée, c'est avant tout à cause de la sensation de faire du sur-place. Surtout depuis la mort de Michael.

Je refoulai le souvenir désagréable de cette période atroce. Pendant longtemps, j'avais même refusé d'en parler. Je me souvenais de l'hôpital, de la cérémonie, des tombes fleuries et du retour chez la mère d'Evan, avec la sensation d'avoir été amputé.

Et ensuite le *black-out* : des semaines à errer et à chercher ce que nous allions tous devenir. Surtout, je m'interrogeais sur ma propre vie, où, systématiquement, je me retrouvais abandonné par ceux que j'aimais.

— Je sais, soufflai-je, d'une voix étranglée.

— Il faut que j'avance. Et pour ça il faut que je me détache de vous. Et de toi, ajouta-t-elle après un court silence. Surtout de toi.

Je soutins son regard embué de larmes. La voir si triste au milieu de ce décor festif était troublant. Elle se tenait là, sincère, vulnérable, et je me sentis soudainement impuissant. J'avais été persuadé de pouvoir la faire changer d'avis, je ne réalisais que maintenant que je n'avais pas eu l'ombre d'une chance, et qu'en acceptant de grimper sur cette moto elle avait juste préparé ce qu'elle allait me dire.

— Crois-moi, j'ai adoré travailler avec vous. Et j'ai aimé toutes nos soirées en tête à tête. Mais repartir en tournée avec vous tous signifie reprendre nos habitudes. Et nous savons tous les deux que nous ne sommes pas vraiment alignés là-dessus.

— C'est justement ce que je veux éviter : que tu fasses payer le groupe pour... mes... habitudes, dis-je, sans pouvoir trouver meilleur mot.

— Je ne fais payer personne. Je me préserve, Max. En fait, non, je nous préserve. Parce que je ne veux pas qu'on finisse par se détester. Je ne veux pas tout gâcher.

Nous plongeâmes dans le silence. Mathilde semblait épuisée alors que j'avais l'impression d'avoir pris une avalanche de coups.

— C'est mieux comme ça, dit-elle finalement, avant de se lever de la banquette.

Au même moment, la foule du bar se mit à applaudir. Je tournai la tête, remarquant que deux inconnus se tenaient en dessous d'une branche de gui, prêts à en découdre avec ce ridicule concours de baisers. Être malheureux était habituel pour moi, mais voir un couple, visiblement amoureux, se dévorer du regard avant de s'embrasser fut insoutenable à cet instant.

— Bonne soirée, Maxime. Amuse-toi bien pendant cette tournée.

Mathilde pressa délicatement ma main. Je n'avais pas la force de capter son regard. Mon amertume prenait le dessus sur tout le reste. J'avais échoué et j'étais le seul responsable de ce désastre. Mathilde quitta le bar et il me fallut quelques secondes pour me lever et le quitter à mon tour, en courant, pour la retrouver. Je ne pouvais pas la laisser partir ainsi et je n'étais pas le genre de mec à accepter une défaite aussi cuisante. Cela devenait vital de la convaincre. Pour moi, comme pour le groupe.

Je la repérai assez vite, sa silhouette longiligne se découpant dans la lumière des réverbères.

— Mathilde ? criai-je.

Elle pivota vers moi, un sourire incertain flottant sur ses lèvres. Le froid me saisit, tandis que j'avançais à pas prudents dans sa direction. Elle me suivit des yeux, refermant son manteau autour d'elle en guise de protection. J'étais à peu près certain que ce n'était pas le froid qu'elle craignait. Quelques flocons de neige flottèrent autour de nous et je jouai mon ultime carte, déclarant avec détermination :

— Dis-moi ce que je dois faire.

— Maxime...

— Dis-moi ce que je dois faire. Dis-moi ce que je dois faire pour te convaincre d'accepter. Quoi que ce soit, je le ferai. Dis-moi s'il faut que je te masse les pieds chaque soir, ou si tu veux que je chante *Jingle Bells* en quarante-cinq langues. Ou, si tu préfères, je vais voir Julian pour m'excuser d'avoir été un enfoiré avec lui...

— Maxime…

— Je t’en prie, Mathilde. Tu ne peux pas lâcher le groupe. Tu ne peux pas me lâcher, moi.

Sa bouche s’ouvrit, sur le point de me répondre, et pendant une courte seconde je sentis mon cœur, que je pensais mort depuis des années, s’emballer aussi stupidement qu’il s’était emballé quand je l’avais vue pour la première fois après l’un de nos concerts.

Elle resta pourtant muette ; je répétai :

— S’il te plaît, dis-moi ce que je dois faire. Parce que je ne peux pas imaginer une tournée sans toi, derrière ton appareil, ou sans ton rire en coulisses, ou sans te voir agiter la tête au rythme de ma batterie.

J’étais fatigué. À bout de souffle, terrassé par la force de mon propre aveu, spontané et un peu désespéré. Mais, si ça pouvait faire changer d’avis Mathilde, j’étais prêt à l’assumer. J’étais même prêt à tout et à n’importe quoi pour la convaincre de nous rejoindre et pour la retrouver près de moi.

— Maxime…

— Je ferai même le concours de pulls de Noël si ça peut te convaincre, proposai-je pour faire oublier mon excès de sérieux. N’importe quoi, tout, tu n’as qu’à demander.

Elle peina à retenir un sourire, puis secoua la tête. Le froid piquait ma peau, mais je devinais surtout ce petit frisson caractéristique des prémices de la victoire. Sa conviction était en train de se fendiller devant moi, en pleine rue.

— Tu serais donc prêt à t’excuser pour tes deux années de silence et à mettre un pull hideux ? demanda-t-elle.

— S’il le faut. Mais peut-être pas le même jour, tout de même.

Un nouveau sourire fleurit sur ses lèvres et elle leva les yeux au ciel, comme si elle attendait une aide divine pour résister. Je réduisis l'espace entre nous et tentai crânement ma chance.

— Je peux même renoncer à mon aversion pour les sapins et les décorations de Noël.

— C'est le plan A ?

— Je n'ai pas de plan B, avouai-je. Mais, si ça peut te faire changer d'avis, je peux même accepter de jouer le Père Noël pour Gloria et Thomas. Dis-moi ce que tu veux, suppliai-je dans un murmure.

Elle plongea ses beaux yeux dans les miens et, tandis que son sourire s'élargissait, elle répondit :

— Je veux qu'on devienne amis.

Percuter un iceberg en pleine rue m'aurait moins surpris. Et moins fait mal.

Je détestais cette idée d'être amis.

Et je détestais qu'elle ait eu cette idée foireuse.

J'aurais préféré qu'elle me demande de grimper l'Everest, de marcher sur des braises, de me teindre les cheveux en vert sapin ou de renoncer à jouer de la batterie les jours pairs. Tout cela était faisable. Compliqué, voire insupportable, mais faisable.

Devenir amis, en revanche, me paraissait impossible. Cela signifiait que j'allais devoir définitivement renoncer à mon attirance pour elle, ne plus toucher sa peau veloutée et ne plus ressentir une bouffée de jalousie à chaque fois qu'un autre homme la regardait.

C'était impossible, mais ne pas l'avoir avec moi sur cette tournée était inenvisageable. Alors, je cédai :

— C'est d'accord.

Chapitre 6

— Amis ?!

Aurais-je annoncé à Louise et Juliette que j'avais gagné au loto qu'elles n'auraient pas été plus surprises. Louise était bouche bée – ce qui, d'après Nic, tenait de l'exploit. Quant à Juliette, elle fronçait les sourcils, comme si elle tentait d'assimiler le mot qu'elle venait de prononcer.

— Amis, insistai-je.

— Mathilde, tu as conscience que tu es en train de faire monter les enchères ? m'interrogea Louise. On avait déjà commencé à prendre les paris, mais avec ce que tu viens de nous raconter je suis sûre que les mises vont augmenter.

— Vous ne pouvez pas être amis, décréta Juliette.

— Bien sûr que si. On se connaît depuis des années, il suffit juste de définir... des limites, assurai-je de mon ton le plus convaincant.

— Des limites ? répéta Juliette.

— Avec Maxime ? renchérit Louise. On parle bien du même Maxime ? Le type énervé qui n'a pas trouvé d'autre moyen pour gérer ses émotions et ses contrariétés que de taper sur sa batterie ? Le grand brun arrogant à l'humour douteux et qui, ce qui est selon moi le pire défaut de l'univers, a une dent contre Noël et tout ce qui s'y rapporte ?

J'opinai entre deux rires. Bien que très succincte et extrêmement subjective, je devais admettre que sa description n'était pas complètement fausse. Mais pour cerner Maxime il fallait aller au-delà de ses apparences rugueuses pour gagner peu à peu sa confiance. Ce n'était pas franchement un livre ouvert… mais plutôt un rouleau de parchemin indéchiffrable pour les non-initiés. Louise n'avait pas fréquenté suffisamment Maxime pour le savoir. Gagner sa confiance, ou plutôt passer outre à sa méfiance pathologique, m'avait demandé du temps, de la patience et une certaine prise de risques. Maxime aimait tester les gens, savoir jusqu'où il pouvait aller, avant d'accepter d'abaisser ses barrières.

— Tu espionnes souvent les gens comme ça ? m'avait-il demandé alors que je me tenais silencieusement en coulisses, l'œil derrière l'objectif, pour le prendre en photo.

Derrière sa batterie, il s'était contenté de jeter un coup d'œil dans ma direction, avant de reprendre ses exercices d'échauffement. Il s'était remis à frapper frénétiquement sur ses caisses, hochant la tête en rythme, absorbé par la musique.

— Uniquement les individus revêches, avais-je répondu.

Ses lèvres s'étaient soulevées dans un petit sourire, mais il avait gardé les yeux rivés sur son instrument. Sa cadence s'était accélérée, comme s'il cherchait à me prouver quelque chose.

— Revêches ? avait-il répété.

— Evan, Nic et Michael se laissent volontiers prendre en photo. Te concernant, il faut que je ruse.

J'avais recollé mon œil derrière l'objectif et j'avais pris une dizaine de photos successives. Lorsque je l'avais rencontré, c'était d'abord son allure et sa beauté sauvage qui m'avaient saisie. Après un mois passé à ses côtés, j'avais découvert que le plus fascinant chez lui était son énergie inépuisable doublée d'une insondable dose de mystère.

Six années plus tard, Maxime me captivait toujours, mais j'avais été échaudée. L'instabilité de notre relation, ces changements extrêmes allant de la nuit passionnée au silence le plus complet, m'avait fait perdre mes repères.

— On pourrait aller boire un verre, avait-il suggéré, en reprenant les premières mesures de leur dernier morceau.

— On pourrait.

Il s'était arrêté net et avait pivoté sur son tabouret en cuir. Même si plusieurs mètres nous séparaient, j'avais senti son regard couler sur moi, comme une vague brûlante. Tétanisée, j'avais abaissé mon appareil-photo et j'étais parvenue à soutenir son regard gris.

— Milk-shake.

Ce n'était ni une proposition ni une question. Dans le monde de Maxime, cela faisait office d'invitation formelle et cela ne supportait pas vraiment de refus.

— Milk-shake ? avais-je répété.

— Tu n'es pas le genre de fille qui sirote des cocktails. Et tu es trop jeune pour les tisanes, mais trop vieille pour les jus de fruits.

— Si j'accepte, tu accepteras de poser pour moi ? avais-je demandé.

— Je ne cède pas au premier milk-shake ! Ce soir, après le concert.

Là encore, ce n'était ni une proposition ni une question. Rapidement, ce « ce soir, après le concert » était devenu une habitude. Partager des milk-shakes, puis partager nos nuits était devenu coutumier. Nous parlions. Au départ, de sujets faciles : le concert, la musique, la météo ; puis, au fur et à mesure, Maxime avait parlé de son enfance, j'avais évoqué la mienne – aux antipodes de la sienne, triste et malheureuse. Nos rêves, nos envies, nos ex, nos souvenirs d'école, nos plats préférés, nos chansons favorites et puis, un jour, nous nous étions embrassés. Maxime m'avait regardée, attendant que je l'arrête. Je m'étais contentée de sourire : ce baiser était une évidence pour moi. Nous avions passé la nuit ensemble et je me souvenais que Maxime, pour une raison qui m'échappait, m'avait presque traitée avec un excès de délicatesse.

— Je ne suis pas fragile, avais-je murmuré, en lui retirant son jean.

Il avait souri avec malice et désir, avant de me repousser contre le mur de la chambre d'hôtel que nous occupions, pour mieux me soulever et me faire l'amour dans la foulée.

Pour autant, je n'aurais pas su dire si Maxime me faisait totalement confiance.

— Cette idée d'amitié me paraît très naïve, reprit Juliette, avant de croquer dans le cookie que Louise lui proposait.

Elle ravala un gémissement de plaisir puis ferma les yeux, appréciant son biscuit. Près d'elle, Louise prenait des notes. Elle avait décrété en début de journée que nous serions son panel de testeuses pour ses pâtisseries et inscrivait scrupuleusement chacune de nos remarques et réactions dans son carnet.

— Pas trop sucré ? s'inquiéta-t-elle.

— C'est parfait. Et ces bourgeons de sapin sont délicieux.

Je grignotai le mien à mon tour, approuvant les remarques de Juliette. Cette dégustation avait au moins le mérite de me distraire des souvenirs qui affluaient. Depuis ma conversation avec Maxime quelques jours auparavant, je naviguais à vue.

— Donc, je disais, je ne vois pas comment vous allez pouvoir être amis, lança Juliette. Il y a trop d'attirance pour que ça fonctionne.

— Je suis d'accord, renchérit Louise. À chaque fois que vous êtes dans la même pièce, la température grimpe de plusieurs degrés. Et je ne parle pas de cette tension sexuelle à couper au couteau dès que vous vous parlez.

— Ils ne parlent pas, rétorqua Juliette. Ils débattent. Ou se disputent. Ou restent silencieux et contrariés chacun dans son coin.

— Je suis toujours là, grognai-je.

— Ce qu'on veut dire, reprit Louise, c'est qu'on ne sait pas trop où en est votre relation, alors décréter que vous pouvez devenir amis nous semble...

Mes deux amies échangèrent un regard, comme si elles se consultaient pour trouver le mot juste.

— ... ambitieux, lâcha finalement Juliette.

— Oui, ambitieux, approuva Louise. Tu as goûté les cookies gingembre et noix de coco ? me demanda-t-elle dans la foulée.

Je m'exécutai dans la seconde, réfléchissant à ce que venait de me dire Louise. C'était vrai : je n'aurais pas su définir ce que Maxime et moi étions. Mais j'étais déterminée à tenir le cap. Je ne pouvais plus avoir le cœur en miettes au lendemain de chaque nuit ensemble, je ne pouvais plus analyser tout ce qu'il me disait, croire déceler un infime indice de son attachement et être systématiquement déçue. C'était frustrant et douloureux, et il était hors de question qu'on en revienne au point où nous en étions avant mon départ.

— Je ne comprends pas, dis-je après avoir avalé rapidement mon morceau de cookie. Si, d'après vous, c'est voué à l'échec, pourquoi vous pariez ?

— On ne parie pas sur votre amitié, gloussa Louise.

— On parie sur le temps que vous allez mettre pour réaliser que vous ne pouvez vraiment pas être amis, expliqua Juliette.

— Je me sens… trahie, murmurai-je finalement.

— J'ai vécu ça aussi. On s'en remet, me rassura-t-elle. Bon, reprenons, donc on valide le cookie gingembre noix de coco, celui aux bourgeons de sapin et les orange-chocolat ?

À la fin de notre dégustation, Juliette et Louise me proposèrent d'aller faire du shopping pour la tournée. Je déclinai, expliquant que je devais en priorité vérifier mon matériel avant que les répétitions commencent, d'ici deux jours.

Je rentrai à pied, me répétant que j'avais pris la bonne décision en acceptant la proposition de Maxime. Je ne savais pas de quoi je cherchais à me convaincre. J'étais ravie de participer à la tournée, de retrouver l'ambiance légère et créative du groupe ; mais je redoutais vraiment de me confronter à Maxime sur la durée. Notre dernière conversation avait déjà été compliquée et éprouvante : il avait beaucoup argumenté sur le groupe, avant de finalement avouer, du bout des lèvres, que c'était lui, surtout, qui souhaitait ma présence. Cela ne me suffisait pas : j'attendais toujours des explications sur son silence des deux dernières années.

Voire sur nous, s'il avait eu un peu de courage.

Chez moi, devant mon écran d'ordinateur, je relus cent fois mon contrat d'engagement. Je connaissais chaque clause par cœur, mais je cherchais un motif valable et professionnel qui m'offrirait un prétexte pour renoncer.

— Vingt et un jours, marmonnai-je.

Et dans vingt et un jours j'étais certaine d'en être au même point. Être amis était plus qu'un objectif, c'était ce qui allait m'éviter de retomber dans un questionnement permanent.

Je signai mon contrat, me promettant de tenir bon. Résister à Maxime ne devait pas être si compliqué. Je garderais mes distances et ferais en sorte de lui résister, pour une fois. En deux ans, mon corps et mon cœur devaient bien être désintoxiqués de Maxime et avoir appris à ne pas céder à chacune de ses provocations.

Je n'étais plus cette fille naïve et envoûtée par cet homme.

Je n'étais plus cette fille prisonnière de son désir et qui perdait toute raison dès que Maxime la touchait.

Je n'étais plus cette fille qui acceptait qu'il parte au petit matin, la laissant stupidement coupable et honteuse.

J'avais grandi et mûri.

Je renvoyai mon contrat en riant nerveusement. Ma capacité à me voiler la face m'impressionnait. Si j'avais changé en deux ans, Maxime, lui, semblait être resté le même homme immature, impulsif et séducteur-né.

Cette tournée allait être une épreuve.

Dès les débuts du groupe, Michael avait instauré les dîners préparatoires de tournées. De son propre aveu, c'était un terme pompeux pour se faire financer par la maison de disques une soirée pizza avec ses plus proches amis. Ces soirées signalaient le début de la parenthèse « tournée », marquée par les concerts tous les deux soirs, les virées nocturnes et les achats compulsifs de guitares de la part de Michael.

À sa mort, Evan avait repris le flambeau de ces dîners

improbables, gardant les pizzas et resserrant le nombre d'invités. Désormais, outre le groupe, Juliette et Louise, il y avait normalement le *tour manager* – Tina vénérait ses soirées –, quelques techniciens et moi.

Lorsque j'arrivai, Evan étalait les pizzas sur la table pendant que Juliette déposait les bouteilles de bière. Nic, armé de son pot de cornichons, discutait avec l'un des techniciens. Je rejoignis Louise, en cuisine, qui terminait une fournée de cookies.

— Pendant longtemps, on a eu des chips en guise de dessert, dis-je en m'appuyant sur l'encadrement de la porte.

— C'est ce que m'a dit Nic. Comment avez-vous fait pour rester en vie avant moi ? m'interrogea-t-elle dans un rire.

— Aucune idée. Mais je bénis Nic de t'avoir amenée parmi nous.

— Ne rêve pas, c'est moi qui me suis incrustée. Je me dis qu'un jour Nic réalisera que je suis juste une fille qui fait des chocolats… D'ici là, j'en profite à fond. Tiens, apporte ça dans le salon !

Elle me tendit deux plateaux : le premier recouvert de cookies, le second de chocolats. Je me dirigeais vers le salon quand Gloria, en mode fusée, déboula sur ma droite et se faufila entre mes jambes. Je laissai échapper un cri de surprise, tout en la cherchant du regard. Avant que je puisse la repérer, elle me bouscula à nouveau et s'accrocha à ma jambe droite. Je vacillai et, impuissante, sentis les plateaux glisser de mes paumes. Je fermai les yeux, attendant la chute et priant pour ne blesser personne.

À ma grande surprise, rien ne se passa. Quand je rouvris les yeux, Gloria courait en direction des chambres et Maxime tenait les plateaux, un air triomphant sur le visage.

— Salut, fit-il avec un large sourire.

— Salut. Et merci. Gloria était en pleine course-poursuite !

— Oui, on jouait !

— À chat ?

— Presque. Une version améliorée : la rock star et le fan. Elle fait la rock star qui cherche à échapper à un fan envahissant, expliqua-t-il.

— Expérience personnelle ?

— En effet. Ça me fait un petit entraînement pour la tournée à venir. Je vais aller poser tout ça.

J'attendis cinq bonnes secondes avant de lui emboîter le pas. Même s'il y avait d'autres invités, je savais que je ne pourrais pas le fuir toute la soirée ; cela étant, je pouvais limiter nos interactions. Par chance – ou peut-être parce qu'il avait deviné mon état d'esprit – Maxime avait entamé une conversation avec deux techniciens. Je rejoignis donc Evan, qui m'adressa un large sourire, avant de me prendre dans ses bras.

— Je ne sais pas si je dois être heureux ou inquiet de te voir te joindre à nous, lâcha-t-il en me libérant.

— Ne me donne pas un prétexte pour changer d'avis.

— J'ai lu ton contrat : maintenant que c'est signé, tu ne peux pas revenir en arrière. J'ai mis mon meilleur avocat sur le coup !

— Je me sens flattée.

Je balayai le salon du regard, renouant avec mes souvenirs des précédentes soirées : ce soir aussi, on entendait des éclats de rire par-dessus les conversations, de la musique sortait des baffles et, déjà, Nic engloutissait une part de pizza quatre fromages. Beaucoup de choses avaient changé en deux ans, mais cette tradition inventée par Michael persistait. Que ce repère subsiste malgré notre monde en mouvement me rassurait.

— Écoute, reprit Evan d'un ton sérieux, je ne veux pas m'immiscer dans ta vie, et je ne sais pas trop ce que Maxime a pu dire pour te convaincre de nous accompagner, mais je suis vraiment content que tu viennes.

— Je lui ai juste demandé qu'on devienne amis. La tournée sera beaucoup plus… apaisée, comme ça !

— Ah oui, cette histoire d'amitié. Quand Juliette m'en a parlé, je pensais qu'elle plaisantait. C'est…

— … ambitieux ? finis-je pour lui.

— Illusoire. Mais si ça permet de t'avoir avec nous, et que Max, de son côté, fasse un effort pour rester calme, je trouve ça plutôt bien !

— Tu as parié, toi aussi ?

— J'étais le premier à le faire !

— On peut être amis, assénai-je pour la millième fois. Regarde, toi et moi, nous sommes amis. Et j'ai aussi Nic.

— Premièrement, Nic et moi sommes déjà en couple ; ensuite, et surtout, Maxime et toi êtes comme deux aimants attirés l'un vers l'autre par une force de gravitation sexuelle.

— Tu exagères !

— Il ne t'a pas lâché du regard depuis que nous avons commencé cette conversation.

Je sentis mes joues rougir, comme si j'avais quinze ans. Je me sentais un peu ridicule et, à vrai dire, inquiète. Ce dîner était une sorte d'échauffement : si je ne parvenais pas à rester à distance de Maxime, les concerts tourneraient au calvaire. J'allais devoir apprendre très vite à masquer mes émotions. J'optai pour le rôle de la fille détachée et confiante.

— Maxime veut toujours ce qu'il ne peut pas avoir, lâchai-je.

— Alors qu'il aurait pu l'obtenir il y a des années ? fit Evan, en dissimulant mal un sourire.

— Peut-être. Mais nous aurions sûrement fini par nous autodétruire. Il est parfois si... volcanique.

Être avec Maxime était un véritable défi, digne d'un sport extrême de haut niveau, de ceux qui vous obligent à canaliser vos émotions grâce à un mental d'acier pour éviter qu'elles vous dominent et vous poussent à l'erreur. Chaque fois, Maxime m'attirait, me rejetait, revenait me chercher, me poussait à fuir, pour finalement essayer de me récupérer et me demander pourquoi je prenais mes distances. L'orage semblait toujours gronder en lui, prêt à éclater sans se préoccuper des dégâts. Il n'avait sûrement pas compris à quel point son tempérament était épuisant pour son entourage.

C'était l'une des choses qui m'avaient marquée durant ces deux dernières années : j'avais dormi. Dormi sereinement, paisiblement, sans réveil intempestif, sans pensées envahissantes, sans me refaire le film d'une journée aux émotions en montagne russe. Mes journées avaient été chargées, mes nuits souvent courtes, mais malgré tout j'avais pu trouver un véritable repos.

— Il a toujours été comme ça, répondit finalement Evan. En réalité, sa colère n'est dirigée que contre lui. Ou ses parents, éventuellement.

— Il est aussi buté et impatient, ajoutai-je.

— Aussi. Mais depuis que je le connais c'est la première fois qu'il attend plusieurs heures dans le froid pour une fille.

Evan ancra son regard dans le mien, s'assurant que j'avais bien compris l'allusion. Elle était parfaitement claire. Maxime avait la patience et l'énergie d'un enfant de cinq ans : cela lui faisait prendre des décisions aussi insensées qu'inoubliables.

— On devrait prendre la fuite, m'avait-il murmuré à l'oreille, lors d'un dîner un peu guindé avec la maison de disques.

— Max, c'est mon travail. Et c'est aussi le tien. Nous n'en sommes qu'aux entrées ! avais-je objecté, en lui faisant les gros yeux, comme s'il était un gamin capricieux.

— Je sais. Mais tu n'as pas plutôt envie d'une bonne pizza en écoutant les Killers ?

Il avait jeté un coup d'œil autour de la table. Tout le monde nous ignorait royalement. Maxime s'était débarrassé de sa cravate dès le cocktail et, au moment de passer à table, avait défait deux boutons de sa chemise.

— Garde ton sérieux deux minutes. Tu crois vraiment qu'ils ne remarqueraient pas notre absence ? avais-je lancé.

— Peut-être que si. Et alors ?

J'étais restée muette de sidération. Max aimait le groupe plus que tout, et je savais que la musique était la raison qui le poussait à se lever chaque matin. Derrière sa batterie, il rayonnait de joie et de liberté. Il se sentait à sa place.

— Je pars devant, rejoins-moi dans cinq minutes dans le hall ! avait-il décrété.

Sans me laisser le temps de répondre, il s'était levé de table, avait jeté sa serviette sur sa chaise et avait quitté la salle privatisée pour le dîner. Embarrassée, j'avais gardé les yeux rivés sur mon assiette, devinant les regards d'Evan, Michael et Nic sur moi. Ils avaient tout de suite compris que Maxime prenait la poudre d'escampette. Au fond, ils devaient l'envier : aucun d'eux n'appréciait ce genre de soirées. J'avais alors entamé le décompte des cinq fameuses minutes, égrenant les trois cents secondes, avant de quitter la table à mon tour, le cœur battant la chamade.

— Je savais que tu céderais ! avait-il lancé en me voyant apparaître dans le hall.

— Tu es cinglé ! avais-je dit dans un rire. Vraiment cinglé.

— C'est la pizza ou c'est moi qui t'ai convaincue de choisir le plan B ?

Je ne me souvenais plus comment nos mains s'étaient trouvées, ni comment sa lourde veste en cuir s'était posée sur mes épaules. Mais mon corps avait gardé en mémoire la chaleur de sa paume contre la mienne et l'incandescence de son regard gris plongé dans le mien, me faisant oublier ma fuite irresponsable. Avec lui ce soir-là, je m'étais sentie vivante et libre.

— J'ai cédé au plan B pour les Killers, avais je répondu, fière de lui tenir tête pendant une seconde.

Nous étions rentrés chez moi et, pendant plusieurs heures, Maxime m'avait parlé de lui, de son passé, du groupe, de ce qu'il ressentait quand il jouait. Puis, il m'avait embrassée. Comme lors de notre première nuit, les premières minutes de notre étreinte avaient été délicates, me donnant la sensation de ne pas avoir le même Maxime que celui qui m'avait poussée à déserter la réunion.

Maxime s'était écarté et avait sondé mon regard ; si la première fois pouvait être considérée comme un dérapage ou une erreur, passer une deuxième nuit ensemble changerait définitivement le statut de notre relation. J'avais hoché la tête, lui donnant l'accord qu'il attendait. Un sourire sauvage s'était dessiné sur ses lèvres et il s'était mis à genoux devant moi, soulevant ma jupe pour mieux me retirer mes collants et ma culotte.

Ce soir-là, lors de notre deuxième nuit ensemble, j'avais su que je ne parviendrais plus à lui dire non, que mon corps réclamerait chaque fois sa dose de plaisir brut et intense.

J'étais à lui.

Quand l'aube avait pointé ses premiers rayons, j'avais compris que la parenthèse se refermait. Dès que le soleil se montrait, il reprenait son costume de rock star, extravagante, arrogante et sans attaches. Je ne l'avais jamais avoué à Maxime, mais cette soirée restait un de mes plus beaux souvenirs.

— Ah, voici l'homme que j'attendais ! s'exclama soudainement Evan, me tirant de mes pensées.

Je pivotai pour découvrir l'homme en question, souriant largement en découvrant Noah. Il serra chaleureusement la main d'Evan avant de me prendre dans ses bras musclés et de me soulever comme si je ne pesais rien.

— J'ai signé parce que tu as signé, m'avoua-t-il en me reposant.

— J'espère qu'au moins l'un de nous deux n'aura pas de regrets sur ce contrat.

— Quelqu'un t'a déjà complimentée pour ton allure ce soir ? Tu as une mine épanouie, déclara-t-il.

Puis, il prit ma main et déposa un baiser sur le dos. Noah avait toujours été très affectueux avec moi, comme un frère envers sa sœur. Il me protégeait et s'assurait que j'allais bien.

— Où est-il ? demanda Noah en balayant les invités du regard.

Noah connaissait les grandes lignes de ma relation avec Maxime. Il m'avait toujours écoutée avec patience, me distillant quelques conseils avisés. Être amis faisait partie de ses suggestions – d'après lui, c'était mieux que rien.

Il avait certainement compris que j'étais incapable de couper définitivement les ponts. C'était au-dessus de mes forces.

— Près de la porte. Brun, pull en laine noire.

— Il ressemble à un mec qui a envie de m'en coller une, fit Noah, en le repérant au bout de quelques secondes.

— Maxime a toujours l'air d'un mec qui a envie d'en coller une à quelqu'un.

— Peut-être. Mais là il a l'air sacrément remonté. Je vais devoir assurer mes arrières et ne pas lui tourner le dos pendant les concerts !

— Il n'est pas méchant. Il faut juste apprendre à le connaître.

— Le connaître ? Pour savoir s'il va me tuer à mains nues ou s'il préfère le chandelier dans une sombre bibliothèque ?

— Il préférerait plutôt t'enfoncer ses baguettes en plein cœur, assurai-je en souriant.

— Je sens que cette tournée va être pleine de surprises. Evan a su se montrer très convaincant, mais maintenant que je mets un visage sur ce fameux Maxime j'ai hâte de commencer !

— Noah ?

La voix de Nic interrompit notre conversation. Ils se saluèrent et Nic entraîna Noah à l'autre bout de la pièce pour lui présenter les quelques techniciens présents. Je passai le reste de la soirée à discuter avec les uns et les autres, évitant soigneusement la proximité de Maxime. J'en étais soulagée : si je m'étais convaincue que je pourrais garder mes distances avec lui, j'avais maintenant la preuve qu'il saurait, lui aussi, le faire.

Quand je remarquai que le salon se vidait peu à peu de ses invités, je décidai de les imiter. Nous devions partir dans deux jours et ma valise, pas vraiment défaite, devait être rebouclée. J'embrassai Juliette et Louise, leur promettant de garder un œil sur leurs petits-amis respectifs.

Je retrouvai l'air frais hivernal, satisfaite d'avoir survécu à cette soirée. Mon cœur reprenait déjà un rythme normal et ma respiration ne semblait plus si pesante : je m'en étais bien sortie. Lorsqu'une voix grave si familière et séduisante appela mon prénom, je réalisai que je m'étais réjouie trop vite.

Je pivotai, retrouvant Maxime, son casque accroché au poignet. Je risquai un sourire, ce qui l'encouragea à s'approcher de moi.

— Noah a l'air d'un type bien, lança-t-il.

— Il l'est, en effet. Il ne m'a jamais déçue.

— À la différence de moi ?

— Maxime, Noah et toi êtes totalement différents. Tu auras l'occasion de t'en rendre compte assez vite.

Il réduisit à nouveau l'espace entre nous, se postant si près de moi que je devinai les effluves de son parfum piquant. Je réprimai un frisson, maudissant, à tort, le vent glacial qui se glissait sous mon manteau. Maxime esquissa un sourire, très conscient de l'effet qu'il avait sur moi. C'était plus fort que tout, et surtout plus fort que toutes mes convictions : Maxime était magnétique. Il pouvait attirer les regards d'une foule entière avec un solo improvisé.

La seule différence que j'avais avec la foule, c'est que je ne savais pas m'arrêter de le regarder.

— Mathilde, j'ai accepté cette histoire d'amitié, déclara-t-il.

— Je sais, et je t'en remercie. C'est important pour moi.

— Pour autant, je n'ai jamais promis que je m'en contenterais.

Je restai muette, sidérée par son aplomb. Pendant des années, j'avais été prête à tout abandonner pour lui, à vivre à ses côtés, et maintenant que j'avais enfin compris que cette idée était absurde et surréaliste il venait ranimer les braises de mon espoir.

— Je pensais ce que j'ai dit, il y a deux ans, Mathilde. Toi et moi, ça ne sera jamais fini.

Sans attendre ma réaction, il s'écarta et grimpa sur sa moto. Je le suivis des yeux, tétanisée. Je ne sentais plus le froid et mes convictions s'étaient envolées. Je n'avais pas survécu à cette soirée. Maxime avait seulement attendu que je sois seule et vulnérable pour porter son premier coup.

Et il avait très bien visé.

Chapitre 7

— Tu devrais garder de l'énergie pour le concert, me lança Evan du fond de la salle de concert.

Les répétitions étaient officiellement terminées depuis deux bonnes heures, mais je continuais à jouer chaque morceau de la *setlist* avec force et détermination. Au moins, quand je tapais sur ma batterie, je n'entendais plus mes pensées envahissantes et obsédantes au sujet de Mathilde.

Un éclat de rire cristallin et communicatif résonna dans la salle. Derrière Evan, je devinais la silhouette de Noah, en pleine conversation avec la fille que je voulais garder exclusivement pour moi. Mes poignets s'affolèrent et je redoublai d'intensité, entamant un solo décousu sous les yeux médusés d'Evan.

Ma relation avec Mathilde avait toujours été simple et facile : nous étions deux adultes qui prenions un peu de bon temps au moment des tournées. Parce que, comme chacun sait, « ce qui se passe en tournée reste en tournée ». C'était un accord tacite. Notre relation n'en était pas vraiment une, mais nous passions beaucoup de nos nuits ensemble. Du sexe sans engagement ni promesse : cela me convenait. J'avais pour habitude de ne pas m'attacher. Faire confiance était un sujet épineux ; les rares fois où je m'y étais risqué, j'avais été déçu. Même ma famille – ma mère par exemple – avait été source d'amertume. J'avais vite senti que Mathilde attendait plus, mais j'étais incapable de lui donner ce qu'elle espérait.

Et puis, elle avait signé ce fichu contrat avec un nouveau groupe. Depuis, cette fameuse phrase « ce qui se passe en tournée reste en tournée » me rendait dingue. À la façon dont elle parlait avec Noah, à la façon dont elle lui souriait largement, à la façon dont il la touchait sans se cacher, je redoutais qu'ils ne soient plus que des amis.

Les voir ensemble à cet instant, en train de partager un café, m'agaçait prodigieusement.

— Tu comptes en user combien ? demanda Evan.

Obnubilé par Mathilde et Noah, je n'avais pas vu Evan s'approcher de moi et grimper sur la scène. Bras croisés, un petit sourire aux lèvres et fraîchement douché, il attendit ma réponse patiemment.

— Combien de quoi ? l'interrogeai-je en cessant de jouer.

— De peaux. Tu comptes en user combien avant d'aller lui parler ?

— Parler à qui ?

— Max, tu sais comme je déteste quand tu joues au crétin.

Je lançai mes baguettes sur la scène, récoltant un regard curieux de la part de Noah quand le son rebondit contre les murs de la grande salle vide, puis je me levai brutalement de mon siège et gagnai les coulisses, Evan sur mes talons. Comme pour m'énerver davantage, j'entendis à nouveau le rire de Mathilde.

— On s'inquiète, Max.

Je pivotai vers lui, les poings serrés et le souffle court. J'avais l'habitude de gérer ma colère par la musique. Cela avait toujours fonctionné. Jusqu'à présent. Jusqu'à ce qu'on commence les répétitions ici pour le premier de nos cinq concerts. Depuis qu'on avait débuté, une semaine plus tôt, j'étais toujours le dernier à quitter la scène pour rentrer à l'hôtel. Systématiquement, une fois dans ma chambre, je réalisais que mes émotions étaient toujours là, prêtes à s'échapper à tout moment.

— De quoi ? demandai-je, à fleur de peau.

— On s'inquiète pour toi. Tu n'as parlé à personne depuis le début des répétitions.

— Je n'ai jamais été très causant.

— C'est vrai. Mais cette fois c'est différent. Tu fais tout pour nous éviter, ainsi que les équipes techniques. Et tu l'évites, elle !

— Elle ne fait rien pour venir me parler, non plus !

— Sauf qu'elle n'a pas fait des pieds et des mains pour nous rejoindre. C'est toi qui l'as convaincue de revenir. J'avoue que je ne te comprends pas !

— Je vais rentrer à l'hôtel.

— Maxime, il faut que tu arrêtes ça, que tu cesses de jouer le mec qui se fout de tout. Elle est venue, c'est qu'elle tient à toi.

— Elle est venue, elle veut qu'on soit amis et elle passe son temps avec Noah. Alors on va faire cette fichue tournée, on va assurer les concerts et les médias, et ensuite elle pourra faire tout ce qu'elle veut de sa vie !

Sans attendre qu'il me réponde, je m'enfonçai dans les coulisses, récupérant mon téléphone dans une des salles attenantes. Evan eut le bon sens de ne pas me suivre. Je ne voulais pas me disputer avec lui, en particulier pour ce genre de détails sans importance.

Lorsque Mathilde avait accepté de venir, j'avais tout

d'abord imaginé qu'on pourrait reprendre nos habitudes nocturnes en dépit de cette histoire d'amitié. J'avais même pensé pouvoir réparer mes erreurs et me faire pardonner pour qu'on retrouve notre complicité. Mais avec la présence de Noah j'étais maintenant hors jeu.

Je savais ce qu'était la solitude ; un père absent et une mère qui me rappelait régulièrement que j'étais une erreur m'avaient appris à me blinder. J'évitais de me lier avec qui que ce soit, pour limiter la casse et les déceptions. La musique avait été mon échappatoire et le groupe, ma planche de salut.

Les femmes étaient une distraction facile. Elles représentaient, à l'occasion, du réconfort nocturne. Je ne faisais pas dans le sentiment. Je me servais de mon métier tant pour séduire que comme excuse : trop de déplacements, trop d'absences, avoir une relation durable était impossible. En réalité, c'était surtout faire confiance aveuglément à l'autre et partager une intimité qui était inenvisageable pour moi.

Avec Mathilde, pourtant, c'était différent. Notre relation était avant tout charnelle, mais elle savait écouter et me posait des questions avec délicatesse. Au fur et à mesure, question après question, confession après confession, nous avions construit une complicité inédite pour moi. Elle seule avait réussi l'exploit de rester dans ma vie, acceptant aussi bien d'être tenue à distance que d'être proche de moi. Ce lien, aussi ténu fût-il maintenant, j'y tenais. Je me demandais désormais si je n'avais pas eu tort de me confier à elle. Au final, elle faisait comme tous les autres – mes parents, Michael –, elle m'abandonnait.

Je passai la soirée dans ma chambre d'hôtel, ignorant les messages de Nic et d'Evan me proposant de sortir boire un verre avec eux. Je n'avais pas envie de parler, encore moins d'assister à la parade de séduction de Noah devant Mathilde. Cela risquait de mal se finir pour lui.

Au réveil, je retrouvai mes deux meilleurs amis autour d'un café. Leur regard sévère me fit hausser les sourcils. Je ne devais de comptes à personne. Tant que j'étais derrière ma batterie et que j'assurais le spectacle, ils pouvaient difficilement me faire des reproches.

— Donc, tu boudes toujours ? m'interrogea Nic.

— Je ne boude pas. Je préserve mes forces et mon énergie pour le concert de ce soir.

— C'est bien la première fois que tu agis de manière si... professionnelle, s'esclaffa Evan.

— Je trouve ça très bien, approuva Nic, me tirant un sourire victorieux. Vu qu'on a une séance photo dans l'après-midi, tu seras frais et dispo.

Mon sourire s'effondra aussi vite que le sien, vil et traître, fleurit sur ses lèvres. Il échangea un regard satisfait avec Evan, qui affichait la même mine victorieuse.

— Photos pour ? demandai-je.

— Album du *live* de la tournée, répondit Evan. Donc, oui, ta présence est requise. Et, non, on ne peut pas faire ça à un autre moment.

— J'avais prévu autre chose.

— Comme ?

— Acheter mes cadeaux de Noël.

Le mensonge était si énorme et improbable qu'Evan et Nic, leurs tasses de café fumant entre les mains, en restèrent muets. Puis, au bout de trois secondes, ils éclatèrent de rire, attirant sur eux tous les regards de la salle de déjeuner de l'hôtel.

— Si mes souvenirs sont bons, tu détestes Noël, lança Evan entre deux rires.

— Sauf s'il est devenu professionnel au point d'aimer Noël, renchérit Nic.

— J'étais inquiet hier, je suis maintenant très inquiet, continua Evan.

— Allez vous faire foutre, grognai-je.

— Maxime, avoue que ça frise le ridicule ! soupira Evan. Tu évites tout le monde depuis presque une semaine, tu snobes les soirées, et maintenant tu veux nous faire croire que tu as une mission cadeaux de Noël ?

— Gloria a toujours eu un cadeau, lui fis-je remarquer.

— Oui. Et je t'en remercie. Mais tu as toujours détesté Noël, avec une intolérance revendiquée envers les sapins et autres guirlandes.

— Et tu commandes tes cadeaux sur Internet pour ne pas aller dans les magasins, continua Nic. Généralement, autour du 22 décembre, avec livraison express et paquet-cadeau inclus.

— De toute évidence, ma vie n'a plus aucun secret pour vous, ronchonnai-je, en volant le verre de jus d'orange de Nic.

Evan poussa son assiette de toasts dans ma direction, m'invitant silencieusement à me servir. Ils avaient raison sur tous les points, mais j'avais trop de fierté pour l'admettre à haute voix. Je me contentai donc de garder le silence, comprenant que tout ce que je dirais serait, de toute façon, retenu contre moi.

— Max, tu ne vas pas pouvoir rester dans ton coin pendant toute la tournée, lança Evan.

Ses yeux accrochèrent les miens. Il n'y avait plus aucune trace de sarcasme ou de moquerie. Il éprouvait une inquiétude sincère, en bon père de famille qu'il était et qui protégeait les siens.

— Je n'ai rien à dire, me justifiai-je.

— Personne ne te demande un long monologue sur le sens de la vie. Mais ça serait sympa que tu participes à l'ambiance de la tournée, répondit Evan.

— Et, concernant Mathilde, votre amitié n'ira pas loin si tu ne peux même pas gérer votre relation professionnelle, dit Nic.

— Elle n'a pas besoin de mon amitié, soufflai-je.

— À ce rythme, elle n'en aura plus besoin, en effet, admit Evan. Essaye au moins de faire illusion.

— Je me suis trompé en la poussant à intégrer la tournée. Je pensais… disons que j'imaginais que les choses seraient différentes.

— Quand tu dis « différentes », tu veux dire « comme d'habitude » ? Avec vos escapades milk-shakes ? demanda Evan.

— Et les évasions nocturnes des « planqués de la cuisine » ?

Je grimaçai au surnom que nous avait attribué Nic. Avec Zélie, une des amies de Juliette, il avait passé un long moment à dénicher un petit nom indien pour chacun. Il en tirait une fierté idiote et sans cesse renouvelée.

— Elle a beaucoup changé en deux ans, marmonnai-je, mécontent.

— On a tous changé en deux ans, corrigea Evan.

Je relevai les yeux vers lui, prenant conscience qu'il avait raison. Evan avait fondé une famille, Nic roucoulait avec Louise, Mathilde volait de ses propres ailes. De mon côté, j'avais la sensation désagréable de ne pas avoir évolué d'un pouce. Je jouais toujours de la batterie, vivais dans le même appartement, refusais de voir mes parents, enchaînais les conquêtes et je n'avais toujours pas effacé le numéro de Michael de mon téléphone.

— Non, pas tous, dis-je.

— Alors peut-être qu'il est temps, lança Nic en récupérant son verre de jus de fruits d'entre mes mains. Commençons par le plus simple : pour le petit déjeuner, le buffet est au fond. Tu ne peux pas le louper, il y a deux grands sapins qui l'encadrent. Tu sais ce que sont des sapins, n'est-ce pas ?

Evan se pinça les lèvres pour ne pas rire, tandis que je me levais pour aller me servir.

— Rapporte-moi un croissant ! cria Evan.

La journée semblait se traîner comme rarement. En général, les jours de concert, l'adrénaline était si forte qu'elle m'empêchait de réellement me poser : j'arpentais la salle, me chauffais les poignets, répétais inlassablement, avant d'aller me doucher et me changer pour le spectacle.

Aujourd'hui, évidemment, la séance photo imposée cassait mon rythme. Mathilde avait déjà shooté Evan et se concentrait maintenant sur Nic, qui suivait volontiers ses instructions.

— Le regard vers moi, ordonna-t-elle, l'œil collé à son objectif.

Elle appuya sur le déclencheur plusieurs fois, avant de s'approcher de Nic et d'ajuster l'éclairage. Elle échangea un mot avec lui, lui tirant un rire, avant de le cadrer en gros plan. La tête inclinée, il lui offrit un sourire radieux, avant de tirer la langue.

— Gloria est plus sérieuse que toi quand je lui demande de poser.

— Gloria est une future rock star. Elle connaît parfaitement ses gammes au piano, dit-il, en jetant un œil moqueur vers Evan.

— Elle sera guitariste ! hurla ce dernier, assis en face de moi, les yeux rivés sur son téléphone.

Nic et Mathilde éclatèrent de rire. J'observai le profil de cette dernière. Je me souvenais de ce que j'avais pensé d'elle lors de notre première rencontre : elle transpirait la naïveté. Je m'étais trompé. Mathilde n'était pas naïve. Elle était simplement gentille et douce, le genre de femme qui m'évitait normalement. J'attirai les fantasques, les délurées, les idiotes même, celles qui n'avaient pas peur de se frotter à moi et qui savaient que notre relation se limiterait à quelques heures.

Mathilde, elle, n'était que prévenance et sincérité. Elle m'écoutait avec attention, me souriait sans arrière-pensée. C'était ce qui m'avait plu chez elle : sa loyauté sans faille. Elle était là.

Sauf qu'elle avait fini par partir et ces deux ans d'absence avaient laissé des traces sur notre relation. Mathilde avait gagné en maturité, et je sentais que sa gentillesse envers moi était maintenant teintée d'amertume et de doutes. Sûrement que j'avais déteint sur elle et cela m'attristait.

— Elle ne te laissera pas le choix, reprit Mathilde, en mitraillant Nic. Peux-tu t'asseoir sur ce tabouret ? De trois quarts, le regard face au mur ?

— Père guitariste, oncle guitariste. On parle de génétique ! contra Evan.

Il leva les yeux vers moi, attendant sûrement que je réagisse. Nous savions tous que Gloria avait une passion pour les percussions et que mes séances d'initiation à la batterie la rendaient aussi heureuse qu'elles rendaient Evan dingue. Cette gamine finirait avec des baguettes entre les mains et un sens du rythme hors du commun.

— Les enfants font rarement ce qu'on leur demande, indiqua Mathilde. Mes parents voulaient que je devienne architecte, comme eux.

— Je me réjouis que tu aies refusé cette route toute tracée, répondit Nic avec un large sourire.

Il ajusta sa pose, échangeant un clin d'œil furtif avec notre photographe. Leur complicité me fit serrer les dents. De loin, ça semblait facile. Pourtant, être ami avec quelqu'un m'avait toujours demandé un effort. Enfant, j'étais d'un naturel méfiant. D'après moi, personne n'était gentil avec vous gratuitement. Aussi, quand Michael et Evan m'avaient proposé de faire de la musique avec eux, j'avais longtemps renâclé, trouvant des excuses pour ne pas participer. J'avais fini par céder, mais il leur avait fallu plusieurs mois pour que j'accepte ensuite d'aller boire un verre ou de dîner avec eux. Leur mère, Lydie, avait tout de suite compris et elle avait attendu, avec patience et tendresse, que je lui demande de l'aide pour mes devoirs pour s'approcher de moi.

Faire confiance, créer un lien, le conserver… Tout ça était pour moi contre-nature. Mais Mathilde s'était accrochée à notre relation unique, espérant toujours plus. Je savais qu'elle attendait davantage. C'était trop me demander et, par ailleurs, j'étais certain que j'aurais fini par la décevoir : je n'avais aucune idée de ce qu'était une relation amoureuse. Pourtant, je tenais à elle et j'avais bêtement pensé qu'elle serait toujours près de moi.

Maintenant qu'elle s'était éloignée, je voulais à tout prix retrouver ce que nous partagions. J'avais été en colère, c'est vrai, pendant ces deux années d'absence.

À l'annonce de son départ, je m'étais senti trahi, sans vraiment chercher à comprendre pourquoi cette absence à venir me bouleversait à ce point. Rester silencieux m'avait semblé la meilleure des solutions. Au moins, on ne se disputait pas. Malheureusement, cela ne m'avait pas empêché de penser régulièrement à elle, de me demander ce qu'elle faisait à tel ou tel moment, de séduire d'autres filles soit pour l'oublier, soit pour me convaincre que ce que nous partagions n'était pas si spécial. Que je n'avais pas besoin d'elle. J'avais passé beaucoup de temps à jouer de la batterie et à broyer du noir, comptant finalement les jours avant son retour. Mais j'avais été bien trop lâche pour reprendre contact et m'excuser. J'en payais maintenant les conséquences.

Plus je la voyais, plus les souvenirs de nos moments à deux remontaient. Pendant deux ans, j'avais veillé à les enterrer très, très profondément, me coupant de mes émotions pour ne sentir que la colère liée à son départ. Dorénavant, je réalisais à quel point elle m'avait manqué. À quel point une part de moi s'était raccrochée à l'espoir qu'un jour elle reviendrait – forcément – et que tout redeviendrait comme avant. J'embrasserais à nouveau la peau délicate de son cou, elle caresserait mes cheveux avec cette douceur qui chaque fois me serrait la gorge. On plaisanterait ensemble, on s'engueulerait et je me ferais un plaisir d'utiliser mes charmes pour la convaincre de me pardonner. C'était comme ça que ça fonctionnait entre nous. Mais, ça, c'était avant.

J'étais obligé de reconnaître que mon plan initial était foutu. Mathilde avait changé tandis que j'étais resté bloqué des années en arrière. Pourtant, je n'étais pas encore prêt à renoncer à elle. Peut-être même que j'étais prêt à lui accorder le fameux plus qu'elle avait attendu. Restait à savoir si c'était trop tard ou non.

Je me pinçai l'arête du nez, refoulant un début de migraine.

— Max ? C'est à toi ! lança Mathilde.

— Euh, attends, intervint Evan. J'ai un rendez-vous avec Juliette pour la soirée de charité, donc, si on peut faire les photos de groupe maintenant, ça m'arrange. Comme ça, je pars et tu finis avec les photos de Max.

Mathilde me lança un regard, comme si elle attendait un refus de ma part. Je haussai les épaules, soulagé qu'Evan m'épargne une nouvelle réunion.

— Nic, ça te va ? demanda Evan. J'en ai pour une heure avec Juliette. On se rejoint ensuite à la salle pour la balance ?

— Sans problème. Allons-y !

Docilement, je les suivis, posant près d'eux pour la séance de groupe. Si Evan et Nic se prêtaient joyeusement à l'exercice, riant volontiers avec Mathilde, je restai à l'écart, cherchant un moyen de briser la glace.

— Maxime, avec un sourire peut-être ? proposa-t-elle.

— Il est ronchon depuis quelque temps, fit Evan en souriant.

— Environ vingt-huit ans, oui, renchérit Nic.

— Non, je sais qu'il est toujours nerveux avant la première date d'une tournée, m'excusa-t-elle.

Dans un même mouvement, Evan et Nic pivotèrent dans ma direction. Si Mathilde avait connaissance de ce détail, eux le découvraient. Je jouais en permanence le type sûr de lui, confiant à l'extrême, persuadé que rien ne pouvait lui arriver. En vérité, à chaque première date, je me demandais si j'étais bien à ma place.

— Tu ne veux pas boire ce verre, avait décrété Michael, une heure avant le début de notre première véritable tournée.

— Oh que si ! avais-je répondu.

Derrière lui, j'avais entendu la foule rugir son enthousiasme, me tétanisant encore plus. Nous avions déjà eu l'occasion de jouer tous ensemble, de faire des vidéos, de nous montrer à la télévision. Mais, ce soir, j'avais la sensation de plonger dans le grand bain, sans bouée et donc avec une grande chance de ne jamais remonter à la surface.

— Non. Parce que si tu le fais tu ne vivras pas ce concert comme tu le dois, avait repris Michael. Tu dois prendre ça en pleine tête, et pas chercher à l'éviter ou à l'édulcorer.

— Tu n'as jamais la trouille ? l'avais-je interrogé.

— Jamais. J'ai toujours su que j'étais fait pour ça. Et tu l'es aussi, Max. Alors, pose ce verre. Tu seras très bien sans. On se voit sur scène ? Je serai le mec juste devant toi…

Dans un ultime sourire, Michael s'était éclipsé. L'instant suivant, j'avais jeté mon verre à la poubelle et pris une profonde inspiration. Ce premier concert s'était effectivement bien déroulé et, pour les suivants, je n'avais pas ressenti cette peur paralysante qui me dévorait l'estomac. Pour autant, à chaque nouvelle tournée, j'avais les mêmes doutes.

Et désormais, durant les trois minutes qui précédaient le début de nos concerts, j'attendais que « le mec juste devant moi » apparaisse enfin. Michael n'était plus là pour m'insuffler sa force mais, quand je pensais à lui, mon trac disparaissait.

— Tu as le trac ? Toi, le mec le plus décontracté de la planète, tu as le trac ? s'étonna Nic.

— Au premier concert uniquement, répondis-je.

— Parce que, après, c'est la routine ? m'interrogea Evan.

— Parce que, après, je joue à en oublier la foule.

Parce que, après, je savais qu'en regardant Evan se perdre dans le son de sa guitare, Nic se pencher sur son piano ou Mathilde s'agiter en coulisses je n'étais plus seul.

— Parfait, les gars. Maintenant, une où vous êtes assis au sol ? En triangle ? Vous vous adossez les uns aux autres, et je vais tourner autour de vous. Après, je te libère, Evan.

Nous nous exécutâmes. À l'occasion, j'accrochai le regard de Mathilde, qu'elle camouflait très vite derrière son objectif. Je me forçai à rester concentré et souriant, mais deviner son parfum et voir sa silhouette bouger devant moi rendait l'exercice difficile. Quand enfin elle termina, nous nous redressâmes et j'eus l'impression de reprendre mon souffle.

— Je change d'appareil, il me faut cinq minutes, me dit-elle, pendant que Nic et Evan récupéraient leurs manteaux pour quitter les lieux.

— Dans une heure à la salle ? me rappela Evan.

— Sans faute.

Je me retrouvai seul avec Mathilde, mes mains déjà moites de nervosité et de trac. C'était la première fois que je ressentais ça face à une femme, et face à Mathilde. Je me sentais un peu ridicule de réagir ainsi. Mathilde n'était pas une inconnue, ça aurait dû me rassurer.

Elle réapparut devant moi, un nouvel appareil à la main. Son visage, très professionnel, ne laissait rien transparaître alors qu'elle réglait la luminosité du *set*.

— J'espère que tu ne m'en veux pas, lâcha-t-elle finalement.

— Pour ?

— Pour avoir dévoilé ton secret au sujet du trac du premier concert. Je pensais qu'ils savaient.

— Je ne raconte pas tout.

— Je sais. Tu n'as aucune raison d'être nerveux. Le public vous attend depuis longtemps, ils vont adorer ce spectacle. Est-ce que tu peux t'asseoir sur ce tabouret ? demanda-t-elle, en désignant le siège en question.

Je m'exécutai, faisant mon possible pour décrocher mon regard d'elle. Mathilde avait toujours été très à l'aise avec nous, connaissant nos habitudes et nos personnalités. Cet après-midi, en l'observant attentivement, je remarquai à quel point elle était gracieuse et agile, dévissant le zoom de son appareil pour en installer un autre, tout en me faisant la conversation.

Je restai muet, juché sur mon tabouret, fixant l'objectif à chaque fois que le déclencheur se faisait entendre. Dans le studio, ce silence devenait pesant. Après dix minutes de mitraillage en règle, Mathilde posa son appareil-photo, et j'interprétai son geste comme le signal de fin de notre séance.

— Maxime, ça ne peut pas fonctionner comme ça, soupira-t-elle.

— Comme ça ?

— On a à peine échangé deux phrases depuis le début des répétitions.

— Les répétitions nous prennent toujours beaucoup d'énergie.

— Je te connais depuis suffisamment longtemps pour savoir que ça n'a rien à voir avec les répétitions. Est-ce que tu m'en veux ? Est-ce que c'est parce que j'ai hésité à vous rejoindre ?

— Je suis juste très occupé, mentis-je. Tu as l'air très sollicitée aussi de ton côté.

Mathilde croisa les bras sur sa poitrine et haussa un sourcil, saisissant parfaitement mon allusion. Elle secoua la tête, ravala un sourire et rangea son appareil-photo dans sa sacoche.

— Je n'arrive pas à croire que tu agisses ainsi, dit-elle, glaciale.

— Je fais de mon mieux. Mais tu n'as pas fait beaucoup d'efforts non plus pour venir me parler.

— Je suis ici pour travailler, Max. Pas pour te faire la conversation ou boire des verres avec le groupe.

— Tu le faisais avant !

— Peut-être que je me suis dit que prendre de la distance était mieux pour tout le monde.

— Alors ne me reproche pas d'être distant, quand tu fais la même chose.

— Tu n'es pas distant, Maxime. Tu es absent et en colère. Tu passes ton temps derrière ta batterie à fusiller du regard tous ceux qui auraient l'audace de t'approcher. Alors, oui, je me suis dit que c'était mieux pour moi de t'éviter.

— Mieux pour toi ? répétai-je, sans comprendre.

— Je me préserve, Maxime. Notre relation est chaotique, et à chaque fois je suis la pauvre fille naïve qui se laisse convaincre de te pardonner. Je ne le ferai pas cette fois.

J'accrochai son regard pendant quelques secondes, espérant déceler l'ombre d'une faille. Elle ne flancha pas. Gentille, douce, bienveillante, mature… et plus forte que jamais. La Mathilde qui se tenait devant moi était différente, confiante et foutrement belle et inaccessible.

— Je me contenterai de faire mon travail, pendant que tu feras le tien, ajouta-t-elle, en guise d'explication.

— On ne devait pas être amis ? l'interrogeai-je, sans masquer le sarcasme dans ma voix.

— Si. Et on peut l'être, si tu te montres agréable et sympa avec tout le monde.

— Tout le monde comme Noah ? ironisai-je.

— Laisse-le en dehors de ça. Tu te mets des bâtons dans les roues tout seul. Tu as le droit d'être en colère contre le monde entier, mais tous les gens qui sont dans cette tournée, à commencer par Nic et Evan, ne sont pas tes ennemis.

— Je le sais, éructai-je. Deux ans, Mathilde ! Tu es partie deux ans, sans nous donner de nouvelles.

— J'ai donné des nouvelles, répondit-elle, avec un calme olympien et effrayant. J'en ai donné à Nic, à Evan. De ton côté, tu n'as rien fait pour que je te tienne au courant de ce que je faisais. Tu m'as ignorée, Max. Tu as cessé de répondre à mes appels et à mes messages. Je ne suis pas cinglée au point de continuer à entretenir un lien dont, de toute évidence, tu te fiches.

Un silence s'imposa entre nous. Mathilde reprit son rangement, me tournant le dos, pendant que je digérais ce qu'elle venait de me dire. Je fermai les poings, jugulant une nauséabonde vague de colère. Nous avions déjà eu des tas de conversations animées, mais je sentais que si je me laissais emporter par ma rage cette discussion risquait vraiment de sonner la fin de notre relation.

— On se voit à la salle, lança-t-elle en glissant la bandoulière de son sac sur l'épaule.

— Mathilde…

— Je serai dans les coulisses, si tu veux qu'on parle vraiment.

Elle quitta le studio photo avant même que je puisse réagir. Cette conversation m'avait sonné. Nous ne nous parlions quasiment plus et, quand enfin j'osais l'affronter sur le sujet, je comprenais que j'étais le seul fautif. J'avais eu deux ans pour sauver notre relation. Au lieu de nourrir notre lien malgré la distance, j'avais nourri ma colère et cela n'avait fait que creuser un immense gouffre entre elle et moi.

Je ne savais pas comment j'avais géré le concert. Parce que j'étais expérimenté, j'avais des automatismes ; je présumais que cela avait sauvé ma performance. J'avais joué mécaniquement, balançant mes baguettes sur ma batterie en évacuant encore plus de colère que je ne pensais en avoir.

Plusieurs fois, j'avais croisé les regards préoccupés de Nic et d'Evan ; nous avions joué notre dernier morceau, Evan avait galvanisé le public tandis que Nic s'était chargé de nous présenter les uns après les autres, remerciant au passage les équipes techniques. De mon côté, je n'avais pas descellé les lèvres, ruminant ma conversation avec Mathilde et les conséquences de mes choix.

À la fin du concert, j'avais décliné les festivités, invoquant la fatigue accumulée. Evan avait secoué la tête, un peu dépité. Une douche et un en-cas plus tard, j'étais à l'hôtel, allongé au milieu de mon lit à fixer le plafond en espérant trouver une solution à l'énigme de ma relation avec Mathilde. La musique de Noël – choix douteux d'une chaîne musicale que j'avais allumée à la télévision – ne m'aidait guère. Depuis mon plus jeune âge, je détestais

Noël. Non seulement ma famille déglinguée n'avait jamais été adepte des sapins, décorations et autres cadeaux mais, en plus, cette fête éclipsait systématiquement mon anniversaire, qui tombait le lendemain. C'était puéril, mais cela me rendait furieux, je me sentais constamment oublié : je n'avais ni la magie de Noël ni celle de mon anniversaire.

Je reportai mon attention sur Mathilde ; désormais, il me restait deux options.

Plan A : être amis. J'en étais sûrement capable. Je n'avais pas les codes ni les règles du jeu, mais j'étais prêt à faire un effort, si Noah s'écartait de mon chemin.

Plan B : être plus. Je n'avais jamais essayé. Je n'avais pas non plus les codes, encore moins les règles du jeu. Et de toute façon je savais que je n'étais pas fait pour ça.

J'étais dans une fichue impasse et, avec ma chance, je finirais par passer une nuit blanche. Je vérifiai l'heure sur mon portable, avant de parcourir mes contacts. J'avais quantité de numéros de téléphone mais, en y regardant de plus près, j'en avais moins de cinq réellement utiles. Mon pouce flotta sur la fiche de Mathilde, hésitant à l'appeler.

Je l'avais déjà fait. Avant. Avant que je merde dans les grandes largeurs et que notre relation s'effrite. Au milieu de la nuit, je l'appelais, nous nous retrouvions, nous partagions un milk-shake, nous discutions de longues heures, et nous finissions la nuit ensemble.

Et nus, la plupart du temps. Parce que sentir la peau douce et veloutée de Mathilde contre la mienne était mieux que tout. Parce qu'elle osait se frotter à moi – dans tous les sens du terme –, parce qu'elle acceptait mes humeurs détestables, parce qu'elle me regardait dans les yeux, sans ciller de crainte, ni surjouer la séduction. Parce qu'elle avait l'air de me voir vraiment, et qu'elle restait quand même.

Et, tout ça, c'était mieux que le milk-shake, mieux que des nuits avec des inconnues. Parfois même – trop souvent en fait – c'était mieux que la batterie.

Le souvenir de nos nuits ensemble, de la sensation de plénitude et d'apaisement que j'éprouvais entre ses bras, me tira un frisson agréable et me décida. Je me levai précipitamment de mon lit, enfilai un T-shirt et un bas de jogging, et fonçai dans le couloir de l'hôtel. Je tambourinai contre une des portes, sûr de moi et déterminé. Quand Evan, les yeux encore collés par le sommeil et à moitié nu, m'ouvrit, il poussa un long soupir avant de me demander d'une voix enrouée :

— Oui, Max ?

— Il faut que vous m'aidiez.

Il cligna des yeux plusieurs fois, avant de passer une main dans ses cheveux. Un bâillement lui échappa et il secoua la tête, comme pour se remettre le cerveau d'équerre.

— Il faut qu'on t'aide pour quoi au juste ? demanda-t-il, sans masquer son exaspération.

— Pour Mathilde.

— Pour Mathilde ? Bordel, Max, tu as vu l'heure ? Ça peut pas attendre demain ?

— Je crois que je l'aime.

Chapitre 8

— *Latte* saveur pain d'épice, touche de vanille et crème fouettée, annonça Noah en déposant ma boisson sur la table près de moi.

— Dis-moi que tu m'as pris une tranche de pain d'épice ! gémis-je en me frottant les yeux.

— Vu ta tête de ce matin, je t'en ai même pris trois.

— Trois tranches ? Mince, je pensais mon anticerne plus efficace que ça !

Noah haussa les épaules avant de s'asseoir sur une des chaises près de moi et de river les yeux sur l'écran de mon ordinateur. Depuis deux bonnes heures, je triais les photos de la veille, tentant de les intégrer harmonieusement à la pochette de l'album *live* qui suivrait la tournée. Faire ce genre d'exercice après une nuit courte, hantée par les souvenirs de ma conversation houleuse avec Maxime et la trouvaille d'anciennes photos du groupe, se révélait très laborieux.

Je ne savais plus où nous en étions, mais au moins je lui avais dit ce que j'avais sur le cœur depuis plusieurs jours. Il ne pouvait pas me supplier de participer à la tournée puis m'ignorer ostensiblement pendant une semaine. Je n'étais pas un fichu yoyo, je méritais mieux que ça.

Nous méritions mieux que ça.

— Tu lui as parlé ? demanda Noah.

— Plus ou moins. Mais Maxime est du genre têtu, je ne suis pas certaine qu'il ait vraiment écouté ce que je disais. Il ne changera pas.

— Si tu en es si sûre, pourquoi as-tu accepté de faire cette tournée ? s'étonna Noah, avant de prendre une gorgée de son mug fumant.

— Il faut croire que j'aime me faire du mal, marmonnai-je en me concentrant sur la photo que je retouchais.

Je goûtai mon *latte* de Noël, gémissant de plaisir en devinant la cannelle et les quatre-épices sur mes papilles. Le paradis devait ressembler à ça : chaud, doux et tout à fait prévisible. Aux antipodes de Maxime. Vivre une histoire avec ce *latte* était sûrement plus reposant que d'espérer quelque chose de Maxime.

— Ambiance industrielle ? m'interrogea Noah après avoir regardé quelques clichés.

— J'essaye en tout cas. Je trouve que ça colle avec le dernier album et leurs inspirations. Il faudrait que je trouve une usine désaffectée pour refaire un *shooting*.

— Inutile. Sers-toi de la scène. Au moment où on démonte, c'est suffisamment triste et gris pour rappeler un bâtiment en perdition.

Je hochai la tête, avant de découper un morceau de pain d'épice et de le fourrer dans ma bouche. Noah m'imita tandis que je faisais défiler les photos prises la veille dans le studio. Je sélectionnai quelques portraits d'Evan et de Nic, avant de vérifier mes prises de Maxime. J'avais été tellement en colère pendant le *shooting* que je n'avais presque rien contrôlé.

La seule idée de devoir refaire une séance en tête à tête

avec lui me faisait grimacer de frustration. J'avais enfin compris que mon salut tenait dans la distance que je mettais avec lui. Aussi, j'avais prévu de limiter nos interactions au minimum nécessaire qu'exigeait mon travail.

— C'est bien un truc que je ne comprendrai jamais chez vous, les filles, déclara Noah.

— Quoi donc ?

— Votre préférence pour les méchants garçons.

Je fronçai les sourcils mais l'ignorai, mon attention focalisée sur les photos de Maxime. Ses yeux avaient cette teinte gris foncé que je connaissais par cœur, aussi menaçante que des nuages annonçant une pluie diluvienne. Il souriait à peine, et par politesse uniquement. Même sans le connaître, on pouvait déceler chez lui une rancœur profonde, tant son visage dur et ses mâchoires serrées le trahissaient.

— Nous, les gentils, on se retrouve toujours sur le banc de touche, ajouta Noah.

— Tu exagères. Regarde Nic et Evan, ils sont un parfait contre-exemple.

— Seulement des exceptions qui confirment la règle. Les filles préfèrent les hommes qui les torturent à ceux qui leur offrent des fleurs.

Je me tournai vers lui, me sentant vaguement coupable. Noah bataillait depuis plusieurs mois pour séduire la sœur de son meilleur ami. Les fleurs, les cartes, les cadeaux, les invitations à partager un café : rien n'y faisait. Noah en souffrait beaucoup, convaincu que tous ses efforts ne fonctionneraient jamais.

— Elle est toujours hermétique à ton charme ? demandai-je.

— Plus que jamais.

Noah gardait le sourire, mais je savais qu'intérieurement il était en train de baisser les bras. Ma relation avec Maxime était chaotique, mais au moins elle existait. Et, même si je ne l'avouerais jamais au principal concerné, j'appréciais chacun de nos moments ensemble, qu'ils aient été paisibles ou plus agités, inconfortables ou merveilleux, parce qu'ils m'avaient aidée à devenir la femme que j'étais maintenant.

— Maxime ne me torture pas. En tout cas, il ne me torture plus, corrigeai-je.

— Dit-elle avec la mine fatiguée d'une fille qui a pleuré une bonne partie de la nuit.

— Parce que je suis tombée sur d'anciennes photos et de vieilles vidéos.

Noah risqua un petit sourire compatissant. L'ombre de Michael planait toujours au-dessus du groupe. Chaque concert nous rappelait son absence. Parfois, il resurgissait au détour d'une anecdote d'Evan ou d'un vieux T-shirt vintage du groupe. Je me disais souvent qu'il veillait sur nous et qu'il serait sûrement heureux de ce que nous étions tous devenus.

— Des photos de Michael ? demanda Noah.

J'acquiesçai, refoulant les larmes qui perlaient à mes yeux. Cela faisait presque quatre ans, et j'étais persuadée que j'avais surmonté ma peine. Mais parler avec Maxime avait rouvert des brèches. Nous nous étions soutenus mutuellement aux moments les plus durs. J'avais pleuré à lui en tremper plusieurs T-shirts alors que Maxime, le regard vide et absent, m'avait serrée silencieusement contre lui.

Repousser Maxime signifiait renoncer aussi à nos

souvenirs communs et me défaire de ce lien unique entre lui et moi.

— Raconte-moi ce qui s'est passé, m'encouragea Noah.

— Avec Maxime ?

— Avec Michael. J'aimerais éviter de faire un impair, et personne ne m'a parlé de ce qui lui était arrivé.

Ma gorge se serrait déjà. Replonger dans cette soirée affreuse, où la sidération rivalisait avec la colère, me faisait frissonner. Je pris une profonde inspiration, repoussai mon ordinateur portable et entourai mon mug de mes mains.

— Le groupe avait participé à un festival. Je me souviens qu'il faisait une chaleur terrible et que Michael avait fait l'impossible pour que la chambre où il dormait avec Lucie et Gloria soit climatisée. Ils ont fait leur concert. C'était incroyable. La foule qui chantait, Michael qui les encourageait, Maxime, torse nu et transpirant, qui donnait toute son énergie… C'était fou. Après, Evan a proposé d'aller boire un verre, mais Michael et Lucie avaient prévu de s'offrir une escapade en amoureux.

— Avec Gloria ? m'interrogea Noah.

— La mère de Michael avait accepté de garder leur fille pendant deux jours. Ils sont partis juste après le concert. Je me souviens que Michael m'a prise dans ses bras alors qu'il était trempé de sueur et que je l'ai repoussé en le suppliant de prendre une douche. Lucie m'a assuré qu'elle y veillerait.

Je fermai les paupières, laissant les larmes couler sur mes joues. C'était la première fois que j'évoquais la mort de Michael avec quelqu'un. Noah avait raison : nous n'en parlions pas. Parce que nous nous protégions tous, les uns et les autres, de cette plaie à peine cicatrisée. Je ne voulais plus voir Evan errer sans but, je ne voulais plus sentir la tristesse déborder de Nic, je ne voulais plus serrer Maxime contre moi en le suppliant de me dire quelque chose. Toute cette douleur devait rester muette. Ainsi, elle était plus supportable.

— Michael avait loué une décapotable et entassé deux sacs de voyage sur la banquette. Lucie a dit qu'il était cinglé et il a répondu que c'était pour ça qu'elle l'aimait. C'était sûrement vrai, ajoutai-je en souriant.

— Sûrement. Les filles aiment les cinglés et les méchants, fit Noah en haussant un sourcil.

— Ils sont partis et nous sommes allés dans un bar avec le reste du groupe et quelques techniciens. On a fêté le festival, on a ri, j'ai même dansé avec Maxime. On s'est séparés au milieu de la nuit et nous avons rejoint nos chambres respectives à l'hôtel.

— Maxime n'était pas avec toi ?

— Je devais travailler à la maison de disques le surlendemain et j'avais besoin de temps pour sortir les photos. Il est rentré chez lui et je suis retournée à mon appartement. En arrivant, je me suis précipitée sous la douche et mon téléphone a sonné.

Je posai mon mug, mes mains tremblant d'émotion. Noah me pressa l'avant-bras, me réconfortant alors que je pinçais les lèvres pour contenir la tristesse qui risquait de me submerger.

— Je l'ai senti, murmurai-je. À l'instant où le téléphone a sonné, j'ai senti que quelque chose de grave s'était passé. Je suis sortie de la douche, mon téléphone a sonné une deuxième fois et j'ai vu le prénom d'Evan apparaître.

— Tu as décroché ?

— J'ai laissé le téléphone sonner quinze fois avant d'en avoir le courage. Lorsque je l'ai fait, j'ai entendu la voix mécanique d'Evan m'annoncer que la police avait débarqué chez sa mère pour lui annoncer que Michael et Lucie avaient eu un accident de voiture et qu'ils étaient... morts.

J'étais à bout de souffle. La douleur et la peine écrasaient ma poitrine et j'étais certaine que, ce soir-là, une partie de mon cœur s'était brutalement éteinte, comme si on l'avait court-circuitée pour que le reste puisse résister au marasme qui avait suivi la mort de Michael.

— J'ai rejoint Maxime dans sa chambre. J'ai passé la nuit avec lui, à pleurer. Il n'a rien dit pendant des heures. Il était sous le choc, incapable de se laisser aller à une émotion.

De l'index, j'effaçai les larmes de mes joues et je soufflai profondément. Je me réfugiai dans mon mug, camouflant mon visage fatigué. Après cette nuit-là, j'avais passé une semaine chez Maxime. Il n'avait rien dit pendant tout ce temps. Nous avions encaissé les funérailles, les communiqués de presse, les condoléances, les formalités administratives.

— Quand, finalement, un mois plus tard, nous nous sommes retrouvés tous ensemble, nous avons ouvert une bouteille hors de prix et nous avons levé nos verres pour Michael et Lucie. Tacitement, nous avons convenu de survivre à leur mort et de ne pas l'évoquer. Peu à peu, nous avons repris nos vies, parce que Michael n'aurait pas voulu qu'on se laisse aller.

— Je comprends mieux, murmura Noah.

— Ça a été dévastateur. Je crois que Maxime n'a toujours pas surmonté ça. Il était déjà impulsif avant, j'ai l'impression que cela a empiré après la mort de Michael.

— C'est pour ça que tu es partie deux ans ?

— J'avais besoin de reprendre mon souffle. Et puis

Michael m'a donné ma chance, je suis persuadée qu'il m'aurait poussée à partir. C'était un signe de gratitude de prendre ce contrat.

Je ravalai la boule de chagrin dans ma gorge et tirai mon ordinateur vers moi. La photo de Maxime réapparut et un flot de souvenirs resurgit. Je fixai son visage, ressassant à nouveau notre conversation.

— Tu sais, je ne sais pas pourquoi on fait ça, dis-je à Noah.

— Qui fait quoi ?

— Pourquoi les filles préfèrent les méchants. Je ne sais pas. Mais je n'arrête pas de me dire que Maxime n'est pas un type méchant.

— Mathilde, il te balade depuis des années. Il faut qu'il se décide, et toi aussi. Tu pourrais sortir avec d'autres mecs…

— Des gentils, par exemple ?

— Par exemple. Qui feraient des trucs de mecs gentils. Comme t'inviter à dîner, ou te dire que tu es particulièrement jolie ce soir.

Je grimaçai. Noah ne me draguait pas, j'en étais certaine. Il se contentait de pointer du doigt ce que Maxime ne faisait pas, et ne ferait probablement jamais. Pourtant, cela ne me manquait pas vraiment. Je ne m'attachais pas à ce genre de détails.

— Je crois que je ne suis pas faite pour ces trucs-là, répondis-je dans un sourire.

— Toutes les femmes veulent être courtisées.

— Courtisées ?

— C'est comme draguer, mais en plus chic. C'est ce que font les mecs gentils. Et en plus ils payent l'addition !

Ensuite, ils te raccompagnent chez toi, pour être certains que tu rentres saine et sauve.

— Je croyais que vous faisiez ça pour nous embrasser à la dérobée ! m'esclaffai-je.

— Aussi. Gentil ne veut pas dire idiot. Il faut bien qu'on tente notre chance.

Je secouai la tête à nouveau. Être courtisée ne me faisait pas rêver. Imaginer Maxime se prêter à ce genre de rituels me tira un petit rire. Il était du genre à piquer des fleurs dans le premier parterre venu plutôt que d'aller acheter un bouquet chez le fleuriste. Quant au dîner, eh bien, nous avions notre addiction aux milk-shakes. Cela nous suffisait.

— Toujours pas ? demanda Noah.

— Toujours pas. De toute façon, maintenant que j'y réfléchis, je suis quasi sûre que Maxime n'est pas méchant. Il est pénible, têtu et énigmatique… Et je crois que c'est justement ce qui m'a plu chez lui.

— Parce que tu aimes le défi.

— Le défi et lui, avouai-je.

— J'abandonne, soupira Noah. C'est peine perdue.

— Je le sais. C'est bien ça, mon problème. Tu penses quoi de cette photo ?

Je fis pivoter mon écran pour lui montrer l'une des premières photos du groupe. Michael était au premier plan, tout sourire, les yeux pétillants. Près de lui, Evan regardait dans sa direction, comme un père surveillerait son fils trop turbulent. Derrière, Nic et Maxime affichaient une mine déterminée, le regard planté dans l'objectif.

— Je me dis qu'elle devrait avoir sa place pour la pochette du *live*.

Noah scruta l'image de longues secondes, comme

s'il essayait de connaître Michael grâce à ce seul cliché. L'énergie qui émanait de lui était presque palpable. C'était une de mes préférées, de celles que je gardais jalousement. Malgré moi, mon regard dériva sur Maxime. Ses yeux gris, sa mâchoire ciselée, son air farouche : il n'avait pas changé. Une onde de tristesse me parcourut quand je réalisai qu'il ne changerait sûrement jamais.

— Je ne vous retiens pas longtemps, prévint Juliette.

Le groupe, Juliette et moi étions entassés dans une petite pièce qui faisait normalement office de salon au fond du bus qui nous ramenait à Paris. Je me tenais debout, pendant qu'Evan et Nic étaient avachis sur le petit canapé en tissu. Maxime, lui, était installé face à moi, les bras croisés sur la poitrine, l'air plus revêche que jamais. Un bloc-notes à la main, Juliette nous adressa un petit sourire, avant de se lancer.

— Je voulais vous parler de la soirée de charité qui se déroulera à la fin de la tournée. Pour le moment, nous avons verrouillé la salle et le traiteur, mais il faut qu'on boucle la liste d'invités.

— C'est en cours, répondit Evan. Je veux juste qu'on se mette d'accord sur la table de fans.

— Une table de fans ? répétai-je.

— Je n'étais pas à l'aise avec l'idée d'une soirée fermée et guindée, répondit Nic. J'ai proposé qu'on invite des fans via un concours par exemple. Histoire de rendre tout ça moins prétentieux.

— Il faut faire plus d'une table, contra Maxime.

Evan et Nic se tournèrent vers lui, stupéfaits. J'étais moi-même surprise. Maxime n'était pas un grand bavard. Depuis une semaine, il avait d'ailleurs pris le parti de ne jamais desserrer les dents. Son intervention sur un sujet qui, habituellement, lui faisait prendre la fuite était inédite.

— Ce sont les fans qui voudront acheter les objets mis en vente. Ce sont eux qui feront monter les enchères, pas les culs serrés de la maison de disques ou nos familles, expliqua-t-il.

Ses yeux croisèrent furtivement les miens. Je me contentai de hocher la tête, presque bluffée par la pertinence de son argument.

— C'est une bonne idée, intervint finalement Juliette. Combien de tables ?

— Cinq. Au moins. Ça créera une véritable ambiance, répondit Maxime.

Du regard, Juliette chercha l'assentiment d'Evan et de Nic. Leur silence fit office d'adhésion à l'idée. Elle la nota sur son bloc, avant de reprendre son récapitulatif.

— Pour les lots, nous avons déjà pas mal de choses. Est-ce que vous voulez en rajouter ? Ça peut aussi être des souvenirs du groupe. Comme d'anciens T-shirts de merchandising ? Ou une partition ?

— Bébé, on écrit nos chansons sur des serviettes en papier, au café du coin, quand ce n'est pas sur une aire de repos, répondit Evan.

— Ou sur nos téléphones, renchérit Nic.

— Tant pis. C'était juste une idée... Mais je pense vraiment que placer des objets personnels rendra la vente plus attractive. Pour la musique, j'ai trouvé un DJ qui s'occupera de l'ambiance.

Pendant cinq bonnes minutes, Juliette égrena ses informations. Je n'étais là que pour me tenir au courant, car j'étais chargée des photos préparatoires et de celles de la soirée. Cette dernière marquerait la fin de la tournée et la fin de mon contrat. Si j'en croyais les deux mails que j'avais reçus ce matin, d'autres propositions m'attendaient déjà.

— Mathilde ? m'interpella Juliette.

— Présente ! fis-je en souriant.

— Je me disais que tu pourrais peut-être sélectionner quelques photos, récentes et moins récentes, faire un tirage pour les exposer et les vendre ensuite.

Instinctivement, je me tournai vers les membres du groupe. Il s'agissait de mes photos, mais ils étaient les modèles. Et les plus anciennes risquaient de remuer quelques souvenirs.

— Je... Oui, si ça va à tout le monde, je regarderai dans mes dossiers, dis-je en m'assurant d'avoir l'accord du groupe.

— On t'aidera pour la sélection, intervint Maxime, les yeux rivés aux miens. Je t'aiderai.

J'en restai muette, le souffle littéralement coupé par son regard intense. Ça n'avait rien d'une proposition légère, cela ressemblait à une promesse qu'il se faisait autant à lui qu'à moi. Qu'est-ce qui avait changé ? Pourquoi se décidait-il soudain à m'adresser la parole et à sortir de son isolement renfrogné ? Quoi qu'il en soit, ce changement était le bienvenu.

Je hochai la tête mécaniquement et un sourire s'étira sur les lèvres de Maxime. Aussitôt, un frisson agréable me parcourut : pendant une seconde, dans ce ridicule et minuscule salon de bus, il n'y avait plus que nous deux.

— Enfin, dernier point : j'ai besoin de volontaires pour acheter des cadeaux aux enfants de l'unité pédiatrique de l'hôpital.

— Je veux bien aider, me proposai-je en levant la main.

— Moi aussi.

La voix de Maxime, forte et déterminée, me figea. Je tentai de trouver une explication à son comportement singulièrement serviable auprès de Nic et d'Evan ; ces derniers haussèrent les épaules, aussi perdus que moi. Maxime détestait Noël et tout ce qui s'y rapportait. Les guirlandes, boules et autres jouets et cadeaux étaient comme de la kryptonite pour lui.

— Tu es sûr ? demandai-je.

— Absolument. On fera ça ensemble, je t'offrirai un chocolat chaud et on videra les rayons.

— Qui êtes-vous et qu'avez-vous fait de Maxime ? m'esclaffai-je.

— Sauf si tu préfères un milk-shake, répondit-il.

Un éclat de malice éclaira son regard et je parvins à le soutenir pendant de longues secondes, cherchant à comprendre les raisons de ce revirement spectaculaire. Je poussai un soupir vaincu, avant de me tourner vers Juliette pour confirmer ma participation.

— Le chocolat chaud ira parfaitement, lançai-je à Maxime.

Il haussa un sourcil, plein de défi et de provocation. À nouveau, un frisson agréable me parcourut, repoussant toutes mes bonnes résolutions. Après avoir été distant pendant des jours, Maxime jouait maintenant la carte de la proximité.

Je repensai furtivement à Noah, aux gentils garçons et aux méchants. Maxime semblait vouloir changer de case – alors qu'il en avait une spécifique rien que pour lui, suffisamment grande pour son ego et sa colère – et je ne savais pas si cela m'effrayait ou me plaisait.

— Je passe te prendre demain à 10 heures ? J'aurai un casque pour toi.

— Parfait, répondis-je, aussi confiante que possible.

À l'intérieur, pourtant, j'étais en plein séisme. Tant que Maxime m'ignorait et jouait les grands taiseux, je n'avais qu'à rester loin et vivre ma vie ; maintenant qu'il réalisait que j'étais dans le paysage et qu'en plus il sortait l'artillerie lourde pour rentrer dans mes bonnes grâces, je doutais de pouvoir résister longtemps.

Chapitre 9

La veille

— Je pense que je vais avoir besoin d'un truc plus fort que ce cocktail de Noël, grimaça Nic.

Il mélangea le contenu de son verre avec le bâtonnet de cannelle qui le décorait, nullement convaincu par le goût de sa boisson.

— D'ailleurs, qui a commandé ces cocktails ? s'inquiéta Evan en prenant à son tour une gorgée.

— Offerts par le barman, marmonnai-je. Je le soupçonne de nous utiliser comme cobayes pour ses créations.

— Vraiment ? s'étonna Nic, en pivotant vers l'employé du bar. Je vais lui dire deux mots.

Il le héla d'un mouvement de bras et le barman de l'hôtel répondit d'un hochement de tête. À cette heure de la nuit, la salle était vide et nous étions les seuls à occuper une table. Evan était avachi dans un fauteuil en cuir, habillé d'un vieux jogging et d'un T-shirt gris. Nic avait opté pour un jean et un sweat-shirt du groupe de notre avant-dernière tournée. Les coudes sur la table et les mains dans les cheveux, je tentais encore de comprendre ce qui m'avait pris de les réveiller en pleine nuit.

Evan avait été tellement stupéfait de ma révélation qu'il était resté muet pendant deux bonnes minutes, avant de décréter qu'un tel sujet méritait un verre.

Ou deux.

Ou dix, en fait.

Le barman se matérialisa à notre table, un sourire aux lèvres. Sûrement qu'il était convaincu par sa mixture. Sûrement aussi que nous n'étions pas le public idéal pour la goûter et que le timing était le pire possible.

— Messieurs ? fit-il, avec une politesse suspecte.

— Alors, répondit Nic, le premier avec les cranberries : trop de cranberries, pas suffisamment de liqueur de pêche, mais on a adoré le détail de la branche de romarin.

La confiance du barman, déstabilisé par les remarques de Nic, sembla s'effriter sous nos yeux en même temps que son sourire. Je levai les yeux au ciel, envisageant de retourner à ma chambre et de faire comme si cette visite au bar n'avait jamais eu lieu. J'étais parfaitement capable de jouer les ermites pendant plusieurs semaines et de nier avec aplomb mon illumination nocturne. Au bout d'un moment, Evan et Nic oublieraient même la saveur trop sucrée des cocktails.

— Et celui-ci, poursuivit Nic : trop de cannelle tue la cannelle. Et vous êtes certain qu'il y a de l'alcool là-dedans ?

— Tequila, monsieur.

— Ah. Alors, il faut faire un choix entre le blanc d'œuf et la tequila.

— Et évidemment on choisit la tequila, intervins-je, fatigué.

— Je vous apporte trois tequilas, indiqua le barman, ravi de trouver un prétexte pour quitter notre table.

— Rapportez la bouteille, corrigea Evan. Je sens que des verres ne suffiront pas.

Il se massa les tempes des doigts, levant des yeux exaspérés vers moi. Je soupirai et m'enfonçai dans ma chaise. Le barman prit la fuite aussi vite que possible tandis que nous repoussions tous les trois nos verres à cocktail au centre de la table.

— Reprenons, fit Evan en réprimant un bâillement.

— Tu devrais oublier ce que je t'ai dit, grognai-je, balayant des yeux la décoration du bar, mélange de bois clair et de tissu bleu foncé.

— Tu plaisantes ? ricana Nic.

— Non. Je n'aurais pas dû... Bref, on devrait oublier tout ça !

— On ? répéta Evan. Parce que tu es capable d'oublier ça ? Ce n'est pas tous les jours...

— Ni toutes les nuits, le coupa Nic.

— Ni toutes les nuits, en effet, qu'on se rend compte qu'on est amoureux de quelqu'un.

Cette seule phrase me fit frissonner d'effroi. Amoureux. Putain. Non, je ne faisais pas ce genre de choses. Je ne m'attachais pas. Pas par principe ou par conviction, juste parce que je n'en n'avais aucune envie. Et, surtout, parce que je n'avais pas le mode d'emploi détaillé. Je ne m'encombrais pas. Evan et Nic étaient comme des frères et cela me suffisait.

— Ça a l'air horrible quand tu le dis, soufflai-je.

— Stupéfiant, plutôt, pondéra Evan avec un sourire. Même si, pour être tout à fait honnête, je ne sais pas si je suis surpris ou effrayé que tu t'en rendes compte après...

— ... six ans, finit Nic, en portant machinalement son cocktail à ses lèvres.

Il fit la moue et bougonna un « vraiment trop de cannelle », avant de le repousser à nouveau, définitivement dégoûté. Le barman surgit l'instant suivant et déposa une bouteille de tequila devant nous, ainsi que trois minuscules verres. Nic haussa un sourcil et attendit que le barman soit parti avant de ronchonner à nouveau :

— Bon sang, mais il nous prend pour les mamies du club de bridge local ? À mon avis, ces verres ne sont pas réglementaires.

— Ça ne fait pas six ans, répondis-je finalement.

— À trois mois près, si, objecta Evan. Quand Mathilde a intégré l'équipe lors de la première tournée, j'ai compris qu'il se passait quelque chose.

— Je lui ai à peine parlé pendant cette tournée, répliquai-je.

— Justement. Si elle avait été comme toutes les autres, tu lui aurais sauté dessus dans les coulisses. Je sais comment tu fais avec toutes ces filles ! fanfaronna Evan.

— Elle travaillait pour nous, je ne pouvais pas lui sauter dessus.

— Ose nous dire que tu n'as jamais trempé ton pinceau dans l'encrier de l'équipe technique ? me provoqua Nic.

— Tremper son pinceau ? Bordel, Nic, tu as quatre-vingt-dix ans ? s'esclaffa Evan.

Je ne pus m'empêcher de sourire. Voilà pourquoi le groupe fonctionnait : nos conversations étaient parfaitement décousues, parfois mâtinées d'alcool et toujours dans une ambiance de colonie de vacances. Nous nous connaissions par cœur et c'était précisément ce qui me faisait peur, car cela signifiait qu'Evan avait sûrement raison au sujet de Mathilde.

— Pardon, mais il est 3 heures du matin, nous sommes

dans un bar d'hôtel et je sens qu'on va se prendre une cuite d'anthologie parce que Maxime a des révélations sur sa vie amoureuse. Je plaide les circonstances atténuantes, argumenta Nic en nous servant nos trois tequilas.

— On devrait retourner dormir, tentai-je à nouveau.

— Hors de question, répondit Evan. Si tu m'as sorti de mon lit, c'est que c'était important pour toi. D'ailleurs, tu m'as dit que tu voulais que je t'aide.

Je secouai la tête, soudainement embarrassé par mon comportement. Débouler au milieu de la nuit pouvait encore passer. Avouer que j'étais amoureux était un dossier plus lourd à gérer. Evan était partagé entre jubilation et curiosité : j'étais certain que son interrogatoire n'aurait rien à envier à ceux des services de contre-espionnage.

— C'était une mauvaise idée, soufflai-je.

— Maxime, on se connaît depuis des lustres. Tu n'as aucune raison d'être timide, intervint Nic. Dis-nous un peu ce qui t'arrive.

— Nic, je n'ai pas cinq ans. Ne me parle pas comme si j'étais un gamin stupide.

— Tu es un gamin stupide, contra-t-il immédiatement. Suffisamment stupide pour se rendre compte en pleine nuit qu'il est amoureux d'une femme depuis six ans.

— Je ne savais pas, me défendis-je en prenant un des verres de tequila devant moi. Je pensais... je pensais qu'elle était comme les autres, qu'elle... passerait.

J'étais perdu. Je n'arrivais même plus à analyser la situation. Découvrir que j'étais amoureux de Mathilde semblait avoir effacé tout le reste : notre passé commun, notre pseudo-amitié, nos escapades nocturnes. C'était comme si je la rencontrais à nouveau, comme si je la redécouvrais sous un nouveau jour.

— En quoi on peut t'aider ? demanda finalement Evan.

— Je ne sais pas. Je n'ai… Je ne sais pas ce que je dois faire pour arranger les choses.

J'avalai mon premier verre d'un trait, avant de le tendre vers Nic pour qu'il me resserve. Le goût de l'alcool brûla ma gorge et, pendant une courte seconde, je fus soulagé. Cette douleur-là, aussi fugace fût-elle, je savais la gérer.

— Lui parler serait un bon début, proposa Nic.

— Je lui parle, répondis-je sèchement.

— Je veux dire : sans lui aboyer dessus ou lui faire des reproches.

— J'ai essayé. C'est juste que… je ne sais pas ce que je suis censé faire.

Evan et Nic échangèrent un regard surpris. J'avalai un deuxième verre, espérant que cela me donnerait du courage. Je ne savais pas comment j'allais réussir à me sortir de ce guet-apens sans qu'on me le rappelle ensuite constamment. Je n'avais pas pour habitude de m'épancher, et encore moins de me confier sur mes sentiments. Sûrement parce que j'avais compris très jeune qu'en avoir était une faiblesse que les autres pouvaient exploiter.

— Vous vous connaissez depuis six ans, je pense que tu devrais trouver facilement une solution, lança Evan.

— La stratégie du milk-shake, par exemple, suggéra Nic.

— Non. Ça ne peut pas… Je ne veux pas, me corrigeai-je, que ce soit uniquement du… « milk-shake ».

Un silence s'installa à la table et, d'un même mouvement, Nic et Evan prirent un verre de tequila et l'avalèrent d'un trait. En reposant le sien, Nic décréta qu'il nous fallait d'ores et déjà une seconde bouteille. Je relevai les yeux vers eux et pris une profonde inspiration avant de me mettre à nu devant eux :

— Je l'aime.

— C'est un bon point de départ, dit Nic.

— Non. Parce que je ne sais pas faire ça, râlai-je.

— Max, tu as deux domaines de spécialité, résuma Evan, la batterie et les femmes.

— Je sais les séduire, mais pas les retenir. Et je crois que c'est ce que je veux avec Mathilde. C'est pour ça que j'ai besoin de votre aide, pour savoir comment faire... ça !

— Attends, fit Nic en secouant la tête pour chasser la sensation de brûlure de sa deuxième tequila. Tu veux dire que tu n'as jamais été amoureux de quelqu'un ?

Je fis non de la tête. Peut-être que j'aurais dû en être un peu honteux. Evan avait raison : les femmes étaient mon domaine de prédilection. Je savais les repérer, les chasser, les séduire, finir dans leur lit pour ensuite fuir aux premières lueurs du jour. Oui, je savais parfaitement agir comme un sale type.

En revanche, être un mec assez bien pour Mathilde...

— Même en maternelle ? Même pas d'une vague prof un peu sexy ? continua Nic, incrédule.

— Jamais.

— Et tu es certain d'éprouver... ce que tu éprouves pour Mathilde ? demanda Evan.

— Absolument. Pourquoi ?

— Parce que Mathilde est aussi une amie. Et que si ça foire ça pourrait faire des dégâts. Je ne veux pas devoir choisir pour mes anniversaires, si je t'invite toi ou elle.

— Je sais, soufflai-je. Je sais aussi que tu l'inviterais elle.

— Probablement, admit-il avec un sourire.

— Et cette révélation soudaine vient de quoi au juste ? m'interrogea Nic.

— Parce qu'il faut une explication ? soupirai-je.

— Louise va me bombarder de questions, ça m'aiderait d'avoir les réponses.

— Parce que tu vas en parler à Louise ? m'écriai-je. Tu as prévu un communiqué de presse aussi ?

— À vrai dire, j'ai déjà envoyé deux messages à Louise, qui m'a fait promettre de tout lui raconter en détail. Cette bouteille de tequila ne vise qu'à me faire oublier un max de trucs et à avoir un parfait alibi quand je lui expliquerai que je ne peux pas répondre à ses questions.

— On attendra vos fiançailles pour le communiqué de presse, plaisanta Evan en portant son verre à ses lèvres.

À nouveau, j'enfouis les mains dans mes cheveux, cherchant comment me sortir de ce guêpier. En demandant de l'aide à mes deux meilleurs amis, je n'avais pas anticipé que Juliette et Louise seraient aussi de la partie. J'étais complètement à l'ouest au sujet du fonctionnement des couples. J'imaginais déjà le prochain dîner ou la prochaine réunion : ils allaient tous se foutre de moi.

— Juliette sait aussi ? demandai-je à Evan.

— Tu te doutes bien que me voir quitter notre chambre d'hôtel au milieu de la nuit a suscité quelques questions.

— Génial, grognai-je.

— Écoute, on peut toujours essayer de t'aider. Qu'est-ce que tu veux savoir au juste ?

— Votre expérience, répondis-je. Et comment vous avez fait pour… enfin… pour que Louise et Juliette tombent amoureuses de vous.

— Je ne comprends pas, fit Nic.

— Est-ce que je dois faire… je ne sais pas, l'inviter à dîner ? Ou lui faire des cadeaux ? Ou la complimenter chaque matin pour sa tenue ?

— J'ai convaincu Juliette de participer à un concours de baisers, répondit Evan en haussant un sourcil.

— Ce plan est un peu trop original pour être reproduit sans éveiller les soupçons, lançai-je.

— En effet, admit Evan.

— Louise voulait me piquer mes cornichons, se rappela Nic en souriant. Ensuite, elle m'a utilisé pour rendre son ex jaloux. Oh ! et elle m'a fait acheter des décorations de Noël.

— Je déteste Noël, ça va être encore plus suspect. Je ne veux pas lui faire peur. En tout cas, pas plus que ce n'est déjà le cas.

Un nouveau silence s'installa. Nous nous consultâmes du regard et nous prîmes nos verres pleins pour les vider en une seconde. L'alcool commençait à faire son effet, me rendant un peu moins morose.

— Essaye de te concentrer sur les faits, proposa Evan. Tu connais Mathilde sûrement mieux que nous. Tu dois donc savoir ce qu'elle aime, ce qui lui plaît, ce qu'elle lit…

Je connaissais, en effet, plein de détails sur Mathilde. Elle aimait regarder la pluie tomber en ayant la certitude d'être au sec, elle mettait toujours deux heures pour boire son thé, qui finissait invariablement froid, elle marchait pieds nus dès qu'elle le pouvait, elle chantait en coulisses pendant les concerts et elle pleurait systématiquement devant les films de Noël.

— Elle aime Noël, dis-je. Non, elle *adore* Noël.

— Louise adore ça aussi, dit Nic. Tu devrais proposer à Mathilde de faire une séance shopping pour des cadeaux ou de la décoration. Tu te contentes de pousser le Caddie, de hocher la tête et tu tentes de lui offrir un chocolat chaud ensuite.

Mon regard passa d'Evan à Nic. J'étais aussi incrédule qu'ivre.

— C'est ça votre plan ? Du shopping et un chocolat chaud ? Il va me falloir un plan B.

— Pour l'instant, tu vas devoir te contenter du plan A.

— Il y a toujours un plan B, persistai-je.

— Le plan B, c'est qu'elle se tire une bonne fois pour toutes et qu'elle te donne une bonne leçon, répondit Evan. Écoute, ça va sûrement perturber Mathilde, cette histoire de shopping pour des jouets. J'ai moi-même du mal à t'imaginer dans un magasin. Mais ça peut être un premier pas.

— Et comment je justifie cette fameuse virée shopping ? demandai-je.

— Je vais mettre Juliette sur le coup. Elle trouvera une idée pour justifier cette histoire. Enfin, sauf si tu veux y aller à découvert et dire que c'est pour toi.

— Pour moi ? Euh non. Merci pour l'alibi. Si c'est pour le travail, elle ne pourra pas refuser. Et ensuite ?

— Étape par étape. On verra après la sortie shopping si cela aide ou pas. Peut-être même que ça suffira, espéra Nic.

— J'ai vraiment merdé, je ne pense pas qu'acheter quelques trucs de Noël compensera.

— Quelques trucs de Noël ? répéta Nic, hilare. Bon sang, tu n'as aucune idée de ce qui va t'arriver !

J'avais arrêté de compter après le cinquième verre, mais déjà Evan terminait la première bouteille, plaçant nos verres à la queue leu leu, avant de verser la tequila d'un seul jet. Cette histoire de shopping de Noël ne me réjouissait pas.

— Juste une question : est-ce qu'on pourra faire ces

petites réunions en journée, la prochaine fois ? demanda Nic.

— Bois ton verre, lui intimai-je. Tu as commandé une seconde bouteille et le barman va mettre ta tête à prix si on la lui retourne !

Le lendemain, fidèle à sa promesse, Juliette avait monté avec l'aide d'Evan un plan-alibi selon lequel nous devions fournir en jouets tout un service pédiatrique hospitalier.

Et le surlendemain je grimpai sur ma moto pour rejoindre Mathilde en vue d'une virée shopping dans le neuvième cercle de l'enfer. J'étais nerveux. Si Evan et Nic m'avaient mis le pied à l'étrier et m'avaient encouragé par messages interposés, je craignais de tout faire foirer. Aller dans un magasin en pleine période des fêtes pour séduire une fille était une première.

Et pour le magasin.

Et pour séduire une fille.

S'agissant de Mathilde, j'avais la sensation de me préparer à un véritable saut dans le vide, sans vraiment savoir si je m'en sortirais à l'atterrissage.

Je secouai la tête, tentant de réchauffer mon corps engourdi par le froid. J'avais un manque flagrant de sommeil et la tequila m'avait collé une migraine dantesque. Finalement, cette histoire de chocolat chaud me semblait une bonne option.

Un fichu chocolat chaud. Cette fille était en train de me faire faire n'importe quoi.

— Je suis impressionnée, lança Mathilde en arrivant à ma hauteur.

— C'est ce que me disent beaucoup de femmes en me voyant, répliquai-je en souriant.

— Je pensais que tu ne viendrais pas.

— Je tiens mes promesses.

— Je sais. Mais t'imaginer en train d'acheter des jouets pour Noël… Je ne sais pas, grimaça-t-elle, c'était un peu comme imaginer un Inuit en plein désert.

— Disons que, là, je suis plutôt un mec frigorifié en plein Paris.

Elle m'adressa un sourire et, pendant quelques secondes, le froid si piquant et désagréable devint supportable. Si je devais sacrifier mes orteils ou le bout de mes oreilles pour elle, j'étais prêt à le faire.

— Ton casque, dis-je en le lui tendant.

— Tu sais qu'on peut aussi prendre un taxi. Tu as l'air gelé.

— On ira plus vite en moto. Et tu vas te serrer contre moi, ça me réchauffera.

Mathilde leva les yeux au ciel, avant de glisser le casque sur sa tête. Je m'installai sur la selle de la moto et elle s'assit derrière moi, ses mains sagement posées par-dessus mon cuir à hauteur de mes hanches. Si elle s'appuya contre moi durant le trajet, elle prit soin de ne pas en faire une marque d'affection. Malgré tout, après une semaine où je l'avais parfaitement ignorée, je trouvais que ce simple contact représentait un bon début.

L'ambiance dans le magasin était définitivement festive. Trop. Poussant mollement un Caddie, je retins un gémissement de douleur en entendant les chansons de Noël se déverser des haut-parleurs. Mathilde me jeta un coup d'œil, retenant un rire. Elle savait que je souffrais déjà.

— Si on se débrouille bien, ça ne devrait pas prendre plus de deux heures, m'indiqua-t-elle.

— Deux heures ?!

J'observai la foule autour de moi. Des familles entières se pressaient dans les rayons, des enfants criaient de joie, pendant qu'un démonstrateur faisait l'article pour des guirlandes lumineuses et sonores. Je regrettai le froid de l'extérieur et songeai brièvement que l'enfer devait ressembler à ça.

— Tu n'es pas obligé de rester, reprit Mathilde.

— Si, si. J'ai envie de voir ce que ça donne, tous ces... machins, marmonnai-je en la suivant dans le premier rayon.

— Tu as une idée du volume nécessaire ? me demanda-t-elle en se tournant vers moi.

J'arrachai mes yeux de sa silhouette. Jusqu'à ce qu'on soit à l'intérieur, son épaisse doudoune avait masqué une courte robe écrue en laine torsadée surmontant des bottes noires à talons. Ses jambes étaient cachées par un fin collant noir, laissant entrevoir le début de son tatouage sur la cuisse droite.

— Maxime ? répéta-t-elle.

— Euh, non. Aucune idée. Faisons au mieux. Et, pitié, faisons au plus vite !

— Pourquoi t'es-tu embarqué là-dedans ? Toi et moi savons que tu détestes Noël. Je suis presque certaine que tes oreilles ne s'en remettront pas si Mariah Carey apparaît dans la playlist du magasin.

— Je voulais rendre service. Et, accessoirement, je voulais qu'on passe du temps ensemble.

Mon aveu la laissa muette. Finalement, elle me tourna le dos et s'intéressa à des peluches éléphants multicolores présentées sur les étagères. Méthodiquement, elle en prit une de chaque couleur, remplissant déjà pour moitié le Caddie.

— Tu réalises qu'il y a d'autres façons de passer du temps ensemble, plutôt que de t'infliger ça ? s'étonna-t-elle.

— Je sais.

— C'est un peu… sacrificiel.

— Crois-moi, je m'en rends compte. Et, crois-moi encore, je suis ravi que tu t'en rendes compte aussi.

— On devrait en profiter pour acheter de la décoration pour ton appartement.

Je haussai les épaules. Evan m'avait fait promettre de ne pas la contrarier. Pour le moment, j'étais impeccablement dans les clous. J'étais arrivé à l'heure, je poussais le maudit Caddie, je supportais sans frémir la musique sirupeuse et infâme, et je n'avais pas une seule fois serré le poing pour contenir ma colère quand je devais slalomer entre les enfants surexcités et les adultes en plein dans le passage.

Exemplaire. Elle ne pouvait que tomber sous mon charme et me pardonner pour mes errances passées.

À nouveau, mes yeux balayèrent son corps. Mathilde était partie pendant deux ans et était revenue plus femme que jamais. Des picotements d'excitation coururent le long de ma colonne et je réprimai un flot d'images du passé, où je pouvais passer ma main sur la peau veloutée de ses courbes tentatrices. Comment avais-je pu la laisser filer sans rien dire ?

— Tu veux ? insista-t-elle. Qu'on décore ton appartement ?

— Tu as toujours rêvé de redécorer mon appartement.

— Parce qu'on a la sensation d'entrer dans un appartement témoin. J'imagine que les murs de ta chambre sont toujours blancs ? Que tu as toujours la même parure de draps en quatre exemplaires ? Et que tu as gardé cet horrible cactus en plastique qui fait à la fois office de plante et de support pour tes fringues ?

— Je ne mettrai pas de guirlandes dans ma chambre, la prévins-je.

— Donc, tu as gardé le cactus, s'esclaffa-t-elle.

— Il est pratique !

— Max, tu as un cactus dans ta chambre. Ça en dit plus sur toi que n'importe quelle thérapie.

Elle se saisit de boîtes de jeux de construction et les déposa dans le Caddie. Je m'arrachai de ce dernier et me postai près d'elle, tentant de m'intéresser aux petits jouets d'éveil en bois qu'elle regardait. Cette histoire de courses ne menait nulle part. J'avais la sensation de m'enfoncer, et que ma présence auprès d'elle, loin de la surprendre agréablement, était plutôt source de questions et de débats stériles.

— Je ne savais pas que tu détestais à ce point mon appartement, repris-je.

— Je ne le déteste pas. Disons qu'il est loin de refléter celui que tu es. Tu n'es pas vide, ni froid ou sans âme.

— Tu es bien la seule à croire ça. Même moi, je n'y crois pas.

— Je l'ai toujours cru. Et je le crois encore, ajouta-t-elle un ton plus bas.

Je réduisis l'espace entre nous et parvins à accrocher son regard azur. Elle était sincère. Elle y croyait sûrement pour nous deux. Au milieu de ce magasin bondé agité par la musique de Noël, et entre deux rayons débordant de jouets criards et bruyants, j'eus soudain la sensation que nous étions dans une bulle hermétique au reste du monde. Je braquai mes yeux sur ses lèvres, prêt à les goûter pour ne plus jamais les lâcher.

— On devrait finir, murmura-t-elle.

J'opinai, toujours au plus près d'elle. Elle tourna la tête et s'empara de boîtes de jeux de société ; je posai ma main sur la sienne pour l'aider. J'ignorai mon cœur battant la chamade et la décharge violente de désir qui se déversait dans mes veines lorsque mes doigts entrèrent en contact avec sa peau.

Je connaissais le désir brut, violent, et la volonté de conquête. Mais ce n'était rien en comparaison de ce que je ressentais maintenant en regardant Mathilde et en lui effleurant les doigts.

Je la voulais. Pas pour le sexe ou pour cocher une case de plus à mon tableau de chasse.

Je la voulais pour moi. Pour qu'elle ne soit à personne d'autre, pour être sûr qu'elle ne m'abandonnerait pas.

Je la voulais pour moi. Parce qu'elle voyait en moi ce que personne – pas même moi – ne parvenait à voir.

Je la voulais pour moi. Parce que je l'aimais.

Et j'étais maintenant prêt à tout. Même au truc le plus improbable du monde.

— Oui, finissons-en. Ensuite, je t'offre un chocolat chaud.

Mathilde se contenta de sourire, et je pris ça comme un encouragement à poursuivre. Pour la première fois depuis des semaines, j'avais la sensation que notre relation était apaisée. Cela ne durerait peut-être que quelques heures, le temps de vider ce rayon et ceux qui suivaient. Je devais profiter de cette trêve.

Aussi, je passai du chocolat improbable à la proposition la plus surnaturelle des dix dernières années :

— Et, après ça, j'aimerais que tu m'aides à choisir un sapin pour mon appartement.

Chapitre 10

Nous avions fini par remplir trois Caddies avant de rejoindre une des caisses du magasin. Alors que je déposais les articles sur le tapis roulant, je réfléchissais encore à la conversation surréaliste que j'avais eue avec Maxime. De toute évidence, ce n'était plus l'homme distant et colérique qui me fuyait depuis presque une semaine.

Le changement était brutal. Et donc il était suspect. Je ne pouvais pas croire que ma seule conversation avec lui avait suffi à le faire changer aussi vite. Je connaissais trop bien Maxime pour considérer cette évolution comme « naturelle ». J'étais donc partagée entre l'envie d'y croire – nous pouvions peut-être devenir amis – et les prémices d'une certaine amertume – s'il était capable de faire ce genre d'efforts, cela signifiait que nous aurions sûrement pu être plus que des amis s'il l'avait voulu.

— Tu es certain de vouloir faire ça ? demandai-je, toujours incrédule.

— Le chocolat ?

— Le sapin. J'ai l'impression que tu te forces pour me faire plaisir.

— Peut-être que j'ai effectivement envie de te faire plaisir, répondit-il avec un sourire énigmatique.

— Maintenant je suis vraiment inquiète.

L'hôtesse de caisse m'adressa un sourire, qui s'élargit lorsqu'elle remarqua Maxime. Je secouai la tête, reconnaissant parfaitement les signes distinctifs de la fan : le rougissement brutal des joues et le papillotement des yeux l'instant suivant. Maxime adorait ça. Il en jouait en permanence, y compris sur scène, où il veillait chaque fois à capter le regard d'une fan dans la foule pour la rendre complètement énamourée.

— Bonjour, fit-il d'une voix chaude.

Il haussa un sourcil et la fixa droit dans les yeux ; je ne connaissais personne capable de résister à son regard acier. Maxime vous scrutait comme si vous étiez la plus belle femme sur terre. Avec un soupir, je réalisai que je n'avais pas eu droit à ce regard depuis des années. Très vite après notre rencontre, il n'en avait plus eu besoin : quoi que j'en dise, j'étais à lui corps et âme.

— Et c'est reparti, murmurai-je, mal à l'aise.

— J'adore ce que vous faites, bégaya la jeune fille, très nerveuse.

— Merci. C'est très gentil. Vous avez prévu de venir à un de nos concerts ?

Il ajouta son sourire de séducteur, celui où seul un coin de sa bouche se soulevait. Je levai les yeux au ciel, envisageant de planter Maxime ici avec sa nouvelle proie. Le changement que j'avais cru entrevoir n'était finalement pas si profond.

— Malheureusement, toutes les dates sont complètes et…

— Donnez-moi votre numéro, je vais arranger ça.

La jeune femme sembla se liquéfier sur sa chaise. Je ne pouvais pas la blâmer. Pendant les premières semaines de mon travail avec le groupe, dès que Maxime m'adressait la parole – y compris pour me demander de lui passer le sel à table –, j'étais tétanisée et incapable d'articuler un son. Il m'avait fallu beaucoup de persévérance pour parvenir à soutenir une conversation sans balbutier comme une adolescente.

Il nota le numéro dans son téléphone, lui promettant une place pour la prochaine date. Je finis par m'éclaircir la gorge, espérant mettre un terme à cette situation embarrassante au plus vite. La jeune caissière se ressaisit et commença à scanner nos articles, prenant soin de garder les yeux sur son écran.

Maxime régla la note sans même demander le montant de nos achats, dégainant sa carte de crédit à toute vitesse. Des employés du magasin vinrent nous aider avec nos Caddies et, lentement, nous remontâmes la grande allée centrale aux yeux de tous. Je redoutais que Maxime ne soit reconnu et que des photos ne finissent sous peu sur les réseaux sociaux. Je grimaçai à cette perspective : dès que Maxime était aperçu en compagnie d'une femme, les fans se déchaînaient, estimant, sans même connaître le fond de l'histoire, qu'aucune n'était assez bien pour lui. J'avais déjà vécu cette expérience et le flot de récriminations et d'insultes à peine voilées avait fini par se tarir quand elles avaient découvert que je n'étais que la photographe.

— Tu exagères, soupirai-je après quelques minutes de silence.

— De manière générale ou sur un sujet en particulier ?

— La caissière. Elle tremblait en te parlant. Tu sais ce que tu fais aux femmes et tu en rajoutes.

— Ah non, je ne sais pas. Éclaire-moi !

Maxime arborait un large sourire arrogant. Évidemment qu'il savait l'effet qu'il avait sur elles. Il le savait tellement qu'il en abusait. Rendre ces filles ivres d'amour était un jeu pour lui. Comme une idiote, j'étais d'ailleurs une des premières à être tombées dans le panneau.

— Tu leur fais croire qu'elles sont… uniques, expliquai-je en me dirigeant vers la zone abritant les sapins.

— Elles le sont. Chacune de nos fans est forcément unique.

— Elles ne se considèrent pas seulement comme des fans. Cette jeune fille doit être persuadée qu'elle a ses chances avec toi. Tu abuses de leur romantisme forcené et tu leur donnes de faux espoirs ! m'exclamai-je, atterrée.

— Je ne promets jamais rien. Elles le savent.

— Peut-être, mais tu ne peux pas les empêcher d'y croire un peu.

Maxime agrippa mon bras et nous arrêta net au milieu d'un large couloir bondé. Ses yeux sondèrent les miens avec curiosité ; ma gorge s'asséche dans l'instant et mon cœur s'emballa.

— Je ne fais rien pour ça, assura-t-il.

— Je sais comment tu agis, murmurai-je.

— Ces filles ne comptent pas. Tu le sais, n'est-ce pas ?

— Je sais que pour toi tout ça n'est qu'un jeu, qu'il n'y a jamais rien de sérieux dans ta vie.

Son visage se ferma et il libéra mon bras avant de reculer d'un pas ; il paraissait blessé par ma remarque.

— Mathilde, tu devrais regarder autour de quoi et de qui gravite toute ma vie. Comme tu l'as dit, je n'ai pas vraiment changé en six ans. Le groupe, Juliette, Louise et toi : voilà tout ce qui compte pour moi.

— Je n'ai pas compté pour toi pendant deux ans, rétorquai-je, amère.

Un froid glacial se glissa entre nous. J'avais toujours de la rancune envers lui pour ces deux années de silence absolu. Je n'avais rien fait de mal, et pourtant je culpabilisais de me montrer si revancharde. Et je lui en voulais. J'aurais aimé compter, comme il me le disait ; j'aurais aimé qu'il m'appelle ; j'aurais aimé qu'il m'encourage.

J'aurais aimé qu'il m'aime. Autant que je l'aimais encore aujourd'hui.

— Il faut qu'on se mette d'accord sur ces deux dernières années, répondit-il, avec un calme aussi inédit qu'olympien.

— Qu'on se mette d'accord ? répétai-je.

— On ne peut pas effacer ces deux dernières années. Je sais que j'ai agi comme un abruti parfait et un royal connard.

Sur un ring, Maxime m'aurait mise K-O en deux secondes au troisième round. J'étais sonnée. Stupéfaite. Tétanisée. Ces deux années m'avaient fait plus de mal que toute notre relation chaotique. Aussi, qu'il admette qu'il avait eu tort me bouleversa plus que de raison. Devant mon silence et après avoir jeté un coup d'œil à la foule autour de nous, il continua :

— Je n'avais pas prévu de te présenter des excuses en public, mais puisque nous avons cette conversation maintenant… je suis désolé, Mathilde.

Je le dévisageai, éberluée. Les jouets, le chocolat, le sapin, les excuses. Cela faisait beaucoup en une seule journée. Et concernant Maxime, cela relevait de la pure science-fiction.

— Tu es désolé, répétai-je, abasourdie.

— Je le suis. J'aurais dû prendre de tes nouvelles et te dire que j'étais vraiment heureux pour toi que tu aies décroché ce contrat. Mais j'étais en colère et contrarié. Je voulais te punir d'être partie pour un autre groupe.

— Ça fait beaucoup d'informations en une seule journée. Tu es sûr que tu vas bien ?

— Parfaitement bien. Allons-y avant que la police ne débarque pour nous évacuer, m'encouragea-t-il, en posant une main sur mon dos pour me faire avancer.

J'étais perdue et je demeurai silencieuse jusqu'à la zone des sapins. Je devais pourtant admettre que c'était agréable d'être avec lui sans devoir répondre à ses provocations ou canaliser sa colère. Pour la première fois depuis mon retour, nous n'étions pas en guerre ouverte. Je restais cependant prudente : un après-midi de conversation normale ne pouvait pas effacer des années de faux-semblants et de fuite. Ce qu'il me restait de fierté me servait de bouclier. Trop de fois il m'avait amadouée pour me faire céder avant de me rejeter ensuite. J'avais compris la leçon.

— Il faut que tu m'expliques, lança-t-il en marchant dans la première allée de sapins.

— Que je t'explique ?

— Le choix du sapin. Je suis vierge de tout ce cirque, indiqua-t-il dans un sourire.

— Oh ! je vais donc te prendre ta vertu de Noël ?

Il haussa un sourcil et, ignorant les quelques familles et couples qui rôdaient autour de nous, posa soudain les mains sur mes hanches pour m'attirer contre lui. Le souffle court, je fis de mon mieux pour ne pas trahir mes émotions. La température grimpa instantanément de plusieurs degrés et, comme ils l'avaient fait plus tôt, ses yeux se posèrent furtivement sur mes lèvres.

— Tu peux prendre ma vertu, assura-t-il, son visage à quelques centimètres du mien.

Ses mains pressèrent doucement mes hanches et il colla son front contre le mien. Son souffle caressa mes joues cramoisies et j'aurais juré que son cœur battait aussi fort que le mien. Mes mains agrippèrent les revers glacés de sa veste en cuir et je risquai un sourire.

Deux ans de silence, une semaine d'ignorance et de fuite, et en quelques secondes, grâce à cette simple étreinte et malgré le vent glacial, j'eus la sensation de revenir à la vie. Je fermai les yeux, bercée contre lui.

— Tu as déjà tout le reste, murmura-t-il.

Mon cœur rata une multitude de battements. J'avais espéré pendant des années que ma relation avec Maxime ne se résumerait pas à quelques rares et courtes nuits. Dans cette allée de sapins, avec le parfum de la résine pour nous envelopper et le froid hivernal parisien, mon romantisme prenait le pas sur toutes mes bonnes résolutions. Maxime, enfin, semblait ouvrir la porte à ce « plus » que j'avais toujours ardemment désiré.

Nous restâmes enlacés pendant quelques secondes, seuls au monde au milieu de la foule. Quand je rouvris les paupières, deux lacs gris familiers me fixaient avec intensité et l'une des mains de Maxime chassait les mèches de cheveux qui voletaient sur mon visage. Ses doigts effleurèrent délicatement ma peau et ses iris se braquèrent sur ma bouche désespérée de caresser la sienne.

Je ravalai ma déception quand il s'écarta de moi avec un petit sourire satisfait. Il était parvenu à ses fins : en quelques heures, il avait réussi à me faire oublier mon amertume vieille de deux ans. Il savait maintenant qu'il pouvait me faire céder facilement. Péniblement, je retrouvai mon souffle et lâchai sa veste. Nous reculâmes de quelques pas, comme si nous délimitions un périmètre de sécurité entre nous pour éviter de faire crépiter l'air.

— On va le choisir, ce sapin ? demanda-t-il.

Je me contentai de hocher la tête. Je venais de vivre le non-baiser le plus intense de ma vie et j'étais incapable de parler.

Chapitre 11

Comme à chaque premier concert d'une de nos tournées, j'avais été dévoré par le trac. L'expérience et l'habitude auraient dû m'aider à gérer mes émotions mais, systématiquement, je redoutais la première représentation. Dans la mesure où j'avais, en plus, été à l'initiative du changement de *setlist* à la dernière minute, provoquant des réajustements en cascade, j'avais craint autant un problème technique qu'un manque d'enthousiasme du public, voire une défaillance de l'un de nous trois.

Pendant le concert, mon attention se focalisa sur les fans. Je mis toute mon énergie dans ma batterie et dans mes interactions avec Evan et Nic. À notre grande satisfaction, cela fonctionna : la foule était exaltée et pleine de ferveur, les équipes techniques avaient fait des prouesses avec la scénographie et la nouvelle *setlist* était parfaite, entraînant les spectateurs dans un crescendo de joie. Après deux années de disette musicale, je retrouvais enfin mon équilibre et mon adrénaline.

Et surtout, pendant deux heures, je n'avais pas pensé à Mathilde.

Depuis notre virée shopping, Mathilde – ses lèvres, ses yeux, son corps tout entier – était devenue une douce obsession. Je regrettais maintenant d'avoir joué au mec bien en ne l'embrassant pas. Sur l'instant, cela me paraissait être une bonne idée. Je voulais qu'elle comprenne que je souhaitais une véritable relation et pas une simple soirée « milk-shake ».

Mathilde méritait plus que des nuits passionnées, mais qui s'achevaient aux premiers rayons du soleil. Elle m'avait écouté parler pendant des heures, elle connaissait mon passé, elle gardait mes secrets, elle n'était pas effrayée par mes côtés sombres. N'importe quel type aurait compris en quelques secondes qu'elle méritait mieux que moi, mieux que ma colère, mieux que mes états d'âme et mes humeurs insupportables, mieux qu'un type qui ne savait pas ce qu'était une relation amoureuse… mais qui faisait son possible pour surmonter ce minuscule défaut.

C'était ce mieux que je voulais lui proposer.

C'était ce mieux que j'espérais qu'elle accepterait.

L'adrénaline du concert courait encore dans mes veines, mais toutes mes pensées glissaient vers Mathilde. Je sortis du bâtiment, entouré par Evan et Nic, et la repérai devant notre bus. Déterminé, je marchai dans sa direction, les yeux dardés sur elle, tandis qu'Evan me demandait à voix basse :

— Vous en êtes où au juste ?

— On progresse. Je compte l'inviter à dîner.

— Oh ! tu sais ce qu'est un dîner ? ironisa Nic.

— Tu sais que je pourrais t'étouffer dans ton sommeil dans ce fichu bus ? grognai-je.

— Ce que je veux dire, c'est que… tu vas mettre une chemise, débouler avec des fleurs et résister à l'envie de pester contre le serveur s'il a le malheur de regarder un peu trop ton invitée ?

— Mathilde n'aime pas les fleurs, intervins-je. En revanche, elle adore les desserts, alors disons que je la jouerai grand seigneur en lui proposant d'en commander deux, rien que pour elle, plutôt que d'hésiter sur un choix.

Evan hocha la tête et j'eus la sensation d'obtenir une forme de bénédiction. Je connaissais suffisamment Mathilde pour être au courant de ses habitudes : elle appréciait le vin blanc, mangeait ses frites avec de la moutarde et hésitait constamment entre un dessert aux fruits et un dessert au chocolat. Ajoutées à l'effet de surprise – c'était la première fois que j'invitais une femme à dîner – toutes ces informations me donnaient une petite avance stratégique.

— Tu penses qu'elle va accepter ? demanda Evan, prudent.

— Je vais tout faire pour. Évidemment, je suis preneur de vos conseils, les encourageai-je.

— Ne fais pas tout foirer, lâcha Evan avec son air paternaliste habituel. Tu n'auras pas de nouvelle chance.

Je le savais déjà. J'avais déjà failli perdre Mathilde à cause de ces deux dernières années de silence où j'avais préféré m'enfoncer dans mes idées sombres et revanchardes. Je ne comprenais que maintenant que Mathilde me permettait – m'avait toujours permis – d'aller vers plus de lumière et de joie. Englué dans mon amertume, j'avais tout simplement été incapable de voir à quel point elle illuminait ma vie.

Une fois arrivés à la porte du bus, Nic et Evan me devancèrent, grimpant dans le véhicule pour retrouver leur banquette tandis que je m'arrêtais devant Mathilde.

— Je crois que Louise a laissé des chocolats pour l'équipe, dis-je.

— Donc maintenant tu veux parler et en plus tu me proposes des chocolats ? s'amusa-t-elle.

— Je cherche à t'amadouer en jouant sur l'esprit des fêtes.

— De l'honnêteté ? J'ai peur de ne pas reconnaître l'homme qui déteste Noël.

— Monte, j'ai privatisé le petit salon au fond du bus.

Elle secoua la tête, incrédule, et je tendis le bras dans la direction des trois marches d'accès au bus pour l'inviter à me précéder. Nous traversâmes le bus en quelques secondes, mais ce fut suffisamment long pour que je sente les regards de Nic, d'Evan et même de Noah sur nous. Je verrouillai la porte du petit salon derrière nous, avant de sortir la boîte de chocolats que Louise m'avait gentiment donnée.

— Chocolats de Noël, expliquai-je. Je pense qu'il y a des trucs au sapin et à la cannelle là-dedans. Et je crois que celui-ci est nouveau : citron et girofle.

Je n'eus pas le temps de finir mon explication que déjà Mathilde piochait dans la boîte et enfournait un des carrés de chocolat de Louise. Elle ferma les yeux et un gémissement de plaisir lui échappa. Cela suffit pour faire grimper la température dans ce petit espace composé d'un canapé en cuir et d'un fauteuil couvert de coussins vert et rouge en tissu. Pour faire écho à la saison, de petites guirlandes lumineuses avaient été suspendues aux fenêtres, et je soupçonnais Juliette d'avoir acheté le minuscule sapin lumineux qui trônait sur la table basse et d'avoir accroché la branche de gui au-dessus de la porte. En temps normal, toutes ces saletés m'auraient fait enrager ; désormais, j'étais même prêt à enfiler un bonnet de Père Noël si ça convainquait Mathilde de dîner avec moi.

Le bus s'ébranla tandis que je m'installais dans le fauteuil et étirais mes mains endolories devant moi. Mathilde posa un regard inquiet sur mes doigts écorchés et abîmés. Elle avait toujours eu cette mine inquiète à la fin des concerts, en me voyant panser mes mains et, à l'occasion, grimacer de douleur.

— Je n'ai pas eu le temps de les soigner, expliquai-je avec un haussement d'épaules.

— Laisse-moi t'aider. Il y a un kit de premiers soins dans un des placards.

— Ce n'est pas la peine, je t'assure que...

— Maxime, il te reste encore des dates à assurer.

Je poussai un soupir, pendant qu'elle ouvrait une petite boîte en plastique rouge. Elle en sortit des pansements, des compresses et un flacon de liquide transparent. Je posai mes mains sur la table basse, écartant les doigts pour constater les dégâts. J'avais au moins cinq ampoules sur les pouces et les index et mes paumes étaient irritées d'avoir été trop sollicitées.

— Je crois qu'il y a des glaçons dans le minifrigo. Ça fera dégonfler les plaies.

— Je t'assure que tout va bien.

— Je sais. Tu n'as peut-être rien contre la douleur mais, personnellement, je n'aime pas particulièrement l'idée que tu souffres.

Elle posa délicatement un glaçon sur mon index droit, le faisant glisser sur toute la longueur. Je grimaçai à la brûlure du froid contre ma peau surchauffée. Malgré tout, je devais admettre que cela me faisait du bien. Ou peut-être était-ce dû à la délicatesse et aux précautions de Mathilde, qui me faisaient oublier tout le reste.

— J'aimerais que tu m'expliques, murmura-t-elle.

— Eh bien, c'est simple, quand tu frappes sur une

batterie pendant plus de deux heures, et je ne compte pas les répétitions, tu finis forcément par avoir des zones de frottement et la peau commence à…

— Non, que tu m'expliques pourquoi ça ne te fait rien. Tes doigts saignent, Maxime. Et ceux qui ne sont pas écorchés sont couverts d'ampoules géantes.

Elle passa le glaçon sur chacun de mes doigts, saisissant ma main dans la sienne pour s'assurer de n'oublier aucun centimètre de peau. Quand elle eut fini, elle imbiba une compresse de solution désinfectante et l'appliqua sur mon index blessé. Je serrai les dents pour ne pas bouger malgré les picotements.

— Parce que la douleur est un petit prix à payer pour se sentir vivant, expliquai-je. Vivant et dans la réalité.

Mathilde tourna son visage angélique vers moi, avant de reporter son attention sur mes mains.

— Pendant longtemps, je n'ai eu que la batterie, continuai-je. La musique… et Michael m'ont probablement sauvé de la vie minable qui se dessinait devant moi.

— Tu aurais certainement fini par te sauver toi-même, répliqua Mathilde, confiante.

— Je ne crois pas. Je ne suis pas parti avec les bonnes cartes.

— Et regarde où tu en es aujourd'hui. Tu es dans un groupe connu à l'internationale, tu as des millions de fans, un grand appartement, des amis…

— J'ai eu de la chance, j'ai rencontré Michael. Sans lui, je ne serais pas dans ce bus avec toi.

— Sans lui, je ne serais pas dans ce bus avec toi, répéta-t-elle avec un sourire.

Un silence s'installa et elle prit le temps d'appliquer un pansement autour de mon index. Puis, elle soigna mon pouce, dont l'extrémité était gonflée par une ampoule. Après l'avoir nettoyé, elle le banda.

— Tu es la première à faire ça, fis-je, alors qu'elle prenait mon autre main dans la sienne pour la soigner.

— C'est parce que tu es bien trop indépendant, répondit-elle. Rappelle-toi toutes les fois où je t'ai proposé mon aide et où tu l'as refusée.

— J'ai appris à me débrouiller seul.

— Je sais. Mais tu devrais savoir désormais que tu n'es plus seul. Il y a plein de gens disposés à t'aider.

— Même quand je ronchonne et je manque de défoncer une porte ?

— Surtout quand tu ronchonnes.

— Même toi ?

— Surtout moi, avoua-t-elle dans un murmure.

Nous échangeâmes un sourire complice et chargé de désir. Je fus tenté de l'embrasser dans l'instant, histoire de soulager la tension bien trop élevée pour une si petite pièce. La batterie me faisait me sentir vivant. Mais Mathilde, elle, me rendait heureux, me donnant la sensation inédite de compter pour quelqu'un.

J'espérais désormais compter pour elle.

— Merci pour ça, dis-je après un nouveau silence.

— C'est intéressé : je ne voudrais pas que tu joues mal à ton prochain concert et que les fans soient déçus.

— Tu les as pris en photo ce soir ?

— Comme toujours. J'ai fait des prises de vue du fond de la salle, avec les éclairages. Et puis, je prends le premier rang, comme chaque fois. Y compris les jeunes femmes fascinées devant le batteur, ajouta-t-elle dans un rire.

— Tout ça pour marquer ton territoire, ironisai-je.

Pour toute réponse, elle serra un peu trop fort le bandage

qu'elle était en train de réaliser. J'étouffai un cri de surprise, avant de capter à nouveau son regard amusé. Elle passa ses doigts glacés à l'intérieur de ma main, découvrant une nouvelle cloque.

— Tu te penses irrésistible ? m'interrogea-t-elle.

— Je l'espère. Parce que j'aimerais t'inviter à dîner.

Elle lâcha brutalement ma main, qui cogna contre la table. Je ravalai un gémissement de souffrance et Mathilde la reprit aussitôt dans la sienne en s'excusant.

— Un vrai dîner, précisai-je devant son silence.

— C'est quoi pour toi un vrai dîner ?

— Eh bien, tu sais... Tous ces... machins : nappe blanche, fleurs, bougies sur la table.

— Une table ? Avons-nous déjà mangé tous les deux autour d'une table ?

— Manger, non. Mais je me souviens qu'on a su exploiter le potentiel de certains meubles dans le passé.

À ma grande satisfaction, je vis ses joues prendre une délicieuse coloration rouge. À nouveau, l'idée de l'embrasser envahit tout mon esprit. Son innocence était sacrément sexy. Et mes souvenirs, bien ancrés, prouvaient qu'elle était aussi sacrément illusoire. Dès que nos corps se retrouvaient, nous oubliions le reste du monde. Le désir, l'excitation nous dominaient et nous finissions, haletants, nos mains affamées et possessives explorant la peau de l'autre.

— Alors ? Ce dîner ? l'encourageai-je.

Elle termina mon bandage, avant de s'asseoir sur le canapé en face de moi. La confusion se lisait sur son visage.

— Je suis perdue. Le shopping était déjà déstabilisant, et maintenant tu m'invites à dîner ?

— Il paraît que c'est ce qu'il faut faire.

— Ce qu'il faut faire ?

— Je débute dans ce genre de… protocole. Mais, si j'en crois la tradition, inviter une fille à dîner en tête à tête est le point de départ d'une éventuelle relation.

Mathilde laissa échapper un rire que je ne sus pas interpréter. Soit elle se moquait de moi, soit j'avais sorti une énormité hilarante. L'option B, bien qu'humiliante, me semblait moins catastrophique.

— Tu veux m'inviter à dîner ? répéta-t-elle.

Je hochai la tête, incertain sur la conduite à tenir.

— Pour une éventuelle relation ?

À nouveau j'opinai, réalisant qu'il y avait peut-être un troisième scénario qui combinait les deux premiers : elle se fichait de moi *et* j'avais en plus sorti une connerie monumentale.

— C'est la première fois en six ans que tu m'invites à dîner, dit-elle.

— Je suis parfois un peu lent, rétorquai-je en souriant, espérant détendre l'atmosphère. Mais pour être honnête je ne crois pas être capable d'être simplement ami avec toi.

— Je pensais que c'était plus ou moins ce que nous étions.

— Tu peux tenter de t'en convaincre, dis-je en approchant d'elle.

Elle ne s'éloigna pas et je respirai mieux ; c'était une première victoire. Mathilde avait mis tellement de distance entre nous que je redoutais que ce fossé ne soit infranchissable. Je repensai au conseil d'Evan, au fait que c'était certainement mon ultime chance de sauver mon histoire avec elle. Elle avait raison d'être surprise et prudente : je n'étais pas digne de confiance et je l'avais trop souvent déçue.

— Six ans, Mathilde. Tu me connais mieux que personne et quand on est ensemble… c'est…

— … explosif, finit-elle pour moi.

Nous échangeâmes un sourire, et je supposai qu'elle aussi plongeait dans les souvenirs de nos étreintes passées. C'était souvent impulsif et parfois même déraisonnable au point de bloquer un ascenseur d'hôtel. C'était toujours incandescent, à croire que nos corps n'étaient jamais pleinement rassasiés l'un de l'autre.

— J'ai repéré un restaurant pour demain soir, expliquai-je.

— Maxime, je suis très flattée, mais notre relation est enfin apaisée et je ne veux pas qu'on risque de tout gâcher.

— Je sais. Laisse-moi une chance de me racheter, plaidai-je. Je sais que je suis colérique et pénible, et parfois même un abruti de premier ordre, mais quand je suis avec toi… C'est un peu comme la batterie, tu me rends heureux et libre.

Elle me scruta avec intensité, comme si elle mesurait ma sincérité. Ma patience s'effritait déjà. Avec les femmes, je n'avais jamais eu besoin de me justifier ou de déployer des efforts si colossaux. Mathilde, elle, me poussait dans mes retranchements. Elle avait raison. Je méritais toutes ces épreuves, surtout si cela me permettait de la garder auprès de moi.

— Tu fais ça bien, admit-elle en souriant.

— La chance du débutant. Je te prends demain, à 20 heures ?

Elle se mordit la lèvre et, avant qu'elle ne puisse trouver une nouvelle parade pour s'échapper, je lui donnai mon ultime recommandation :

— Prévois des vêtements chauds, je serai en moto.

Elle acquiesça d'un sourire et j'eus la sensation d'avoir gagné la première bataille d'une longue guerre psychologique. Je la remerciai pour ses pansements, prenant conscience que c'était sûrement la première fois qu'on me choyait ainsi. La première fois aussi que je laissais quelqu'un prendre soin de moi.

Je n'avais pas envie que ce moment s'arrête, je voulais qu'on reste là, tous les deux, pour que je puisse savourer sa présence.

— J'adorerais pousser ma chance et te proposer de partager ma banquette pour écouter un peu de musique, dis-je.

— Mais ?

— Mais plus je te regarde, plus c'est difficile de garder les mains dans mes poches. J'ai peur que nous confiner dans cet espace réduit ne nous fasse déraper.

— On a déjà inauguré cet espace réduit, s'esclaffa-t-elle, et j'eus envie de la serrer fort contre moi.

— Je sais. Et même si j'en garde un délicieux souvenir, vu où cela nous a menés, je préférerais faire différemment. Et mieux, ajoutai-je en me redressant.

— À la réflexion, je ne suis pas certaine d'aimer tous ces changements en toi, lança-t-elle en se levant à son tour.

Nous nous tenions à quelques centimètres l'un de l'autre et je suffoquais de désir. Tout mon corps électrisé réclamait que j'arrache nos vêtements et colle ma peau nue contre celle de Mathilde. Je caressai sa joue, encore fraîche, du dos de la main, descendant lentement vers son cou découvert. Elle plongea son regard dans le mien et entrouvrit légèrement les lèvres, m'exhortant silencieusement à aller plus loin.

Être un mec bien était un putain de défi.

— Crois-moi, murmurai-je, je ne suis pas certain d'aimer ça non plus.

Je m'approchai encore d'elle, ma bouche à proximité de son oreille. Je devinai un frémissement qui parcourait son corps et je mobilisai tout mon self-control pour ne pas profiter de la situation.

— Parce que, depuis que je t'ai vue en coulisses avec ce haut en soie bleue, je rêve de le retirer pour vérifier si la dentelle noire te va toujours aussi bien.

Quand je m'écartai, ses yeux flamboyaient de désir. Je connaissais ce regard par cœur, c'était celui qui me faisait perdre les pédales et oublier jusqu'au rythme de nos plus vieilles chansons. Celui dont j'avais minimisé l'impact sur moi pendant tant d'années, car son pouvoir m'avait terrifié.

— Bonne nuit, Mathilde.

— Bonne nuit, Maxime.

Sa voix rauque la trahit davantage et je ne pus retenir un sourire triomphal. Tout n'était pas perdu.

Je quittai le petit salon, frustré et sur le point d'imploser, mais heureux d'avoir tenu mes promesses. Evan et Nic n'avaient pas encore tiré le rideau de leur banquette. En me voyant revenir, ils esquissèrent un sourire, avant de me tendre une bière.

— Tu es un homme, maintenant, se moqua Nic.

— La ferme, grognai-je.

— Un homme de mauvais poil, précisa Evan.

— Je crois que je suis un peu ému de voir notre petit Maxime grandir, répondit Nic.

— Il faut qu'on se prépare à le voir voler de ses propres ailes, renchérit Evan.

— Mais vos gueules !

Malgré tout, je ne pouvais m'empêcher de sourire. Pour la première fois depuis très longtemps, je me sentais bien. À ma place. Et plein d'espoir.

Le lendemain soir, comme prévu, je me présentai devant l'immeuble de Mathilde. J'avais réussi l'exploit d'être parfaitement à l'heure et de sonner à son Interphone à 19 h 59.

— Je descends dans deux minutes, m'indiqua-t-elle.

Je me postai près de ma moto, nos deux casques à la main. Comme conseillé par Nic et Evan, j'avais dégainé une chemise noire assez chic, combinée à un jean brut, certes déchiré au genou, mais qui allait parfaitement avec. Je pouvais accepter de changer certaines choses, mais je refusais de me déguiser.

La porte de l'immeuble grinça et je relevai les yeux vers Mathilde. Elle était à couper le souffle, avec un pantalon en cuir qui galbait ses jambes interminables, rehaussé par un pull bleu ciel en laine. Elle referma son manteau et, tout en avançant dans ma direction, protégea ses mains d'une paire de gants.

Elle m'adressa un petit sourire. Elle avait rassemblé ses cheveux dans un chignon approximatif et quelques mèches voletaient sur ses joues. Je pris une profonde inspiration, tentant de faire refluer la vague intense de désir qui courait dans mon dos.

— Tu es superbe, la complimentai-je quand elle fut à ma hauteur.

— Merci.

— Ne traînons pas, dis-je en lui tendant son casque.

— On est en retard ? s'inquiéta-t-elle.

— Non. Mais il y a une petite voix dans ma tête qui

me supplie de te faire faire demi-tour, de t'entraîner dans ta chambre et de te retirer toutes ces fringues.

Elle rit doucement et attacha la jugulaire de son casque. Elle n'avait certainement pas besoin de mon aide, mais je vérifiai son attache et en profitai pour toucher la peau veloutée de son cou.

— Sinon, on peut aussi garder les fringues, fit-elle avec un regard joueur.

— Tu cherches à me faire dévier du droit chemin ?

— Michael disait toujours que le droit chemin était chiant.

— Et j'ai toujours été d'accord avec lui. Mais, pour ce soir, je vais éviter de dévier. Grimpe, ajoutai-je en tapant sur la selle de la moto.

Cette fois, Mathilde entoura ma taille de ses bras et n'hésita pas à presser son corps contre le mien. Je peinais à conserver mon attention fixée sur la route, parasité par des images de mes nuits brûlantes avec elle. Je n'avais aucune idée de comment j'avais pu faire deux ans sans elle… Je n'étais pas certain d'y être parvenu : ces deux dernières années n'avaient été que colère et ressentiment.

Je garai ma moto devant le restaurant que j'avais repéré et, une main dans le dos de Mathilde, je l'entraînai vers l'entrée. Dès que nous franchîmes la porte, une hôtesse nous accueillit. Ses yeux passèrent rapidement sur Mathilde, avant de s'arrêter sur moi. Je sus immédiatement qu'elle m'avait reconnu.

— Une table pour deux, s'il vous plaît, dis-je, imperméable au regard papillotant de l'hôtesse.

— La réservation est à quel nom ? m'interrogea-t-elle.

— Nous n'avons pas réservé.

— Je suis désolée, le restaurant est complet.

Je m'approchai de l'hôtesse, installée derrière un pupitre, et rassemblai toute ma conviction. Je ne pouvais pas foirer ce dîner. Mathilde méritait ce dîner. Notre histoire avait besoin de ce dîner.

— Je suis certain que vous allez pouvoir nous trouver une solution, dis-je.

— Je crains que non, monsieur. C'est complet.

— Et votre second service peut-être ? tentai-je.

— Complet également.

— Nous ne sommes que deux. Je suis certain que vous avez des clients qui vont se désister ou qui seront en retard.

— Maxime, ce n'est pas grave, intervint Mathilde.

— Si, je veux qu'on dîne ici, et je veux qu'on le fasse ensemble, soupirai-je.

Je passai une main agacée sur mon visage et tournai mon attention vers l'hôtesse. À nouveau, elle cligna des yeux et je me risquai à lui faire mon sourire de musicien, celui auquel aucune fille ne pouvait vraiment résister.

Un rougissement gagna ses joues, mais elle secoua la tête et répéta :

— C'est complet. Je suis désolée.

Je sentis la main de Mathilde sur mon épaule. Je me sentais un peu minable de n'avoir pas pensé à réserver. Pour être honnête, je n'avais jamais eu à batailler pour obtenir une place dans un restaurant ou dans un bar. Ma célébrité suffisait à m'ouvrir les portes. De toute évidence, la célébrité m'avait donné de mauvaises habitudes.

Il fallait que je sauve la soirée et cela ne passait que par la jeune femme qui se tenait devant moi et qui refusait de me donner une table.

— Maxime, vraiment, ce n'est rien. On peut trouver un autre endroit.

— Je tiens à ce dîner, je vais trouver une solution.

Mathilde secoua la tête et je pivotai à nouveau vers l'hôtesse. Elle consultait la liste de ses réservations et je doutais qu'elle se préoccupe de mon problème de table. Quand elle sentit mon regard sur elle, elle releva les yeux vers moi.

— On peut sûrement ajouter une table dans un coin, si c'est une question d'argent, je peux..., suggérai-je.

— Je regrette, monsieur, si vous le voulez, je peux prendre une réservation pour une prochaine soirée.

Je me cramponnai à son pupitre, contenant difficilement la colère qui me gagnait peu à peu.

— On va faire ça, fit la voix de Mathilde derrière moi. On va réserver pour une autre date.

— Mathilde...

— Maxime, il n'y a pas de place. On peut dîner ailleurs. Ou ne pas dîner du tout. Insister ne servira à rien de toute façon.

En guise de confirmation, l'hôtesse hocha la tête, presque soulagée de comprendre que nous allions la laisser tranquille. Je m'en voulais d'avoir fait foirer la soirée, mais Mathilde ne semblait pas si contrariée.

— Tu es sûre ? Je t'ai promis un dîner et...

— Et ce n'est pas grave. On peut tout aussi bien aller au fast-food du coin si tu y tiens tellement.

— D'accord. Mais on réserve une table ici, histoire que je me sente moins minable, ajoutai-je, en me tournant une dernière fois vers l'hôtesse. Votre première disponibilité ? la questionnai-je.

— Juin.

— Juin ? m'écriai-je, stupéfait. C'est une plaisanterie ?

Derrière moi, j'entendis Mathilde ravaler un rire, tandis

que je fusillais du regard l'hôtesse devant moi. Me proposer une date dans six mois ne semblait pas la perturber.

— Vous avez de la chance, reprit-elle, nous avons eu une annulation.

Mon regard s'étrécit, j'étais sur le point d'exploser. Elle se moquait de moi. Elle m'avait bien reconnu mais, apparemment, elle ne m'appréciait pas et avait donc décidé de pourrir ma soirée et me faire péter un câble en moins de cinq minutes. Soudain, je sentis la main de Mathilde se glisser dans la mienne et me tirer en arrière.

L'instant suivant, nous étions à l'extérieur du restaurant, giflés par le vent glacial, qui tempéra à peine ma colère. Du pied, je frappai une canette en ferraille abandonnée sur le trottoir, l'envoyant valser de l'autre côté de la rue. Puis, toujours furieux, je me tournai vers Mathilde, qui pianotait sur son téléphone.

Elle arborait une mine calme avec un petit sourire aux lèvres. Elle ne semblait pas m'en vouloir, et cette seule raison fit retomber ma rage.

— Plan B ? fit-elle avec un sourire.

Chapitre 12

Même après quinze minutes de moto et alors que la scène du restaurant s'était déroulée plus d'une demi-heure avant, je pouvais toujours sentir la colère de Max irradier par tous les pores de sa peau. Il fulminait et je ne pouvais m'empêcher de rire devant la situation. Pour la première fois depuis que je connaissais Maxime, il avait échoué à faire céder une femme.

— Maxime, je t'assure que ce n'est pas grave, répétai-je pour la quinzième fois.

— Si, c'est grave. Je t'avais promis un dîner et évidemment, comme d'habitude, j'ai tout fait foirer.

— Parce que tu foires régulièrement des choses ? demandai-je avec humour.

— Quand ça te concerne, oui.

Son sérieux me désarma. Toute cette histoire de réservation m'avait fait sourire du début à la fin. Maxime s'était toujours montré peu organisé et adorait l'improvisation – en particulier quand c'était lui qui choisissait de déserter une soirée ou de planter une séance d'enregistrement. J'aurais aimé dire que je détestais cet aspect de sa personnalité et que le fiasco de ce soir me mettait en colère… Mais, à mon grand désespoir, cela faisait partie de son charme et le rendait donc irrésistible.

— On testera ce restau une prochaine fois.

— Non, je voulais que ça se passe ce soir, insista-t-il. Je voulais… je voulais faire ça bien. Je voulais être un de ces mecs qui gèrent tout ça parfaitement.

— Tout ça ?

— Les relations. Les codes. Les réservations au restaurant. Je ne veux pas gâcher ma chance avec toi.

Je trouvais touchant de voir à quel point il tenait à réussir ce premier dîner et son inexpérience dans l'organisation d'un rendez-vous amoureux me rappelait qu'il était en terrain inconnu.

— Elle n'est pas gâchée, Maxime. Alors, s'il te plaît, cesse de ronchonner. Evan, Nic, Juliette et Louise sont au bar ; apparemment, Louise veut convaincre Julian d'un partenariat avec sa boutique. On n'a qu'à les rejoindre et passer une bonne soirée tous ensemble.

— J'aurais préféré qu'on reste en tête à tête, soupira-t-il.

— On aura des tas d'occasions d'être seul à seul. Mais il est presque 22 heures, nous sommes samedi soir, il fait froid : j'ai peur qu'on ne trouve pas de table facilement.

— Ils vont se foutre de moi, soupira-t-il.

— Ça ne sera pas la première fois !

J'enroulai un bras autour du sien, espérant que cela l'aiderait à se détendre et à s'amuser. Ce dîner avorté n'avait rien de dramatique à mes yeux, alors que Maxime y attachait une importance presque démesurée.

— Maxime ?

— Je t'assure que…

— Ce n'est pas ça que je veux.

— Pas ça quoi ? s'alarma-t-il en s'arrêtant net au milieu du trottoir.

— Cette histoire d'être un mec bien.

— Tu m'as dit que tu voulais que je change.

— Pas à ce point, rétorquai-je en riant. Tu essayes de devenir… Evan !

— Evan aurait sûrement pensé à réserver une table, lui !

— Peut-être. Mais je crois que je préfère l'improvisation. C'est toujours ce qui nous a liés et c'est ton tempérament.

Il grimaça, pas franchement convaincu par ma petite tirade. Face à lui, je parvins à capter son regard, cherchant une explication. Je refusais que Maxime change, y compris et en particulier pour moi. Je l'aimais avec son caractère brut, ses fêlures, ses doutes et son histoire de mec cabossé. J'aimais ses aspérités.

— C'est justement mon tempérament qui est le problème, non ? fit-il, attristé. J'ai merdé des tas de fois, Mathilde. J'aimerais juste, pour une fois, réussir un truc avec toi.

— Je ne veux pas que tu changes. J'aimerais juste que tu t'ouvres plus, que tu fasses confiance aux autres. Pour le reste, je crois que je vais tout garder. Et puis, comme tu l'as dit, tu débutes. Allons rejoindre les autres au bar de Julian, on verra pour un dîner un autre jour.

Il se pencha vers moi et colla son front contre le mien. Sa respiration s'apaisa et, malgré le froid glacial qui se glissait entre nous, une vague de chaleur m'enveloppa. Maxime ancra son regard au mien et son visage se détendit.

— T'es dispo en juin ? fit-il avec un sourire.

— Normalement, oui.

L'ambiance dans le bar était surchauffée. Une foule dense s'agglutinait au bar, certains se déhanchant doucement sur la musique de Noël qui se déversait des enceintes.

Evan, Juliette, Nic et Louise étaient installés à l'une des tables au fond de la salle. Mon bras toujours autour de celui de Maxime, nous traversâmes le bar en nous faufilant entre les groupes d'amis.

— Vous ne deviez pas dîner ensemble ? demanda Nic en camouflant mal son sourire moqueur.

— On devait, oui, râla Maxime.

— Le restaurant était complet, expliquai-je. On a décidé de sauver la soirée en venant ici pour se requinquer avec le vin chaud magique de Julian.

Juliette et Louise échangèrent un regard énigmatique, tandis qu'Evan tendait la main vers Julian pour passer commande. Je m'installai sur la banquette, Maxime prit la chaise libre en face de moi, d'humeur toujours maussade.

— Tu n'avais pas réservé ? demanda Evan, estomaqué, à Maxime.

— Je pensais qu'ils auraient une table de libre, se justifia Maxime.

— Ce n'est pas grave, intervins-je.

— Alors, qu'est-ce que je vous sers ? demanda Julian en déboulant à notre table.

Nous passâmes commande rapidement et Maxime ne manqua pas de fusiller Julian des yeux pendant toute l'opération, en particulier quand ce dernier me proposa d'essayer un nouveau cocktail. Je refusai poliment, tant pour m'épargner un Maxime encore plus taciturne que pour faire comprendre à Julian que je n'étais pas intéressée.

— Alors, qui va participer cette année ? fit ce dernier avec un large sourire.

Il y eut un silence autour de la table, puis Julian tendit un panier en osier, décoré de branches de sapin, avec une dizaine de papiers pliés en quatre. En voyant Juliette piocher dedans avec un large sourire, je compris de quoi il s'agissait.

— Tu peux nous inscrire, indiqua Evan. Ça nous rappellera quelques souvenirs, ce concours de baisers !

Je jetai un coup d'œil vers Maxime, occupé à déchiqueter une des serviettes en papier de la table, puis vers Julian, secouant la tête en signe de dénégation. Maxime était bien trop maussade pour prêter attention à cette animation. Et puis, même s'il adorait avoir du public, ce que nous vivions était trop fragile et trop incertain pour nous donner en spectacle.

— D'autres candidats ? reprit Julian en s'arrêtant volontairement sur Maxime et moi.

— Ça ira, répondis-je en priant pour qu'il quitte la table au plus vite.

— Un fauteuil pour deux ! s'exclama Juliette.

Elle déposa le petit papier devant elle, tandis que Julian s'éclipsait pour préparer nos boissons. Juliette connaissait parfaitement ce concours : c'était de cette façon que son histoire avec Evan avait commencé. Si mes souvenirs étaient bons, Evan et elle allaient donc s'embrasser à en perdre haleine, lui assis dans un fauteuil et elle installée à califourchon sur lui.

— On sait déjà que vous êtes imbattables, fit Nic en riant.

— Vraiment ? s'étonna Louise.

— Ils ont déjà gagné le concours, renchéris-je. Et ils étaient du genre à foutre le feu au plancher ! Je suis d'accord avec Nic : ils sont imbattables.

— C'est grâce à Juliette, souffla Evan en prenant la main de sa petite amie dans la sienne.

— Vous êtes toujours aussi écœurants ! m'esclaffai-je.

L'instant suivant, Nic se lançait pour Louise dans le récit épique du concours auquel Evan et Juliette avaient participé. À l'époque, Evan tentait de surmonter le deuil de son frère tout en gérant l'irruption de sa nièce, Gloria, dans sa vie. Sans Juliette, il serait probablement encore plongé dans une tristesse abyssale.

Julian réapparut avec nos commandes. Alors que je portais mon verre à mes lèvres, Maxime desserra enfin les dents. Il riva ses yeux aux miens et lança à Julian :

— Inscris-nous.

Je manquai de m'étouffer avec mon cocktail, au point de sentir des larmes de douleur me perler aux yeux. Quand je parvins enfin à avaler ma gorgée, ma voix était enrouée :

— Tu… Quoi ?

— On va le faire. Le concours. Toi et moi, précisa-t-il inutilement.

— Il faut tirer au sort une des modalités, intervint Julian.

— À toi l'honneur, répondit Maxime en me désignant d'un geste de la main.

Incrédule et à deux doigts de m'évanouir de stupéfaction, je posai délicatement mon verre sur la table. Juliette poussa le panier dans ma direction. La scène me paraissait irréelle. Après le fiasco du restaurant, Maxime tentait certainement de se racheter, je ne voyais pas d'autre explication à son comportement.

— Ce n'est pas… Maxime, tu n'as pas à faire ça, dis-je, mal à l'aise.

— Je veux le faire.

Je sentais les regards de l'ensemble de la table sur nous

et j'avais la sensation de passer une épreuve du feu. Piocher dans ce panier et embrasser Maxime avait sûrement plus d'importance pour moi que pour lui.

— Pourquoi veux-tu le faire ? lui demandai-je.

— Pour mettre sa raclée à Evan. Ils ne sont pas imbattables. On est carrément plus torrides qu'eux, ajouta-t-il dans un rire.

— On n'a rien à prouver.

— C'est vrai. Ça me donne juste un prétexte pour t'embrasser sans attendre de te raccompagner chez toi, admit-il.

Ma gorge s'asséchа dans l'instant. Maxime avait toujours voulu garder notre relation secrète. Nous ne nous cachions pas vraiment, mais nous restions toujours très discrets et distants dès qu'il y avait des gens autour de nous. Aussi, qu'il me fasse un tel aveu devant ses meilleurs amis me cloua sur ma chaise. Maxime avait toujours été très pudique chaque fois que ses sentiments étaient en jeu, le voir se montrer aussi vulnérable en public pour me convaincre était… perturbant.

— Choisis, m'encouragea-t-il en poussant, à son tour, le panier dans ma direction.

Fébrile, je pris un des morceaux de papier et l'ouvris délicatement. J'avais la sensation que toute la salle m'observait, retenant son souffle, attendant le verdict. Je risquai un regard vers Evan, qui affichait un visage serein et un petit sourire amusé.

— Sans les mains, murmurai-je.

— Putain de merde ! jura Maxime, dépité.

— Ce qui veut dire ? demanda Louise.

— On ne peut pas se toucher, expliquai-je, en rivant

mes yeux à ceux de Maxime. On peut juste s'embrasser sans... sans les mains.

— On dirait que t'as la poisse ce soir, lança Evan.

Maxime se contenta de pousser un soupir. Evan avait raison : c'était sûrement la modalité la plus cruelle du concours. Mes mains trouvaient toujours le corps de Maxime, à croire qu'elles étaient aimantées par lui ; l'idée de rester à distance était donc douloureusement frustrante. À la façon dont le regard de Maxime brillait, je savais que lui aussi était déçu.

— Peu importe, on fera mieux qu'eux, dit-il finalement.

— Je vous note, vous passerez en premier, chantonna Julian avant de disparaître de notre table.

Le trac et la nervosité me submergèrent aussitôt. Je ne comptais plus le nombre de fois où j'avais embrassé Maxime. Mais, ce soir, c'était notre premier baiser en deux ans. Allions-nous retrouver la même étincelle, la même magie qu'avant mon départ ? La plupart du temps, nous nous embrassions avec passion et fougue ; Maxime donnait le rythme, dominé par le désir brûlant entre nous. À la réflexion, le fait de ne pas nous toucher allait peut-être nous permettre de retenir nos pulsions.

Je bus une gorgée de mon cocktail, puis une seconde, espérant que cela suffirait à canaliser mon inquiétude. Autour de nous, les conversations reprirent et Maxime en profita pour m'adresser un clin d'œil discret.

— C'est normal d'être nerveuse pour la première, me rassura-t-il.

— Je ne suis pas nerveuse, me défendis-je.

— Tu m'as dit que l'improvisation te convenait.

— C'est vrai. Et, puisque tu veux battre Evan, je te promets de faire de mon mieux.

Nous n'eûmes pas le temps de poursuivre notre conversation : à l'aide d'un micro, Julian annonçait le début du concours et installait déjà les quelques accessoires nécessaires. Je frottai mes mains contre mon pantalon en cuir et, à l'annonce de mon prénom, je me levai. Maxime m'imita, posant la main dans le bas de mon dos pour m'accompagner au centre de la piste.

Nous nous mîmes face à face, séparés seulement d'une dizaine de centimètres, nos regards fichés l'un dans l'autre, sous une imposante boule de gui, tandis que Julian expliquait à la foule que nous ne pouvions pas nous toucher.

— Ça va finir dans la presse, murmurai-je.

— Tant mieux. J'aimerais bien garder un souvenir de cette soirée.

— Tes fans risquent de me maudire.

— Elles s'y feront.

La foule du bar applaudit autour de nous et nous nous approchâmes encore l'un de l'autre. Julian nous demanda de croiser nos mains dans le dos et nous menaça d'une élimination en cas de non-respect de la consigne. Je risquai un petit sourire vers Maxime : j'étais certaine qu'il se fichait de cette consigne et, pour une fois, j'aurais été ravie de le voir transgresser les limites. J'avais tant attendu ce baiser que je voulais qu'il soit exceptionnel, intense et sans contraintes. Mais battre Evan était une motivation suffisante pour le garder dans le rang.

— Je veux t'embrasser depuis que je t'ai vue, chuchota Maxime contre mes lèvres.

— Tu parles du soir où tu m'as attendue dans la rue d'Evan ? Il faisait si froid, tu aurais embrassé n'importe qui !

— Je parle de la toute première fois où je t'ai vue.

Je n'eus pas le temps de répondre ni de respirer. La seconde suivante, les lèvres chaudes de Maxime prenaient possession des miennes. La position était inconfortable, mais cela n'empêcha pas une bouffée de chaleur de se propager dans tout mon corps. Je verrouillai mes poignets derrière mon dos pour résister à mon réflexe de le toucher, puis je répondis doucement à son baiser. Je savourai le contact de ses lèvres pleines contre les miennes, puis ma langue effleura timidement la sienne, l'invitant à aller plus loin.

Quand il répondit à mon invitation – une supplique, en fait – mon cœur s'emballa. Je serrai les poings et retins un gémissement de frustration.

Je voulais le toucher.

Je voulais entourer sa nuque de mes bras et l'attirer contre moi.

Je voulais caresser son visage et sentir ses joues râpeuses contre mes paumes.

Surtout, je voulais que lui me touche, qu'il libère l'incendie qui était en train de me consumer de l'intérieur, qu'il m'écrase contre son corps avant de me soulever pour m'emmener loin d'ici et me faire l'amour.

Je voulais me perdre en lui.

Notre baiser s'intensifia et je penchai la tête, laissant Maxime conquérir ma bouche. Il imprimait un rythme lent, si différent de nos baisers habituels que j'en étais déstabilisée. Il n'y avait pas l'urgence de nos étreintes passées, Maxime prenait son temps, comme s'il dégustait ce baiser. Un frisson me parcourut et Maxime grogna contre mes lèvres. Autour de nous, je devinai des sifflements admiratifs et des applaudissements d'encouragement.

Maxime joua encore quelques secondes avec ma langue, avant de s'écarter après un ultime baiser sur mes lèvres.

Haletant, il posa le front contre le mien. Ma respiration était chaotique et mes jambes tremblantes ; je reprenais peu à peu conscience du décor environnant.

— C'était à la fois le meilleur et le pire baiser de ma vie, m'avoua Maxime dans un murmure.

— Applaudissez bien fort Mathilde et Maxime ! hurla Julian, annonçant ainsi la fin de notre passage.

— C'est fini ? demanda Maxime en dirigeant furtivement son attention vers Julian.

— C'est fini, nous allons passer à un autre couple.

Aussitôt, Maxime libéra les mains de son dos et les posa sur mes joues pour m'attirer brutalement contre sa bouche, m'embrassant avec une passion chaude et dévorante. J'entourai sa nuque de mes bras, laissant mon corps épouser le sien. Il n'y avait plus aucune contrainte, ni aucune retenue. Des sifflements aigus me parvinrent, ainsi que les encouragements bruyants d'Evan et de Nic.

Je me cramponnai à Maxime, me hissant sur la pointe des pieds, répondant avec ferveur à son baiser : je voulais me fondre en lui, là, maintenant. Mes doigts se perdirent dans ses cheveux et je récoltai un gémissement de plaisir. Haletant, il s'écarta finalement de mes lèvres, désormais gonflées, et prit ma main dans la sienne.

— Je crois que les mecs bien n'embrassent pas comme ça, murmurai-je.

— Tu ne le sauras jamais.

J'esquissai un sourire, ravie de retrouver le Maxime dont j'étais tombée amoureuse. Impulsif, taciturne, passionné et imprévisible, c'était cet homme imparfait qui m'avait séduite.

— C'était tout bonnement scandaleux ! lança Louise dans un rire quand nous revînmes à la table.

Mes joues étaient déjà brûlantes, mais cela ne les empêcha de rougir davantage sous le regard de mes plus proches amis. Maxime, lui, arborait un large sourire, typique du chat qui vient de dévorer le canari et s'en félicite.

— On va recommander à boire, indiqua Nic.

— Tu as l'air d'avoir besoin de quelque chose de frais, souligna Juliette.

J'échangeai un regard avec Maxime. Je lui en voulais presque d'avoir ravivé les braises pour ensuite étouffer l'incendie. Mon corps tout entier brûlait de retrouver le sien et cette soirée était en train de se transformer en un lancinant supplice.

Deux heures plus tard, la morsure du froid me clarifia enfin l'esprit. À l'applaudimètre, Maxime et moi avions gagné la manche de ce soir. Désormais, je voulais avoir mon trophée : aller au bout de ce baiser avec celui qui savait éveiller mes sens comme personne d'autre. Maxime proposa de me raccompagner chez moi et j'acceptai avec plaisir.

Devant l'immeuble, je me retrouvai dans une situation inédite : Maxime était sage et ne semblait pas enclin à prendre ses initiatives habituelles.

— Tu… Tu veux monter prendre un verre ?

— Je crois que ça ne serait pas une bonne idée.

— Ne me dis pas que tu es encore dans cette histoire d'être un mec bien ?

— Plus ou moins. Je crois juste qu'on ne devrait pas se précipiter.

— On ne se précipite pas, plaidai-je.

— Mathilde, quelles sont les chances qu'on boive effectivement ce verre ? On va entrer dans ton appartement, je vais te plaquer contre le mur et nous n'atteindrons même pas ton canapé.

— Ce scénario ne me semble pas si... terrible, fis-je dans un sourire.

— C'est vrai. Mais c'est ce que nous faisons depuis que nous nous connaissons et ça n'a pas mené très loin. Je me dis juste que, si on fait les choses différemment, alors ce... truc entre nous évoluera aussi de manière différente.

Il avait l'air si résolu que je renonçai à l'idée de le faire changer d'avis. J'étais frustrée, mais à la façon dont Maxime m'avait embrassée dans ce bar je savais qu'il ne jouait pas avec mes sentiments. Surtout, sa détermination à faire évoluer notre relation me touchait : il tenait à faire les choses bien.

— On se retrouve dans le bus demain ? demanda-t-il.

— D'ici quelques heures, oui, approuvai-je en vérifiant l'heure à ma montre.

Il baissa les yeux au sol, hésitant sur la conduite à tenir. Maxime avait fait suffisamment d'efforts, il méritait au moins une récompense. Aussi, je pris son visage entre mes mains et, me hissant sur la pointe des pieds, je déposai un baiser fugace sur ses lèvres. C'était furtif, mais je craignais qu'en allant plus loin on ne finisse encore une fois par bloquer l'ascenseur de mon immeuble.

— Bonne nuit, Maxime.

— Bonne nuit, Mathilde.

Il s'éloigna et j'attendis que sa longue silhouette disparaisse à l'angle de la rue pour rentrer. Une fois assise sur mon canapé, je pris réellement conscience de la situation : mon plan d'envergure visant à résister à mon attirance pour Maxime était officiellement cuit. Il avait raison : jamais nous ne pourrions être de simples amis. Tous ses efforts me touchaient et sa détermination à me montrer qu'il pouvait changer était troublante, mais je ne pouvais m'empêcher de penser à toutes ces fois où il avait été adorable, tendre et attentionné. Pour ensuite se montrer distant, froid, voire même absent. Avait-il vraiment changé ? Le pouvait-il ? Ou n'était-ce encore qu'une de ses manœuvres – plus ou moins inconscientes – pour que je lui pardonne ses erreurs ?

Je sursautai en sentant des mains sur mes hanches. Les battements de mon cœur s'apaisèrent quand je reconnus le parfum épicé de Maxime.

— Tu te caches en coulisses ? demanda-t-il en attirant mon corps contre le sien.

— Je travaille, Max. Comme toi, d'ailleurs. Tu dois être sur scène dans trois minutes.

Il nicha son visage dans mon cou et entoura ma taille de ses bras. Je m'abandonnai dans cette étreinte et posai mes mains sur les siennes.

— Tu as refait tes pansements ? l'interrogeai-je en passant un doigt sur son index droit.

— Ce sont plutôt des protections. J'ai besoin d'avoir les mains en parfait état pour ce que je prévois ce soir.

— Et tu as prévu quoi ?

— De te faire visiter ma banquette dans le bus. Matelas épais et moelleux, petite couverture en cachemire, éclairage tamisé…

— Tamisé ?

— J'ai mis une de ces guirlandes lumineuses à pile que tu aimes tant.

— Je suis impressionnée ! Quoi d'autre ?

— Louise m'a donné une boîte de ses chocolats. Le

format XL, précisa-t-il avec un clin d'œil. J'ai volé du champagne dans l'un des frigos de la salle.

— Maxime, tu réalises bien sûr que le petit rideau en tissu qui permet d'avoir un semblant d'intimité n'est en aucun cas un isolant phonique ? Et que ta banquette est à peine assez large pour toi ?

— Je sais, soupira-t-il. J'espérais que le mot « cachemire » suffirait à te faire oublier ces petits détails. La vendeuse m'a assuré qu'il n'y avait pas plus doux pour la peau.

À nouveau, il embrassa mon cou, me tirant un gémissement indécent. Ses mains se faufilèrent sous mon pull, caressant agréablement mon ventre, avant de flirter avec le bouton de mon jean.

— Tu viendras ? insista-t-il alors que je me liquéfiais sous ses caresses. On sera très discrets.

— Je ne vois pas bien comment, soufflai-je.

— Je sais comment te faire taire.

— Sur scène dans trente secondes ! hurla Noah quelque part dans les coulisses.

Maxime me fit brutalement pivoter entre ses bras et posa la main sur ma joue pour m'attirer contre ses lèvres. J'eus à peine le temps de rouvrir les paupières qu'il me laissait, pantelante et excitée, au milieu du couloir. Quelques secondes plus tard, les premières notes de l'ouverture du concert résonnaient, annonçant le début des hostilités.

— La prochaine fois, je vous sépare avec un extincteur, annonça Noah en parvenant à ma hauteur.

Alors que je glissais la bandoulière de mon appareil autour de ma nuque, il me tendit une carte de visite.

— Je lui ai dit le plus grand bien de toi.

En découvrant le nom de la maison de disques, j'étouffai un cri de joie. Ils signaient essentiellement de jeunes groupes de rock alternatif et j'appréciais beaucoup leurs choix artistiques.

— Ils cherchent quelqu'un ? demandai-je.

— Aucune idée. Mais Éric, le manager, m'a dit qu'il adorerait te rencontrer. Appelle-le, au pire, tu auras élargi ton réseau.

Je hochai la tête et glissai la carte dans mon jean. Le groupe entamait sa chanson d'ouverture et mon regard se fixa automatiquement sur Maxime, qui déversait toute son énergie dans sa batterie, muscles saillants, frappant les caisses comme si sa vie en dépendait, déjà luisant de sueur.

— Il saura faire sans toi ? demanda Noah.

— Maxime a toujours su faire sans les autres. La vie ne lui a jamais laissé le choix.

Maxime m'avait longuement parlé de son enfance chaotique, de sa mère là sans être là, de son père qui avait quitté la maison. Il avait été seul dès son plus jeune âge et cela l'avait poussé à être méfiant et toujours plus exigeant sur les personnes qui entraient dans sa vie. La plupart des gens le pensaient inaccessible et asocial alors qu'il était juste excessivement prudent et portait de profondes blessures.

Je collai mon appareil contre mon œil, capturant l'image de Maxime, envoûté par sa musique. Les spots se réverbéraient sur le métal éclatant de sa batterie, illuminant son visage. Son T-shirt laissait entrevoir les tatouages sur ses bras déjà luisants de transpiration. Je savais d'expérience que, dès le troisième morceau, il se débarrasserait de ce T-shirt, me permettant ainsi de prendre des photos spectaculaires de son corps animé par la musique et de ses muscles tendus sous la peau.

Pendant quelques secondes, de la fumée masqua mon

modèle fétiche. Quand elle se dissipa, Maxime avait les bras levés, ses baguettes pointant vers le ciel, prêt à maltraiter ses caisses et à enflammer la foule. Mon cœur se serra face à cette vision ensorcelante. La voix enrouée, je répondis à Noah :

— À vrai dire, je crois que c'est plutôt moi qui ne saurai pas faire sans lui.

Chapitre 13

— Grimpe, dis-je à Mathilde.

Elle regarda sur sa droite puis sur sa gauche, vérifiant qu'il n'y avait aucun témoin. Nous n'avions prévu d'assassiner personne, mais elle redoutait de devenir la cible des prochaines moqueries du groupe. Personnellement, je n'en avais rien à faire ; j'avais l'habitude de me faire chambrer par Nic et Evan et je savais leur rendre la politesse.

— Je te promets qu'ils n'en sauront rien, dis-je pour l'encourager.

— Parce que tu crois qu'ils ne vont pas comprendre en me voyant descendre de ta banquette demain matin ? demanda-t-elle en retirant ses chaussures pour les glisser sous la banquette inférieure.

— Je ferai en sorte qu'ils ne gloussent pas comme des ados prépubères.

Mathilde secoua la tête, avant de se hisser sur la banquette pour se plaquer contre la paroi vitrée et teintée du bus. Je la rejoignis et nous nous retrouvâmes allongés l'un en face de l'autre, dans une semi-obscurité. Je tirai le rideau derrière moi et allumai la petite guirlande lumineuse accrochée au-dessus de nos têtes.

Quand les yeux de Mathilde s'illuminèrent, je me

félicitai d'avoir eu cette idée. Je tendis la main vers le minuscule placard au-dessus de ma tête, dégainant la boîte de chocolats – elle était bien trop imposante vu l'espace dont nous disposions.

— Bonne nuit tout le monde ! hurlai-je, pour être certain de ne pas être dérangé.

En retour, j'entendis les pas lourds d'Evan et de Nic, qui devaient sûrement aussi rejoindre leurs banquettes. Le moteur du bus vrombit, signe que le véhicule se mettait en mouvement. Evan et Nic se souhaitèrent une bonne nuit et le crissement de leurs rideaux m'indiqua qu'ils allaient dormir.

— Tu sais recevoir, murmura Mathilde en regardant autour d'elle.

— Je fais de mon mieux.

— Je sais. Je suis épatée.

J'avais rarement été aussi fier de moi. Je n'avais pas pour habitude de prendre soin des autres. Sûrement parce que personne ne l'avait fait avec moi. Pourtant, prévoir cette soirée d'après-concert m'avait semblé naturel, prendre soin de Mathilde, faire en sorte que ses yeux s'éclairent de joie, était évident.

Nous restâmes silencieux de longues minutes, comme si nous hésitions à interrompre ce moment. Je m'assurai que Mathilde avait largement pioché dans la boîte de chocolats puis je la rangeai et réduisis le faible espace entre nous. À l'instant où j'allais poser la main sur sa hanche, le bus prit un virage serré et je fus projeté sur elle, l'écrasant de tout mon poids.

— Je vais faire virer le chauffeur, grommelai-je. Il va nous t…

Mes mots moururent quand les lèvres de Mathilde se

posèrent sur les miennes et ma colère s'évapora dans l'instant. Je répondis avec ferveur à son baiser, comme si elle était mon oasis en plein désert. Après quelques secondes, je nous fis basculer, roulant pour me mettre sur le dos, Mathilde allongée au-dessus de moi. Ma langue se fit plus joueuse et je posai la main sur la joue de Mathilde pour ne pas la laisser s'échapper. Depuis notre baiser au bar, deux jours auparavant, je rêvais de renouveler l'expérience.

J'avais embrassé Mathilde des centaines de fois ; la passion et le désir avaient rendu nos baisers urgents et frénétiques, presque vitaux. Celui du bar avait été radicalement différent : plus doux, plus réfléchi. Et celui de ce soir était une nouvelle découverte ; il avait un goût de désir, d'impatience et de joie.

Mathilde me rendait heureux et sentir son corps bouger à l'unisson du mien était incroyable. J'abandonnai ses lèvres pour glisser vers son cou. Elle se cambra, me facilitant l'accès, tout en accentuant le contact entre nos deux corps.

Un gémissement lui échappa et la banquette craqua sous notre poids. Sa respiration était laborieuse et, déjà, nous avions trop chaud dans ce petit espace. Je me redressai et tentai de retenir le sourire satisfait qui menaçait de me dévorer le visage. Je songeai furtivement à ma promesse de discrétion : entre le bus en plein rodéo routier et Mathilde, cela risquait d'être compliqué.

— Je crains qu'on ne réussisse pas à être parfaitement silencieux, lui chuchotai-je dans le creux de l'oreille.

— On le sera. Il suffit qu'on se contente de dormir bien sagement.

Ce rougissement sur ses joues était adorable. Savoir que j'en étais à l'origine me gonflait d'orgueil.

— Je propose un plan B : nus, l'un contre l'autre.

Elle se pinça les lèvres, hésitante. La banquette craqua à nouveau et nous réprimâmes un fou rire nerveux. De toute évidence, l'univers essayait de nous envoyer des signaux d'alarme : dormir était possible, mais faire autre chose était risqué.

En guise de réponse, Mathilde agrippa le bas de mon sweat-shirt et me le retira avant de l'envoyer à nos pieds d'un geste vif. Je passai la main sous son pull et, au prix de plusieurs mouvements de bras, elle parvint à s'en débarrasser. Puis elle souleva les hanches et entreprit de faire glisser son jean le long de ses jambes. Je l'imitai et, après quelques contorsions, nous nous retrouvâmes en sous-vêtements.

Avide, je plongeai à nouveau sur ses lèvres, excité de sentir sa peau nue contre la mienne. Installé au-dessus d'elle, je glissai le long de son corps, embrassant sa gorge et descendant jusqu'à sa poitrine encore couverte. Sous mes caresses, Mathilde ondulait contre moi, les mains perdues dans ma chevelure. Nous étions censés dormir, mais nos corps n'approuvaient pas ce plan. Après deux années sans se toucher, les retrouvailles ne pouvaient plus attendre.

Je pressai mon bassin contre le sien, frottant mon sexe tendu contre son intimité. Elle gémit à nouveau, avant d'agripper la couverture en cachemire près de sa tête pour étouffer le bruit, me tirant un sourire vainqueur. Joueur, je dégageai sa poitrine du tissu de son soutien-gorge. Du bout du pouce, je caressai ses seins magnifiques, presque ému de les retrouver. Doucement, je les embrassai avant de les prendre, l'un après l'autre, entre mes lèvres puis d'en effleurer la pointe avec ma langue.

À nouveau, un gémissement lui échappa. Ses mains

tirèrent sur ma chevelure, m'invitant silencieusement à poursuivre mes caresses, et la banquette émit un nouveau grincement désapprobateur, nous rappelant que nous étions dans ce fichu bus et que nous n'étions pas franchement libres de nos mouvements.

— Touche-moi, implora-t-elle dans un chuchotis.

Je relevai les yeux vers elle ; elle était belle comme jamais, les yeux brillants de désir, abandonnée contre moi. Je regrettais maintenant mon idée : Mathilde méritait un lit confortable et une nuit ininterrompue de vénération. J'aurais voulu pouvoir explorer et retrouver chaque parcelle de son corps en toute liberté, mais le contexte ne s'y prêtait pas. J'aurais pu être sage et lui dire qu'il valait mieux attendre… Mais j'avais déjà trop perdu de temps : je ne voulais plus rater une seule occasion de profiter de sa présence, de son regard, de son corps. La vie était trop courte et, sans Mathilde, elle ne m'intéressait plus.

Mes lèvres firent le chemin inverse, remontant lentement vers son cou, puis vers sa bouche. Elle enroula les jambes autour de ma taille, accentuant le contact entre nos bassins. Mon sexe était douloureusement tendu : mes souvenirs de la dernière fois où j'avais dû mobiliser autant mon self-control remontaient à l'adolescence. Cette femme repoussait toutes mes limites. J'inspirai profondément et, une fois rassuré sur ma capacité à tenir bon, je pressai mon sexe contre le tissu de son shorty, attendant sa réaction.

— J'ai pensé à ça toute la journée, avouai-je contre sa bouche.

Elle ouvrit paresseusement les paupières et m'offrit un sourire incendiaire.

— On risque de casser cette banquette si tu continues à me regarder ainsi, grondai-je, le souffle court.

— On a déjà cassé des tables et une commode aussi, je crois.

— Et je serai ravi de renouveler l'expérience quand nous serons seuls.

— Tu… tu veux qu'on dorme ? Maxime, nous sommes quasiment nus tous les deux et mon shorty est déjà fichu.

— Je sais. Ta peau est brûlante… Je ne suis pas du genre à abandonner une femme en détresse. Retourne-toi.

Elle s'exécuta ; je me glissai derrière elle, appuyé contre la vitre, et j'en profitai pour déposer un baiser sur sa nuque. Je dégrafai son soutien-gorge et l'en débarrassai. Mathilde se cambra pour coller les fesses contre mon sexe en érection, et je mordillai son épaule en représailles.

— Sois gentille, ma puce.

— Je veux te sentir en moi.

Le bus prit un virage et j'eus juste le temps de retenir Mathilde contre moi, l'entourant de mon bras pour qu'elle ne bascule pas dans l'allée centrale. Elle étouffa un rire tandis que je maudissais encore le chauffeur. Cela ne l'empêcha de continuer à se frotter contre moi.

— Comment faisais-tu sans moi ? l'interrogeai-je, en agaçant la pointe d'un de ses seins.

— J'ai eu deux ou trois amants, avoua-t-elle.

Je ne pouvais pas le lui reprocher. J'étais resté deux ans sans lui parler, ruminant ma colère contre elle. Pendant ces deux années, j'avais eu l'occasion de coucher avec d'autres femmes. Comparée à Mathilde, chacune de ces expériences avait été si fadasse et sans intérêt que j'avais très vite cessé de chercher du réconfort avec d'autres.

— Ça n'a jamais été renversant. J'ai fini par trouver ma propre solution.

Je devinais aisément de quoi elle parlait. Pousser Mathilde

dans ses retranchements était mon passe-temps préféré. Elle jouait les effarouchées, pour se révéler beaucoup plus délurée qu'elle ne le paraissait.

— Ma puce, il faudra me montrer ça, continuai-je, en faisant glisser ma main sur son ventre.

Elle se cambra un peu plus contre moi et sa respiration s'alourdit alors que je repoussais ses longs cheveux pour embrasser ses épaules. L'imaginer en train de se caresser était incroyablement érotique ; assister à ce spectacle était maintenant en tête de liste de mes priorités. Je laissai ma main droite descendre le long de sa hanche, contourner son nombril et se faufiler entre ses cuisses pour se poser sur son shorty en dentelle.

— Tu as raison, il est complètement foutu.

— Maxime, s'il te plaît…

Je parvins à faire rouler le tissu le long de ses cuisses, avant de le lui retirer complètement. Mathilde soupira lourdement et la chaleur, déjà insoutenable dans cet espace réduit, monta encore d'un cran ; j'étais quasiment sûr que la vitre derrière moi était recouverte de buée. J'effleurai du bout des doigts le haut de ses cuisses, devinant la chair de poule qui couvrait sa peau.

— Je n'avais pas prévu ça, avouai-je en effleurant ses fesses nues.

— Tu as toujours su improviser !

— Peut-être. Mais je n'ai pas de préservatif, on va donc passer au plan B.

Je n'arrivais pas à croire que j'avais zappé les préservatifs. Il y a encore quelques années, c'était la première – et unique – chose à laquelle j'aurais songé. Cette fois, je n'avais pensé qu'à épater Mathilde, sans jamais me dire que nous finirions par succomber à nos pulsions dans ce bus.

De toute évidence, l'amour me rendait bête.

— C'est pas plutôt le plan C ? m'interrogea-t-elle.

— Encore meilleur que le plan B, assurai-je.

Sans attendre une réponse de sa part, et sans cacher mon excitation, je laissai mes doigts trouver son intimité. Je la caressai lentement, me concentrant sur les réactions de son corps, et elle enfouit la tête dans un oreiller, espérant camoufler ses gémissements incontrôlés. Puis elle écarta les cuisses, me facilitant l'accès, et creusa les reins pour mieux onduler contre moi, ce qui m'arracha presque un grognement : cela devenait de plus en plus difficile de me contenir. Avec l'éclairage, je devinais seulement sa silhouette : j'aurais dû en acheter plus pour pouvoir dévorer des yeux chaque partie de son corps sublime.

J'accentuai la pression de mes doigts sur son sexe chaud et humide, allant et venant sur ses lèvres. J'agaçai son clitoris, sentant le corps de Mathilde se tendre contre le mien.

— Ça, ça n'a pas changé, dis-je en faisant des cercles sur son clitoris.

— Tu me connais par cœur, répondit-elle, avant de couvrir ma main de la sienne.

De ses doigts posés sur les miens, elle imprima un rythme plus soutenu, pressant ma main contre son intimité. Je la serrai plus étroitement, sa peau moite collant à la mienne.

— Je veux te sentir en moi, haleta-t-elle.

Je souris contre sa nuque et glissai ma main gauche entre ses cuisses, puis j'enfonçai un doigt dans son intimité. Elle étouffa un petit cri dans son oreiller et je fus certain que ce dernier, associé aux craquements réguliers de la banquette, ne laissait désormais aucun doute aux autres passagers du bus sur notre activité.

— J'avais oublié à quel point tu étais brûlante, dis-je, le souffle court.

Mathilde bougeait contre moi, ses fesses allant et venant contre mon sexe tendu. Si ce geste m'avait soulagé au départ, je craignais maintenant qu'il ne m'amène trop vite à l'orgasme. Elle glissa la main entre nos deux corps, parvenant à caresser mon sexe par-dessus le tissu. J'allais jouir, comme un adolescent, dans mon caleçon.

Pour répondre à sa provocation, je la pénétrai avec un deuxième doigt et les recourbai légèrement pour mieux la titiller. Vu sa réaction, c'était encore un truc qui n'avait pas changé ; je connaissais les points sensibles de Mathilde et je comptais bien en abuser.

J'accélérai le rythme, faisant aller et venir mes doigts en elle, pendant que mon pouce pressait son clitoris. Elle referma violemment les cuisses, puis posa la main sur mon poignet, enfonçant les ongles dans ma peau.

— Laisse-toi aller, ma puce, chuchotai-je. Je veux te sentir trembler contre moi.

Elle gémit mon prénom et bascula la tête en arrière, me laissant tout loisir d'explorer son cou de mes lèvres. Mathilde me laissait mener la danse, mais je savais qu'à la première occasion elle reprendrait les rênes et m'aurait à sa merci. C'était une des choses que j'avais toujours adorées chez elle : réservée et pudique en public, elle pouvait devenir incroyablement sensuelle et sûre d'elle dans l'intimité. Avoir accès à cette partie d'elle me donnait le sentiment d'être privilégié.

— Ne me quitte plus jamais, soufflai-je alors que je sentais son sexe se contracter autour de mes doigts.

Mathilde avait toujours été réceptive à mes caresses : nos corps se trouvaient naturellement et se répondaient avec un synchronisme qui m'avait toujours surpris. Cette étreinte clandestine ne faisait pas exception. Malgré l'étroitesse de la banquette, malgré le manque d'intimité, Mathilde se donnait entièrement à moi.

Son souffle devint erratique et elle camoufla un peu plus son visage dans son oreiller. J'embrassai la courbe de son épaule, mordillant légèrement sa peau en devinant l'orgasme qui la parcourait. En quelques secondes, son corps tendu se relâcha. Poussé à bout par ses gémissements et le mouvement cadencé de ses fesses le long de mon sexe, je perdis le contrôle à mon tour et ruinai mon caleçon.

Mathilde tourna le visage vers moi et risqua un sourire. Je me contentai de hocher la tête pour confirmer ce qu'elle avait sûrement deviné. Je retirai doucement les doigts de son intimité et, sous son regard encore embrumé, les portai à ma bouche pour la goûter.

— Demain soir, tu me montres ce que tu as fait pendant deux ans, affirmai-je. Et je ne parle pas de photo, petite maligne.

— Chez toi ou chez moi ?

— Chez toi. Je ne me suis pas encore débarrassé du cactus.

Mathilde rit doucement, plaquant la main contre sa bouche pour rester discrète. Après avoir retiré mon caleçon, je réajustai la couverture sur nos deux corps emmêlés. La tête de Mathilde reposait sur mon torse, à l'endroit où mon cœur devait courir un véritable marathon. Sa main se baladait sur mon torse, s'attardant sur un de mes tatouages, dessiné pour le premier anniversaire de la mort de Michael : un médiator, avec le nom du groupe, puis le prénom de Michael juste en dessous.

— J'aurais dû t'écouter et en faire un aussi, murmura-t-elle.

— J'étais ivre et tu m'as accompagné pour t'assurer que je rentrerais chez moi en un seul morceau, me rappelai-je. C'était une idée stupide : je n'ai pas besoin de ça pour me souvenir de lui.

— Il me manque.

— Tu réalises que, s'il était encore parmi nous, il aurait certainement ouvert ce rideau pour nous mettre la honte et nous chambrer jusqu'à la fin des temps ?

Elle rit à nouveau doucement contre moi, avant d'acquiescer. Michael nous aurait affichés sans vergogne. C'était lui, le premier, qui avait compris que Mathilde et moi étions plus que des amis.

— Sois prudent avec elle, m'avait-il conseillé alors que nous venions de finir une répétition.

— Je suis toujours prudent ! m'étais-je défendu.

— Je ne parle pas de capotes, abruti ! Cette fille-là, c'est ton exact opposé. Elle est la lumière quand tu n'es qu'un putain de trou noir. Ne l'entraîne pas dans ton néant.

J'avais haussé les épaules, me fichant bien de l'avis de Michael sur moi, sur Mathilde ou sur notre relation. Nous étions adultes, nous passions juste du bon temps ensemble. Aucun engagement, aucune promesse, aucune attache, c'était facile pour nous deux.

— C'est ta chance de devenir un mec un peu moins con, avait-il continué.

— Ma chance, c'est le groupe, avais-je rétorqué. Je ne veux rien d'autre. Je n'ai besoin de rien d'autre.

— Tu finiras par la vouloir. Tout le monde veut la lumière, Max. Même toi.

Je fermai les yeux et serrai Mathilde contre moi. Michael

avait compris avant tout le monde, et surtout avant moi, qu'elle était la chance de ma vie. Une larme m'échappa et je me félicitai d'être dans la pénombre pour l'effacer en toute discrétion. Je n'avais pas pleuré depuis des années. Même aux funérailles de Michael et de Lucie, j'étais resté stoïque, fixant les cercueils, persuadé que j'allais finir par me réveiller de ce cauchemar.

— Il savait pour toi et moi, dis-je d'une voix enrouée.

— Tout le monde savait pour toi et moi, corrigea-t-elle.

— Non… Ce que je veux dire, c'est qu'il savait qu'on finirait… comme ça. Ensemble.

Elle releva les yeux vers moi, posant le menton sur mon torse pour mieux m'observer, puis m'offrit un sourire éblouissant, avant de reprendre sa position initiale, lovée contre moi. À l'instant où je fermais les yeux, le chauffeur roula sur une succession de nids-de-poule, secouant tout le bus et ruinant mon moment de confessions nocturnes et intimes avec Mathilde.

— Je vais lui botter le cul jusqu'au fin fond de l'Atlantique, sifflai-je, mécontent.

Les rayons du soleil filtraient par la vitre teintée de ma couchette. Je n'avais aucune idée de l'heure qu'il était ; Mathilde dormait encore profondément, mais le bus était à l'arrêt. Je présumai que nous étions arrivés. J'entrebâillai prudemment le rideau de ma couchette, pour vérifier ma supposition, et me retrouvai nez à nez avec Nic et Evan, parlant avec animation de notre prochain concert avant la soirée de charité.

— Ah, tu tombes bien ! lança Nic, alors que j'avais encore les paupières lourdes de sommeil.

— Pourquoi tu parles aussi fort ? ronchonnai-je.

— Pour couvrir les bruits inquiétants de ta banquette.

Je plissai les yeux, espérant avoir l'air un peu menaçant. Au même instant, Mathilde remua et la banquette grinça, ne laissant aucun doute sur le fait que je n'étais pas seul. Evan retint un rire tandis que je passais une main sur mon visage pour masquer un bâillement.

— On parlait de la possibilité d'intégrer le nouveau single au prochain concert, indiqua Nic.

— Et vous êtes obligés d'en parler ici et maintenant ?

Derrière moi, planquée sous la couverture et masquée par l'obscurité, Mathilde s'était réveillée : du pied, elle caressait mon mollet, risquant de nous trahir. Pourtant, c'était elle qui tenait à éviter Nic et Evan !

— Max, tu pensais peut-être avoir privatisé le bus hier soir, mais je suis désolé de t'annoncer que nous y avons dormi, nous aussi, répondit Evan en bâillant à son tour.

— Ah, parce que tu as réussi à dormir, toi ? l'interrogea Nic. Parce que la banquette de Max était vraiment… démonstrative.

Nic haussa un sourcil dans ma direction. L'allusion était suffisamment limpide : sans le dire, ils me poussaient à assumer mon histoire avec Mathilde.

— Fais la descendre, soupira Evan. Vous devez être vraiment à l'étroit là-haut !

Quelques minutes plus tard, après avoir bataillé pour renfiler ses vêtements, Mathilde descendait de la banquette avec grâce et un voile de honte sur les joues. Evan et Nic eurent la gentillesse suspecte de ne faire aucune remarque.

Nous descendîmes du bus et je proposai à Mathilde de la raccompagner chez elle.

— Je dois faire les retouches des dernières photos et

monter la vidéo pour la soirée de bienfaisance, m'expliqua-t-elle, les yeux encore fatigués.

— Je peux au moins te déposer.

— Et ensuite je devrai t'empêcher de monter à mon appartement. Je ne suis pas certaine d'y arriver.

— Je sais me tenir !

— À vrai dire, je parlais de moi : je ne suis pas certaine de résister à l'envie de faire monter une certaine rock star dans mon petit appartement. Je préfère donc m'éloigner de la tentation.

Je pris sa main dans la mienne et nouai nos doigts. Je n'avais jamais eu ce genre de geste avec elle. Ni en privé, ni, encore moins, en public. Ses yeux furetèrent partout, comme si elle redoutait qu'on ne nous surprenne.

Je l'attirai contre moi et déposai un baiser furtif sur ses lèvres. Le parking était isolé et il était encore très tôt, nous étions seuls au monde.

— Dîner ce soir ? proposai-je. Promis, je réserve cette fois.

— Avec plaisir. Il faut que j'y aille, mon taxi m'attend, ajouta-t-elle en désignant une berline noire derrière elle.

Elle tenta de libérer sa main, mais je la retins et l'embrassai à nouveau, me fichant des sifflements et des applaudissements des quelques personnes qui nous accompagnaient dans le bus : nos gardes du corps, nos deux chauffeurs et nos trois chefs techniciens. Nic et Evan allaient me chambrer jusqu'à la fin des temps, mais c'était moins pénible que de la laisser filer sans une ultime étreinte.

Je la libérai au bout de quelques minutes, suivant des yeux sa silhouette jusqu'à ce qu'elle monte dans son taxi. Perdu dans mes pensées, je n'entendis pas mes amis me rejoindre.

— Ça ne m'arrange pas que vous soyez déjà ensemble, marmonna Nic.

Je pivotai vers lui, attendant une explication à sa remarque.

— Bah oui, sur qui on va parier maintenant ?

— Donc, tu as décidé que j'étais la personne à appeler dès que tu as un truc chiant à faire ? demandai-je à Evan, en découvrant la vitrine du magasin où il m'avait traîné.

Evan m'avait téléphoné en début d'après-midi, m'indiquant qu'il avait besoin de moi pour une course. Dans un moment d'absence, j'avais accepté. D'habitude, et par principe, je ne faisais pas ce genre de choses. Trop de monde, trop de joie, trop de sapin : faire les boutiques à quelques jours de Noël n'était pas du tout ma tasse de thé. Et Evan le savait. Ce qui rendait sa proposition non seulement désagréable mais aussi suspecte.

— Je pensais que tu te sentirais… honoré, répondit-il.

— Je me sens plutôt flippé. Est-ce que c'est vraiment ce que je pense ?

— Je ne lis pas dans les pensées, Max. Et dans les tiennes, encore moins. Même si j'imagine qu'en ce moment elles sont un peu moins sombres que d'habitude.

— Un peu, admis-je avec un coup d'œil dans sa direction.

— Je suis content pour vous. Ne foire pas tout.

— Je ne vais pas foirer. Le cadeau, c'est pour Noël ? demandai-je en désignant la vitrine.

— Non.

Je pivotai vers Evan, scrutant son visage. Il n'avait l'air ni inquiet ni apeuré à l'idée d'entrer dans ce magasin à la symbolique impressionnante ; j'étais donc très admiratif. Comprenant ce qu'Evan s'apprêtait à faire, j'eus soudain la sensation de passer brutalement dans le monde des adultes, un monde de responsabilités, de décisions fondamentales et d'achats cruciaux.

— J'avais toujours imaginé faire ça avec Michael, reprit Evan. Histoire de lui renvoyer l'ascenseur.

Je me tournai à nouveau vers la vitrine que la façade dorée rendait inratable. La décoration était de saison, avec deux immenses sapins de part et d'autre de l'entrée principale, éclairés d'une multitude de points lumineux. Sur la gauche de la porte, dans une première vitrine, trônait une avalanche de cadeaux factices, emballés dans des papiers chics aux couleurs de la bijouterie, qu'un tigre blanc semblait protéger de toute convoitise à l'aide de sa grosse patte. Sur la droite, des minuscules cadeaux avaient été assemblés pour former des minisapins.

À gauche de l'entrée, un stand de chocolat chaud avait été installé et un jeune homme offrait des gobelets fumants à tous les clients qui entraient ou sortaient de la boutique.

— Tu crois qu'il t'aurait donné de bons conseils ? demandai-je.

— Peut-être. Juste après avoir enquiquiné le vendeur en exigeant de voir une centaine de modèles différents pour finalement revenir à son premier choix. Et, le pire, c'est qu'il savait dès le début ce qu'il voulait : tout le reste, c'était juste pour le plaisir de jouer les rock stars détestables.

J'étouffai un rire, jetant un œil à l'intérieur de la boutique, où des employés, rigoureusement chics et habillés de l'uniforme réglementaire, arboraient un air triste et déprimé. Imaginer Michael débouler là-dedans, c'était comme visualiser un gamin turbulent débarquant en pleine convention de banquiers d'affaires.

— Pour être franc, je pense que Nic a plus d'expérience

que moi dans ce domaine, lançai-je alors que nous traversions la rue pour rejoindre l'entrée du commerce.

— Nic est un mec raisonnable. Je crois que j'ai besoin d'un avis déraisonnable pour faire ça.

— Je suis d'accord : se lancer dans un truc pareil, c'est de la folie pure.

Nous franchîmes le seuil de la boutique luxueuse et le groom qui nous ouvrit la porte ne manqua pas de nous détailler de la tête aux pieds. Avec nos bonnets en laine, nos boots délacées et nos sweat-shirts à capuche, nous n'étions franchement pas raccord avec l'ambiance sophistiquée du magasin.

— Bonjour, lança Evan à destination du premier vendeur à notre hauteur. J'aimerais voir vos bagues. Si possible avec un diamant rose.

Dans le regard du vendeur, je décelai un mélange de mépris et de curiosité. Comme s'il fallait une cravate pour être autorisé à dépenser son argent.

Une jeune vendeuse apparut et marqua une courte pause en nous voyant. Puis, elle se dirigea vers notre vendeur et lui murmura quelque chose à l'oreille. Visiblement, elle savait qui nous étions et en avait déduit que nous avions largement les moyens de hanter les lieux, ce que son collègue comprit aussi très rapidement, car son sourire tout juste poli s'agrandit aussitôt.

— Bien sûr, monsieur. Allons nous asseoir pour discuter de tout ça, proposa-t-il.

— Je pense qu'on va plutôt discuter avec votre collègue, intervins-je en désignant la jeune femme.

Il resta interdit, nous fixant de sa mine obséquieuse et bonne à gifler. Puis, il s'effaça, faisant signe à la jeune employée qui nous avait reconnus. Elle nous adressa un sourire lumineux qui me fit tout de suite me sentir plus à l'aise puis elle nous dirigea vers une table et nous proposa le chocolat chaud de saison en guise d'accueil.

Nous refusâmes poliment tandis qu'elle sortait une paire de gants blancs d'un tiroir sous la table. Tout ce cérémonial me fit soupirer. Bien sûr, je comprenais pourquoi Evan était venu ici, mais cet endroit regroupait à lui seul tout ce que je détestais : la conformité, l'opulence et le mépris.

— Tu sais, on devrait appeler Nic, proposai-je à mon ami.

— Tu es tout à fait à la hauteur, me promit Evan.

— Je n'en doute pas. Mais c'est un événement qui nécessite quelques tequilas, je crois.

Au mot « tequila », la vendeuse s'immobilisa. J'étais certain qu'on pouvait leur commander n'importe quoi : du chocolat chaud au soda au gingembre en passant par la tequila et le Grand Marnier.

Sans rien dire, Evan sortit son téléphone et appela Nic. Ce dernier déboula un quart d'heure plus tard tandis que nous examinions les bagues étalées devant nous. Pour moi, elles se ressemblaient toutes : un anneau argenté avec un gros caillou aux reflets roses par-dessus. Mais, si j'en croyais la vendeuse, elles étaient toutes différentes, avec chacune une élégance particulière.

Nic tira une chaise et, à son tour, examina les bagues, avant de s'enfoncer dans son siège.

— Au fait, j'ai pris ça, indiqua Nic en sortant une bouteille de tequila de l'intérieur de sa veste. Vous avez des verres ? demanda-t-il à la vendeuse.

Devant sa mine ébahie, je ne pus m'empêcher de rire. Dans ce type de boutique, le client était roi. Aurions-nous demandé un numéro de cirque qu'ils auraient contacté un clown dans la minute. Et puis, avec la somme rondelette qu'allait lâcher Evan, la vendeuse se devait d'être conciliante. Aussi, elle s'exécuta, dénichant trois tasses à expresso.

— Je n'ai pas mieux, s'excusa-t-elle.

— Sans importance, fit Nic en alignant les tasses en porcelaine blanche.

Il ouvrit la bouteille et nous servit généreusement. Evan avala sa tasse dans la seconde, comme pour se donner du courage avant de sauter dans le grand bain. Je savais qu'il n'avait aucun doute sur Juliette ou sur ses sentiments. Mais venir ici sans Michael, comme il l'avait imaginé, devait raviver la douleur.

— C'est pour Noël ? demanda Nic.

Evan était bien trop absorbé par les bagues devant lui. Aussi, je répondis à sa place, indiquant à Nic que Noël n'avait rien à voir là-dedans. Noël n'était qu'un détail face à ce qu'Evan s'apprêtait à faire.

— Vraiment ? Tu vas faire ta demande ? reprit Nic, enthousiaste.

— J'aurais dû la faire depuis longtemps. Vous pensez quoi de celle-ci ? nous demanda-t-il en désignant une bague devant lui.

— C'est une création originale de la maison, indiqua la vendeuse. Solitaire en platine, diamant rose trois carats d'une pureté exceptionnelle avec une très jolie taille en poire.

— Modèle unique ? l'interrogea Nic.

Je haussai un sourcil, étonné par son degré d'expertise. Ce monde peuplé d'adultes ne cessait de me surprendre.

— Tout à fait, répondit-elle avec un grand sourire. On peut aussi personnaliser avec une gravure, ou ajouter des diamants sur l'anneau.

— Tu veux répéter ? proposai-je à Evan. Histoire d'être sûr que c'est la bonne ? Je peux faire Juliette pendant que tu plantes un genou à terre !

— Ça ira, répondit Evan, en ravalant un sourire.

Je remplis à nouveau nos tasses avec une longue rasade d'alcool, arrosant au passage le bureau en bois laqué que nous occupions. Evan prit la bague qu'il convoitait dans le creux de sa paume. Il devait être en train d'imaginer sa demande et je connaissais déjà la réponse de Juliette.

— Elle ira très bien, soufflai-je, exaspéré par le temps que nous perdions. Et elle dira oui, de toute façon, même avec une bague en plastique.

Malgré mon intervention, Evan demanda à ce qu'on compare les quelques bagues qu'il avait sélectionnées. Caillou, anneau, pour moi elles se valaient toutes. Nic nous servit une nouvelle tournée de tequila, qui m'embruma un peu plus l'esprit. Quand, enfin, le choix d'Evan s'arrêta sur l'un des plus gros cailloux, j'eus la sensation que Nic, comme moi, savourait ce moment d'exception.

La vendeuse emballa le bijou dans un écrin en velours et, pendant qu'elle préparait les certificats et l'opération de vente, je levai mon verre. Un silence planait : chacun semblait un peu sonné par ce que nous venions de faire. Evan avait le regard perdu dans le vide, réalisant sûrement la portée de son achat.

— Il l'aurait adorée, tu sais, dis-je finalement.

— La bague ?

— Juliette. Elle va dire oui, répétai-je. Avant même que tu finisses de poser la question.

Evan se contenta de sourire. Il avait déjà sûrement un scénario pour sa demande. Cette bague était le détail qui viendrait couronner le tout et je ne pouvais pas m'empêcher de me dire que Juliette se fichait bien du nombre de carats, de la taille en forme de poire ou de l'anneau en platine. Elle aimait Evan, ils avaient eu un petit garçon, ils prenaient soin de Gloria : c'était ça qui comptait pour elle, comme pour lui.

Et c'était tout ce qui aurait compté pour Michael.

— C'est ce qu'il aurait voulu, dis-je, sûr de moi. Que tu sois heureux, après tout ça.

— Juliette me rend heureux, admit-il avec un sourire béat et des étincelles de joie dans le regard.

Je bus une nouvelle rasade de ma tequila. Avant, la félicité conjugale d'Evan et de Juliette m'avait toujours filé la nausée. Trop de bonheur, trop de marques d'affection, trop de blagues. J'avais même la sensation que cela rendait le groupe moins intéressant : ils devenaient trop sages, trop cadrés. Et puis, se limiter à une fille, en particulier quand vous êtes dans un groupe de rock populaire, me paraissait être un fabuleux gâchis. Pourquoi se restreindre à une femme quand vous pouvez en avoir quinze ?

Maintenant, je comprenais. Je comprenais que faire confiance à quelqu'un, qu'avoir quelqu'un avec qui partager les bonnes comme les mauvaises nouvelles, qu'avoir quelqu'un avec qui rire ou panser ses blessures, quelqu'un qui vous comprenait en un seul regard, était une chance. Désormais, je comprenais vraiment ce qu'il ressentait, car j'avais ce quelqu'un grâce à Mathilde.

Et ça aussi Michael l'aurait voulu.

Chapitre 14

— Tu ne devrais pas déjà être aux répétitions ? marmonnai-je dans mon sommeil.

Je levai une paupière, observant Maxime, une première serviette autour de la taille, qui frictionnait sa tignasse avec une seconde. Voir mes serviettes roses sur son corps musclé et tatoué me tira un sourire. Même ainsi, avec le parfum de mon gel douche au jasmin flottant autour de lui, Maxime était l'image même de la virilité affirmée, avec cet éclat sauvage et transgressif dans le regard.

— J'ai prévenu que j'allais être en retard, expliqua-t-il en se débarrassant de sa serviette.

Il souleva la couette, provoquant un courant d'air froid sous les draps, avant de s'allonger dans mon lit et de se coller contre moi. Il attira mon dos au plus près de son torse et, avec sa peau encore légèrement humide, me tira un agréable frisson.

— Ils vont se poser des questions, lançai-je en souriant.

— Je suis toujours en retard.

— Mais d'habitude tu ne préviens jamais, dis-je, riant cette fois franchement.

— D'habitude, je n'ai pas une magnifique excuse à la

peau chaude et qui aime gémir mon prénom quand elle jouit.

Je me remémorai notre nuit. La veille, après un dîner dans mon restaurant italien préféré, Maxime m'avait raccompagnée chez moi. Nous nous étions embrassés dans l'ascenseur et il avait commencé à me retirer mon pull alors même que nous n'avions pas franchi le seuil de mon appartement. Mes vêtements et les siens étaient encore éparpillés, façon Petit Poucet, entre la porte d'entrée et ma chambre.

Les lèvres de Maxime caressèrent ma nuque, me sortant tout à fait de mon sommeil. Je me lovai contre lui, appréciant ce réveil extraordinaire. Chaque fois que nous avions passé la nuit ensemble, Maxime avait pris la fuite au petit matin, prétextant une répétition ou un enregistrement à assurer. J'avais été patiente, espérant une évolution de sa part. Finalement, il avait fallu deux années de séparation et de silence pour qu'enfin Maxime parvienne à changer. Mais je restais prudente : si mes sentiments pour lui étaient profonds et inaltérables, je n'étais pas certaine que, de son côté, ce soit réciproque. Une part de moi redoutait de n'être qu'une distraction temporaire.

— Tu réfléchis pendant que je te caresse ? demanda-t-il, me tirant de mes pensées.

— Je n'ai pas assez dormi.

Ce n'était pas complètement un mensonge ; surtout, je doutais que Maxime soit prêt pour une conversation sérieuse sans un gramme de caféine dans le sang. J'avais suffisamment l'habitude de me torturer pour lui pour pouvoir patienter encore un peu avant de savoir à quoi m'en tenir.

Mais mon subterfuge ne fonctionna pas. Maxime cessa

de caresser mon ventre et me fit pivoter pour que je lui fasse face.

— Dis-moi, murmura-t-il, un air concerné sur le visage.

Il repoussa mes cheveux et je me perdis dans son regard gris. Cette fois, aucune trace d'orage à l'horizon. Maxime était calme, détendu. Je ne l'avais que trop rarement vu ainsi et, étonnamment, cela me poussait à encore plus de prudence.

— Je suis un peu perdue, avouai-je.

— Actuellement, tu es dans ton appartement, dans ton lit, avec un mec qui fait de la batterie pour gagner sa vie, plaisanta-t-il.

Je répondis par un sourire furtif. Maxime détestait les conversations sérieuses et adultes. Il les fuyait toujours en plaisantant, comme s'il craignait de prendre une décision et d'agir en mec responsable. Je ne voulais plus jouer à ça. Je refusais d'être la fille qui devrait gérer notre relation et prendre toutes les décisions. S'il n'avait pas changé sur ce point, notre histoire était déjà morte.

Devant mon visage agacé, son sourire s'effaça et il retrouva un air sérieux.

— Tu penses que je vais partir, affirma-t-il. Et tu penses aussi que je vais encore te décevoir.

— Disons que c'est un peu… bizarre, ce grand écart, et que…

— Je ne partirai pas. Déjà parce que ton appartement est nettement plus chaleureux que le mien. Et surtout parce que je n'en ai aucune envie.

— Pour le moment.

Se préparer à être déçue était plus simple et moins douloureux. Quand Maxime en aurait fini avec le caprice que je devais représenter à ses yeux, il me quitterait, sans même se retourner. Il l'avait fait pendant des années avec moi, me laissant à mon sort après chaque nuit passée ensemble et agissant, la journée, comme si je n'existais pas ; il en avait donc une expérience tangible. De l'index, il me fit relever le menton pour plonger son regard dans le mien Tandis qu'il répétait :

— Je ne partirai pas. Tu as des doutes et je les aurais aussi si j'étais à ta place. Mathilde, ces deux années de silence ont été horribles. J'ai été détestable avec tout le monde sans jamais me poser les bonnes questions.

— Je ne peux pas faire comme ces six dernières années n'avaient pas existé.

— Je sais. Et hormis te répéter que je ne partirai pas je ne sais pas trop quoi faire. Je suis nul pour ces trucs, grommela-t-il en désignant l'espace entre nous.

— Ces trucs ?

— Les trucs de couple. Autant se le dire, je vais forcément merder à un moment ou à un autre.

Je ris doucement, épatée par sa franchise. Il m'attira plus étroitement contre lui et je posai les mains sur son torse.

— J'oublierai la Saint-Valentin, assura-t-il. L'anniversaire de notre rencontre et ce genre de conneries. Je louperai certains de tes appels. Et sûrement que j'arriverai en retard à nos rendez-vous. Ah et, oui, on s'engueulera pour des détails. Mais ça on l'a toujours fait. Aucune raison que ça change.

— Tu es certain que tu essayes de me convaincre ? demandai-je en souriant.

— De l'avis général, je suis sombre, à tendance colérique. Je râle beaucoup, parfois je me tais pendant des semaines.

— Ce n'est pas vrai. Tu n'es pas sombre. Tu as juste… une histoire un peu compliquée.

— Ce que je veux dire, c'est que je ne suis pas Evan… Ou Nic. Je n'ai aucune idée de ce qu'on doit faire quand on sort avec quelqu'un. Mais, toi, tu me connais par cœur et, même si je foire tous ces trucs, je peux te promettre que je ne partirai pas.

— Donc… on est, euh, ensemble ? demandai-je avec précaution.

— On a toujours été ensemble, Mathilde. C'est juste que j'étais trop stupide pour m'en rendre compte.

Je fermai les paupières, presque dépassée par cette conversation. Le Maxime en mode adulte était encore plus séduisant que celui que j'avais connu dans le passé. Il était conscient de ses failles et les assumait, et j'aimais chacune d'entre elles. Il ne serait pas parfait et cela me convenait : je ne voulais pas de perfection, je le voulais, lui, avec ses aspérités qui le rendaient unique et touchant.

— Donc, soufflai-je, pas de plan B ?

— Pas de plan B. Je ne partirai pas. Et, en guise de preuve de mon engagement, je propose de me débarrasser du cactus pour mettre le sapin que nous avons choisi à la place.

— Je suis impressionnée.

— Est-ce que dans ces trucs de couple on passe son temps à parler ou bien on peut encore se tripoter ? demanda-t-il avant de m'embrasser.

— On fait les deux, chuchotai-je sur ses lèvres.

— Je préfère quand même qu'on se tripote, répondit-il avec un sourire.

La seconde qui suivit, il repoussa la couette qui nous maintenait au chaud et me fit rouler sur le dos pour mieux me surplomber. Je fermai les yeux et me laissai emporter par mes sensations tandis que ses lèvres s'aventuraient sur mon corps. Maxime débutait peut-être concernant les relations amoureuses, mais il connaissait mon corps par cœur et savait parfaitement l'apprivoiser.

— J'aurais dû me méfier quand j'ai reçu ton message au sujet de ton retard, lança Evan dès que nous entrâmes à l'intérieur de la salle de concert.

Nic et lui étaient sur la scène de Bercy, pour le dernier concert officiel, munis de leurs instruments, en plein essai de lumière. Près d'eux, un technicien s'affairait à brancher des câbles, pendant qu'un second testait les micros. Nous affichions plusieurs heures de retard et, même si Maxime les avait avertis, nous avions aussi mis en retard toute l'équipe technique.

— J'ai prévenu, répondit-il en serrant ma main dans la sienne un peu plus fort.

— Ça fait trois heures qu'on t'attend ! râla Nic.

— C'est ma faute, le défendis-je. J'ai eu un appel qui a traîné.

— Tu ne vas pas t'en sortir en te planquant derrière ta petite amie ! prévint Nic.

— Je ne me planque pas. Elle a vraiment eu un appel et de toute façon on devait venir ensemble pour les photos de la soirée de charité.

Je parvins à libérer ma main pour saluer Evan et Nic. Je m'étais attendue à des remarques ou des moqueries de leur part, mais ils se contentèrent de me demander comment j'allais avant de me faire la bise. Juliette apparut des coulisses, tout sourire, et m'embrassa à son tour.

— Je suis contente de te voir. J'ai bien cru que tu allais t'enfermer dans ton appartement jusqu'au nouvel an !

— Pourquoi j'aurais fait ça ? demandai-je, sans comprendre.

Juliette se mordit la joue et son regard se braqua sur Evan, puis sur Nic. À mon tour, je jetai un coup d'œil vers Maxime, qui haussa les épaules, perdu lui aussi. Face à moi, le sourire de Juliette s'effaça peu à peu et elle secoua la tête en répondant :

— Non, pour rien.

— Typiquement le genre de réponse suspecte qu'on fait quand il se passe quelque chose. Qu'est-ce que j'ai loupé ?

À nouveau, elle lança un coup d'œil vers Evan, qui posa sa guitare pour s'approcher de moi. Nic l'imita et Maxime, visiblement inquiet, me rejoignit, entourant ma taille de son bras.

— Il y a des photos, commença Evan. De toi avec Maxime sur le parking.

Je sentis le sang refluer de mon visage et mon cœur s'emballa sous la panique. Si j'étais photographe, c'était justement pour rester à l'écart et à l'abri du public. Par ailleurs, ma carrière débutait à peine, je refusais de faire l'objet de rumeurs qui remettraient en cause mon professionnalisme : certes, j'avais eu de la chance en rencontrant Michael, mais je ne pouvais pas accepter qu'on résume ma carrière à mes relations.

— Quel genre de photos ? demanda Maxime.

À sa voix grave et cassée, je sus qu'il était en colère. Sa prise se resserra autour de ma taille et je sentis son corps tendu près du mien.

— On vous voit vous embrasser et vous étreindre, résuma Nic.

Ce dernier poussa un soupir. Comme nous tous, il détestait ces photos volées. Avec Louise, il était parvenu à passer entre les gouttes, passant plus de temps en Savoie qu'à Paris pour être avec elle. Avec Maxime, il nous avait fallu moins d'une journée pour nous faire prendre.

— Elles sont partout sur Internet, indiqua Juliette.

Je me raidis davantage, mesurant déjà les conséquences. Entre les fans hystériques, mon métier et les débuts fragiles de ma relation avec Maxime, l'inquiétude me serra la gorge.

— Tant pis, marmonna soudainement Maxime, me surprenant totalement.

— Tant pis ? répétai-je, incrédule.

— On s'embrassait, ce n'est pas si honteux ni catastrophique, fit-il. Ce sont les risques du métier.

— Les risques de *ton* métier, corrigeai-je, acerbe.

Étonné par ma remarque, il retira sa main de ma taille et se tourna vers moi. Mon inquiétude se mua en colère. Maxime réagissait sans penser à moi et aux conséquences désastreuses que cela pouvait avoir sur ma carrière.

— Les journalistes finiront par le savoir de toute façon, reprit-il.

— Le problème n'est pas qu'ils sachent. Le problème est que j'ai un métier aussi, et des millions de gens vont penser que j'ai eu ce job parce que j'ai couché avec toi.

— Et nous tous ici savons que c'est faux, intervint Evan.

— Ça ne suffit pas. Ma légitimité dans le métier est encore jeune et fragile, et maintenant c'est comme si je n'avais plus rien.

Le visage de Maxime se durcit et il s'éloigna de deux pas. Ses yeux prirent une teinte plus sombre, signe que sa colère initiale n'était pas si loin. Sauf que maintenant elle semblait dirigée contre moi.

— Tu savais que ça arriverait, lâcha-t-il froidement. Tu

t'en doutais depuis le début, et ça ne t'a pas empêchée de m'embrasser dans le bar.

— Dans le bar, j'avais au moins l'excuse du concours. J'aurais pu dire que cela ne signifiait rien.

Je repris mon souffle, constatant que tout le monde avait disparu autour de nous. J'étais sur la scène, seule avec Maxime, et nous étions en train de nous donner en spectacle, comme nous l'avions fait régulièrement depuis que nous nous connaissions.

Cette fois, évidemment, c'était différent. Parce que Maxime me regardait avec sévérité et que je regrettais déjà ce que je venais de dire. Parce que nous étions en couple et que je n'avais juste pas réalisé que notre histoire finirait jetée en pâture aussi vite.

— Désolée, murmurai-je. Ce n'est pas ce que je voulais dire.

— Le groupe est connu, Mathilde. Les règles n'ont jamais changé : nous sommes des personnalités, chaque jour on risque d'être dans les journaux. La différence, c'est qu'en ce moment je n'ai pas honte d'y être.

Il marqua une pause et me fixa, comme s'il attendait que je réagisse. Mais j'étais trop déboussolée pour dire quoi que ce soit. J'aimais Maxime, mais je refusais d'être limitée à être seulement sa petite amie. Ma carrière comptait.

— Apparemment, de ton côté, c'est plutôt l'inverse, conclut-il.

— Je n'ai pas honte d'être avec toi, Max.

— Alors pourquoi es-tu si énervée ? Ce ne sont que des photos ! D'ici deux jours, tout le monde les aura oubliées !

— Tout le monde, sauf les gens avec qui je travaillerai.

— On va trouver une solution. J'appelle les avocats, si tu veux. Ou on sort un communiqué pour déminer ce truc. Mais, dans tous les cas, je ne peux pas te garantir que ça n'arrivera plus.

Je camouflai mon visage dans mes mains. La colère rivalisait avec l'agacement, et l'agacement était mâtiné de honte. J'avais réagi de manière épidermique et j'avais été maladroite avec Maxime. Je repris mon souffle et effaçai les larmes de rage qui perlaient à mes yeux. En silence, Maxime me prit dans ses bras, me promettant que tout irait bien.

— Ils ne savent rien de nous, dit-il en s'écartant de moi et en dégageant mes mains de mon visage.

— Je sais. C'est juste que… Sans parler de mon métier, j'ai l'impression qu'on me vole un morceau de mon intimité.

— Je suis une rock star, ma puce. L'intimité n'est même pas en option. Toi et moi connaissons la vérité sur notre histoire, c'est ça qui compte.

Maxime m'embrassa doucement et cela m'aida à canaliser ma colère. Je n'allais certainement pas oublier cette intrusion, mais j'allais devoir apprendre à travailler différemment, à expliquer mon rôle, mon parcours, et à ne pas accorder trop d'importance aux rumeurs.

— C'est justement ce que vous devriez éviter de faire, lança Nic en revenant sur scène.

— J'ose croire qu'ici personne ne nous espionnera ! répondit Maxime. Bon, on la fait, cette répète ?

— On n'est plus à une heure près ! soupira Evan en saisissant sa guitare.

— Je vais aller m'occuper des tirages pour la soirée. J'ai repéré un bar en face, je serai plus tranquille.

Après avoir salué le groupe, je quittai la salle. J'étais toujours un peu amère, mais la réaction de Maxime, qui m'avait mise en colère au début, m'avait finalement rassurée. Il aurait pu s'énerver et nous embarquer dans une de nos disputes mémorables, pourtant, il avait fait preuve de calme et avait su me réconforter. Il n'était pas parti. Et il avait raison sur le point principal : nous seuls savions ce que nous avions vécu et ce que nous vivions actuellement. Ça, personne ne pouvait nous le voler.

Installée au bar, j'ouvris mon ordinateur et je branchai mon casque audio pour m'isoler du monde. Je parcourus les photos que j'avais prises lors du dernier concert pour les réseaux sociaux du groupe, les triai et sélectionnai celles qui nécessitaient un travail de ma part. J'en profitai pour vérifier la vidéo promotionnelle pour la soirée de charité une dernière fois.

Je pris quelques minutes de pause et consultai mes mails. Noah m'avait fait suivre une invitation pour une exposition, ainsi que son planning pour l'année à venir. Puis, je tombai sur un mail d'Evan, me donnant des instructions pour le concert de ce soir. Au fur et à mesure de ma lecture, mon sourire s'élargit et je plaquai une main sur ma bouche pour retenir un cri de joie, récoltant quelques regards curieux des autres clients. Le concert s'annonçait inoubliable ! L'instant suivant, je pris mon téléphone et envoyai un court message à Evan, lui indiquant que je suivrais ses consignes à la lettre.

Enfin, un dernier mail attira mon attention et, sans attendre, je composai le numéro de téléphone que l'expéditeur avait laissé dans son message. La main crispée sur le combiné, je songeai furtivement à Maxime et à notre relation. Nous avions parlé de nous, mais nous n'avions pas évoqué nos métiers qui dévoraient notre temps et la manière dont nous allions gérer une relation à distance.

Après des présentations mutuelles, mon interlocuteur, Éric, le représentant du label qui me plaisait tant, me parla de son projet de tournée. Tout était déjà organisé, mais leur photographe avait décommandé pour l'avant-dernière partie en Amérique du Sud.

— Donc, si votre passeport est à jour, m'indiqua-t-il, on serait ravis de vous accueillir dans l'équipe. On a vu et on a adoré vos dernières photos avec les Sharp End.

À la mention du groupe, je me tendis. Saisissant mon mug de thé de Noël pour en boire une gorgée, je priai pour qu'il n'ait pas vu les photos de Maxime et moi et qu'il n'en tire pas de conclusions hâtives et fausses.

— Je finis leur tournée ce soir. C'est la dernière date.

— Super. Dans ce cas, on peut se voir avant Noël ? Le groupe sera présent en France et on peut organiser une rencontre pour faire les présentations et discuter de nos méthodes de travail.

— Éventuellement. Le contrat s'étale sur combien de semaines ?

— On part sur un mois. On verra ensuite pour prolonger sur la partie nord-américaine.

Je hochai la tête ; Éric ne pouvait pas me voir, mais j'étais partagée entre l'envie féroce d'accepter un nouveau défi professionnel et ma crainte d'en parler à Maxime. J'imaginais qu'en discuter avec lui était un préalable à toute décision ; néanmoins je savais que notre discussion serait houleuse. La dernière fois qu'on m'avait proposé de suivre un autre groupe en tournée, Maxime m'avait ignorée pendant deux ans : je redoutais sa réaction et les conséquences sur notre tout jeune couple.

— Ne me laisse plus jamais, avait-il murmuré quand nous étions dans le bus.

Je n'avais rien promis, mais son ton implorant m'avait marquée. Maxime avait passé une bonne partie de sa vie à espérer que son père rentrerait et que sa mère se soignerait pour être un peu moins cruelle avec lui, en vain. Sa blessure était profonde et alimentait encore son tempérament à fleur de peau.

— Je vous envoie quelques visuels inédits, proposai-je.

— Parfait. Je vous transmets le contrat par mail et je vous rappelle pour qu'on fixe une date. À très vite !

Il raccrocha, me laissant sur une impression mitigée. Allais-je accepter cette opportunité de faire une nouvelle fois mes preuves ou devais-je privilégier mon couple avec Maxime ? Peut-être qu'il valait mieux attendre un peu, qu'on ait trouvé notre rythme, que notre relation soit plus solide… Et en même temps je savais que dans ce milieu il fallait savoir saisir sa chance. D'autant que les photos dans la presse people ne tarderaient pas à circuler plus largement et à être connues parmi mes clients potentiels. J'allais devoir en parler à Maxime, et vite. Mais j'avais peur. Peur de rejouer une scène qui m'avait privée de lui pendant deux ans. Peur de prendre conscience qu'il n'avait pas autant changé que j'avais voulu le croire. Peur, aussi, de le perdre. Enfin, j'avais peur de devoir me quitter, moi et mes rêves, pour pouvoir être avec lui. Allait-il exiger de moi que j'abandonne tout pour lui ?

C'était la dernière date et, comme à chaque fin de tournée, je me demandais comment le temps pouvait passer aussi vite. À croire que la musique accélérait le temps et le rythme. Le public était euphorique et la salle bondée. La chaleur était presque insoutenable ; les garçons étaient trempés de sueur. Maxime, torse nu, luisait sous les spots, et la chemise d'Evan lui collait au dos. Nous approchions de la fin du concert. J'avais réussi de très belles prises de vue et décidai de terminer par quelques photos depuis les coulisses. Je rejoignis Juliette, qui, en bonne perfectionniste, peaufinait l'organisation de la soirée de charité prévue pour le lendemain tout en remuant la tête au rythme de la musique, chantant même certaines paroles avec entrain. Régulièrement, elle levait le nez pour observer le groupe, souriant largement à chaque fois que la foule s'enflammait pour eux. Juste à côté, Louise, plus énamourée que jamais, n'avait d'yeux que pour Nic.

— J'adore ce qu'ils font ! lança-t-elle alors que les premières notes de leur titre inédit résonnaient dans la salle.

— Ça fait des années que tu le dis, gloussa Juliette à quelques mètres de nous.

— Parce que ça fait des années que je le pense.

Elle reporta son attention sur Nic, un grand sourire aux lèvres, et mon regard navigua sur la bague – un splendide solitaire – qu'elle portait fièrement à l'annulaire. Ils étaient fiancés depuis quelques mois et j'enviais l'équilibre de leur relation. Malgré le fait que Louise passait beaucoup de temps dans sa première boutique, en Savoie, ils avaient parfaitement géré la distance et leurs agendas chargés.

— Ça avance, ta boutique parisienne ? lui demandai-je.

— On ouvre la veille de Noël. Je crois que c'est la pire décision de ma vie.

— Non, la pire décision de ta vie, c'est d'être venue ce soir sans chocolats, lui rappela Juliette.

Elle abandonna son bloc-notes et se posta près de nous, admirant le groupe qui se déchaînait sur scène. La foule faisait vibrer les murs et les sols et, d'ici, je voyais Maxime frapper sur sa batterie avec un sourire radieux, éclairé par deux spots blanc et bleu. Nerveuse, j'anticipai la fin de l'ultime chanson, changeant l'objectif de mon appareil conformément aux consignes d'Evan.

— On va boire un verre tous ensemble, ensuite ? demanda Juliette.

— Oui, on doit faire les comptes sur les paris.

J'abaissai mon appareil, adressant une grimace à Louise. Elle se contenta de rire, frappant des mains en cadence, en bonne groupie.

— Oui, parce qu'on a un doute sur le moment où cela a basculé avec Maxime. Est-ce que c'était avant ce baiser dans le bar ? m'interrogea Louise.

— Définitivement avant, répondis-je.

— Merde, jura-t-elle. J'avais tout misé sur cette date.

— Donc avant, reprit Juliette. Au premier concert ?

Elle m'adressa un sourire encourageant ; sûrement qu'elle avait parié sur cette date et qu'elle espérait que je lui donnerais raison au nom de notre longue amitié. La foule applaudit à tout rompre et Maxime se lança dans un ultime solo de batterie, bientôt suivi par Evan à la guitare. Nic les rejoignit et tous les trois, rassemblés autour de la batterie, jouèrent les premières mesures de leur tout premier titre. Ma gorge se serra d'émotion, et je fis ce que j'avais fait à chacun de leurs concerts : je regardai les spectateurs du premier rang, avant de les prendre en photo.

C'était mon moment préféré, celui où un mélange de joie pure, de gratitude et de bien-être irradiait du public. Les fans les plus assidus se tenaient là, bougeant la tête dans une chorégraphie silencieuse et parfaite, regardant leur groupe favori se donner corps et âme dans la musique.

Les solos touchaient à leur fin. J'ajustai mon objectif vers Maxime, songeant à ce que m'avait dit Juliette.

— Juliette ? l'interpellai-je.

Elle leva les yeux vers moi, souriant largement.

— Tu as raison.

— Vraiment ? s'exclama-t-elle. J'ai gagné ? C'était lors du premier concert, il y a trois semaines ?

— C'était lors du premier concert… il y a six ans. C'est là que ça a basculé.

Le solo prit fin et la foule explosa de joie. Toute la salle se mit à vibrer et les garçons posèrent leurs instruments pour saluer. Près de moi, Louise frétillait sur place pendant que Juliette regardait Evan avec admiration. Ce dernier prit le micro et la foule, peu à peu, se calma.

— Merci à tous d'être venus. Comme vous le savez peut-être, c'est notre dernier concert avant… quelque temps.

La foule hurla sa désapprobation. D'un geste de la main, Evan l'apaisa à nouveau. Je retins mon souffle, mon appareil contre mon œil.

— Nous allons bientôt repartir en studio et enregistrer un nouvel album. Mais avant ça j'aimerais vous présenter la femme qui partage ma vie et sans qui je ne serais pas sur scène.

Evan tendit la main dans notre direction et je poussai doucement Juliette vers la scène. Elle tourna la tête vers moi, me laissant apercevoir son air ahuri. Elle avait toujours détesté être dans la lumière, y compris et surtout dans sa relation avec Evan. Choquée, prise au dépourvu, elle trébucha sur ses pieds avant de se résigner à avancer prudemment vers Evan, sous les cris de la foule.

J'immortalisai cet instant, capturant chaque nuance des visages de ses protagonistes. Je voulais saisir et figer ce moment pour toujours. Nous avions eu notre lot de peine et de chagrin, et parfois cela resurgissait ; ce soir, il n'y avait que de la joie et de l'amour.

D'ici, je ne l'entendais pas mais, à ses sourcils froncés et à son corps raidi, je savais que Juliette n'appréciait pas l'exercice. Sur ses lèvres, je lus :

— Qu'est-ce que tu fabriques ?

Evan se contenta de lui sourire alors que la scénographie changeait. Tous les spots s'éteignirent, à l'exception de deux, braqués sur les deux amoureux. Nic et Maxime se faufilèrent dans les coulisses opposées aux nôtres et, quelques minutes plus tard, nous rejoignirent pour admirer la scène.

— Il va vraiment faire ce que je crois qu'il va faire ? nous interrogea Louise, extatique.

— Il va vraiment le faire, affirma Maxime.

Il se plaça près de moi, sa main dans mon dos, avant de déposer un baiser sur ma joue. Sous nos yeux et sous le regard d'un public électrisé, Evan posa un genou à terre. Juliette recula d'un pas, camouflant son visage dans ses mains. En coulisses, tous les techniciens avaient cessé leurs activités et contemplaient la scène, et un doux parfum de bonheur communicatif flottait dans l'air. Émue, je sentis une larme rouler sur ma joue tandis que je continuais à capturer chaque détail de ce moment malgré mes tremblements. Evan m'avait fait confiance et je ne voulais pas le décevoir.

— Juliette, tu es la femme qui me rend heureux, la femme qui m'a donné une famille, la femme qui cuisine des pancakes chaque dimanche matin, et la raison pour laquelle je refuse systématiquement les déplacements le samedi soir pour ne pas risquer de rater un seul petit déjeuner. Tu es la femme avec qui je vole depuis quatre ans. Aujourd'hui, j'aimerais que tu deviennes ma femme.

Pour la première fois depuis le début du concert, la foule devint parfaitement silencieuse, suspendue aux lèvres de Juliette et à sa réponse. Evan ouvrit l'écrin de la bague.

Je jetai un coup d'œil à Nic, Maxime et Louise. Ils affichaient un sourire niais – le même que le mien, certainement. Louise ne masquait pas ses larmes, Nic l'entourant de ses bras.

Grâce au zoom de mon appareil, je voyais nettement l'expression de Juliette : elle ne parvenait pas à desserrer les lèvres, comme incapable de parler. À la place, elle hocha frénétiquement la tête et Evan se redressa aussitôt pour la prendre dans ses bras. L'instant suivant, la foule explosa de joie et je retrouvai une respiration normale. Je n'avais même pas réalisé que je retenais mon souffle.

— Il aurait adoré ça, murmura Maxime près de moi.

— C'est vrai, répondis-je. Il aurait adoré le voir si heureux.

Evan et Juliette s'étreignirent de longues minutes, avant de s'embrasser, sous les applaudissements de toute l'équipe technique de la tournée et les cris du public. D'une main tremblante, Evan glissa sa bague au doigt de Juliette, avant de saluer la foule, les yeux humides d'émotion. Je n'avais jamais entendu un public hurler aussi fort ni ressenti une vague de joie aussi intense et réconfortante.

Evan et Juliette nous rejoignirent en coulisses et nous nous perdîmes dans une étreinte collective. Nous étions stupidement heureux. Heureux à en pleurer, heureux à en oublier tout le reste de nos vies, heureux à nous sentir légers pour le reste de la nuit. L'amour a cet effet.

Chapitre 15

À mon réveil, dans mon lit, ma tête me faisait un mal de chien et ma bouche était aussi sèche que du papier ponce. Je tendis la main vers Mathilde, espérant profiter de la chaleur de son corps. En vain, les draps étaient froids. Je me redressai et grimaçai en sentant ma nuque raide. Cette gueule de bois allait être mémorable.

Je tendis l'oreille, essayant de détecter le bruit de la douche ou les indices d'une présence dans la cuisine. Un silence de plomb régnait dans l'appartement.

Je m'étirai mollement, sentant les effets de la soirée de la veille dans tout mon corps, puis repoussai les draps et enfilai un boxer et un T-shirt. Les cheveux hirsutes et les paupières encore lourdes, je gagnai le salon, trouvant finalement Mathilde.

Elle travaillait sur son ordinateur portable, assise en tailleur sur le canapé et vêtue d'une de mes chemises. Elle dut sentir ma présence, car elle releva les yeux vers moi et sursauta de surprise.

M'accueillant avec un sourire chaleureux, elle retira ses écouteurs et me demanda :

— J'espère que je ne t'ai pas réveillé.

— Quand j'ai vu que tu n'étais pas à côté de moi, ça m'a presque dégrisé.

— J'aurais aimé te préparer de quoi aller mieux, mais ton frigo est vide, répondit-elle en se levant du canapé.

— Vraiment ?

— Vraiment. Et il n'est même pas branché, s'amusa-t-elle.

— Je suis rarement chez moi.

— Je sais. Ton appartement est sinistre. Et, le plus triste, c'est que tu as reçu un sapin de Noël que tu n'as même pas décoré, ajouta-t-elle en désignant l'arbre dans un des coins du salon.

— D'accord, d'accord, je suis un être lugubre, mon appartement est déprimant et je dois sentir la bière éventée… mais je suis avec la plus belle fille du pays et cela me rend hyper chanceux.

— Et hyper suspect, ajouta-t-elle en riant.

Elle déposa un baiser sur mes lèvres, mais je la repoussai doucement ; je me sentais crasseux et ma bouche en carton était vraiment sèche et désagréable.

— Tu sais que dans cet appartement sinistre et dénué d'âme il y a une baignoire à jets ? fanfaronnai-je.

— Et je parie que tu ne sais même pas t'en servir.

— Qu'est-ce qui te fait dire ça ?

— Tu utilises la douche attenante à ta chambre. Et je ne te vois pas barboter dans un bain. C'est… Non, ce n'est pas pour un mec comme toi !

— Es-tu en train de me défier ? lui demandai-je.

Sans lui laisser le temps de répondre, je la basculai sur mon épaule et tapotai ses fesses adorables et sexy. Je nous amenai jusqu'à la salle de bains et, sans libérer Mathilde, qui riait aux éclats, j'ouvris le robinet d'eau pour remplir la baignoire. Elle se débattit et je la posai au sol ; avec ses joues roses et ses yeux pétillants, Mathilde était superbe. Difficile de croire qu'elle souffrait de la même gueule de bois olympique que moi – elle avait participé avec enthousiasme à la liquidation de la tequila.

— Est-ce que tu as au moins du bain moussant ou des sels ? demanda-t-elle.

— Je crois que j'ai des trucs piqués dans un hôtel.

— Tu piques des trucs ? s'esclaffa-t-elle.

— C'était au tout début de notre carrière. Mes comptes étaient encore dans le rouge, je devais improviser.

J'ouvris un des placards de cette salle de bains. J'avais dû y mettre les pieds moins de dix fois depuis mon emménagement ici. Heureusement, j'avais les moyens de m'offrir les services d'une société de ménage : cela maintenait mon appartement et cette pièce en état. Triomphant, je sortis une petite boite cartonnée contenant des échantillons divers et variés que nous fournissaient généreusement les hôtels.

— Sers-toi, indiquai-je à Mathilde. D'ici la prochaine fois, je m'occuperai d'acheter des trucs hors de prix pour que tu fasses trempette.

— Oh ! il y a un mélange cannelle et pain d'épice ! se réjouit-elle. C'est de saison.

Quelques minutes plus tard, nous étions installés dans la baignoire, la mousse débordant allègrement au sol. Mathilde avait mélangé plusieurs produits, donnant une fragrance indéterminée à notre bain. Installé derrière elle, je massai ses épaules, sentant ses muscles se dénouer peu à peu.

— Au fait, tu as travaillé sur quoi ce matin ? l'interrogeai-je.

— J'ai trié les photos d'hier soir. Je crois que j'ai pris Evan et Juliette sous tous les angles possibles.

— C’est bizarre, murmurai-je. De savoir qu’ils vont se marier.

— Nic et Louise sont fiancés depuis longtemps. Je pensais que tu étais habitué à cette idée.

— C’est différent. Evan est presque comme un frère pour moi. Voire un père parfois, quand je merde de manière spectaculaire. Il a toujours été le plus calme et le plus raisonnable d’entre nous, et maintenant…

— Le mariage est déraisonnable pour toi ? m’interrogea-t-elle en tournant son visage rosi par la vapeur vers moi.

— Passer toute sa vie avec la même personne me semble la décision la plus folle qui soit.

— Parce que tu ne fais confiance à personne. Pour Evan et Juliette, c’est une évidence.

— Je te fais confiance, avouai-je à voix basse. Et, bon, si on me forçait à passer ma vie avec quelqu’un, tu serais en haut de ma liste.

— Maxime, travaille ton romantisme !

J’embrassai sa nuque, riant contre elle. Je l’avais pourtant prévenue que j’étais nul pour les relations de couple. Nul et débutant, donc maladroit au possible. Mes pouces reprirent leur travail sur ses épaules, descendant lentement le long de sa colonne vertébrale. Désormais, le corps de Mathilde semblait résister, se tendant au fur et à mesure que je l’explorais. Avant que je puisse lui demander une explication, Mathilde reprit :

— Quand rentrez-vous en studio pour le prochain album ?

— Début février. On a déjà quelques chansons prêtes mais, connaissant Evan et Nic, on va finir par tout bazarder pour ensuite composer non-stop pendant cinq nuits d’affilée.

Mathilde resta silencieuse, passant les doigts dans la mousse délicate de notre bain. Alors que nous aurions dû nous détendre, l'ambiance semblait lourde. Je décidai de poursuivre, en espérant que la fatigue et la gueule de bois me jouaient des tours :

— Tu passeras donc certaines nuits toute seule. À moins que tu ne préfères venir en studio avec nous ?

— Je pense... Ça ne sera pas possible, Maxime.

Elle se tourna vers moi, faisant encore déborder la baignoire. À la distance qu'elle mit entre nous, je compris que ma mauvaise impression était en train de se confirmer.

— Hier, avant le concert, j'ai eu un appel pour un contrat.

Son aveu me stupéfia. Soudain, j'eus l'impression de revenir deux ans auparavant, quand elle nous avait annoncé son départ. Mais ce que je ressentais maintenant n'avait rien à voir : la trahison de l'époque était remplacée par une douloureuse et amère déception. La trahison m'avait mis dans une colère noire ; aujourd'hui la déception m'anesthésiait.

— Quel genre de contrat ? demandai-je finalement.

— Un mois, une tournée sud-américaine.

Quatre semaines à l'autre bout du monde. Elle venait de me planter un canif dans le cœur et prenait maintenant plaisir à jouer avec.

— Si ça fonctionne, le contrat pourrait être prolongé de plusieurs mois pour couvrir l'Amérique du Nord.

— Plusieurs mois ? répétai-je.

— Ce n'est pas certain.

— Et je suis censé faire quoi ? T'attendre sagement pendant que tu parcours le monde ?

Elle partait.

Encore.

Elle me laissait.

À nouveau.

Sauf que tout avait changé entre nous et, désormais, la perspective d'être séparé d'elle me rendait dingue. Cette fois, le déni n'était plus une option, je ne pourrais plus faire comme si elle n'était pas essentielle à ma vie.

Sans un mot, je sortis brutalement du bain et gagnai ma chambre. Sans prendre le temps de me sécher, j'enfilai un T-shirt et un bas de survêtement, bientôt rejoint par Mathilde, enroulée dans une serviette.

— Est-ce qu'on peut au moins en parler ? demanda-t-elle.

— Il me semble que tu l'as déjà fait. Comme tu as déjà pris ta décision.

— Maxime, je ne peux pas rester ici alors qu'on me propose des projets intéressants.

— Si tu veux partir, je ne te retiens pas. Tes fringues doivent être quelque part dans la chambre.

Elle me fixa, estomaquée par ma réaction. De mon côté, j'étais furieux. Furieux qu'elle parte, évidemment. Et encore plus furieux qu'elle ne comprenne pas ce qui allait se passer. La distance, le temps, l'industrie de la musique : cela faisait beaucoup de raisons de s'inquiéter. Je connaissais suffisamment ce milieu pour savoir que les relations ne duraient jamais et qu'à force de temps et de distance elle finirait par m'oublier dans les bras d'un autre.

— Tu voudrais… tu voudrais que je reste ici ? m'interrogea-t-elle.

— Je voudrais que tu restes avec moi.

— Maxime, c'est impossible. Je suis photographe.

— Oui, grâce à nous, lui rappelai-je.

Son visage passa de l'incompréhension à la colère. Ma

remarque était perfide, je le savais. J'étais prêt à tout pour lui rendre coup pour coup. Elle venait de me lacérer le cœur, je n'avais plus aucune retenue.

— Tu m'as dit que j'étais légitime, répondit-elle, les yeux embués.

— Avec nous, oui. Pourquoi veux-tu partir avec d'autres groupes ?

— Parce que ça ne me suffit pas, Max ! J'aime travailler avec vous, mais je ne peux pas attendre gentiment que tu rentres chaque soir à la maison après un enregistrement, ou passer mon temps dans le bus de la tournée à te prendre en photo.

— Je pensais que je te suffisais.

— Ça n'a rien à voir avec nous, ni avec toi. Comment réagirais-tu si je te privais de concerts ou d'interviews ?

Elle déambula dans la chambre, ramassant ses vêtements dispersés. Puis elle s'assit sur le lit, sa colère irradiant dans toute la pièce. J'avais les pieds collés au sol et j'étais incapable de l'approcher. Nous avions déjà eu des disputes violentes, mais celle-ci prenait une autre dimension.

Celle-ci était sûrement la dernière.

Mathilde s'habilla à toute allure, ses cheveux encore trempés. Quand elle se redressa, elle me fusilla du regard. Je ne me sentais pas fautif ; c'était elle qui partait, elle qui voulait vivre d'autres expériences, elle qui voulait me laisser.

— Tu es en train de tout gâcher, lâcha-t-elle.

— Je ne suis pas celui qui part pour plusieurs semaines.

— Des tas de gens vivent des relations à distance. Regarde Nic et Louise, ils ont réussi…

— Eux étaient dans le même fuseau horaire. Et Louise ne dormait pas dans un bus, avec tout un tas de mecs…

À nouveau, Mathilde me scruta. La colère flambait dans son regard, mais ma dernière remarqua sembla l'attrister. D'un geste agacé, elle effaça une larme qui roulait sur sa joue, avant de passer près de moi, traînant derrière elle toute sa rancœur.

— Que tu me fasses la leçon sur ce sujet est incroyable, lâcha-t-elle en enfilant sa veste.

— Tu sais très bien comment se passent les tournées, Mathilde !

— Oui, je le sais : ce qui se passe en tournée reste en tournée. Tu me l'as répété des centaines de fois.

— Parce que je connais ce genre de mecs ! J'ai été ce genre de mec.

— Et tu ne me crois pas capable de dire non ? Ou « je suis amoureuse de quelqu'un qui m'attend à Paris » ?

J'eus la sensation de prendre un uppercut. Je savais que Mathilde avait des sentiments pour moi, mais l'entendre de sa bouche était tout à fait différent. Brutalement, je pris conscience de ce que nous étions en train de faire. Elle enroula son écharpe autour du cou et me lança un regard sombre.

— Je pensais qu'au bout de six ans tu me faisais confiance. Ton problème est là, Max : tu ne fais confiance à personne.

— Le problème c'est que tu as pris une décision sans m'en parler, contrai-je.

— À vrai dire, ce matin, avant que tu te lèves, j'hésitais encore. Mais maintenant que nous avons eu cette conversation je crois que je vais en effet partir. Il faut se rendre à l'évidence, Max : ce qui s'est passé en tournée doit effectivement rester en tournée. Et ça s'applique aussi à nous.

Elle enfila son bonnet et prit soin de rassembler ses cheveux humides en dessous. Je serrai les poings, partagé entre l'envie de la retenir et le besoin, plus pressant, de frapper au plus vite sur une batterie, ou n'importe quoi, pour évacuer la rage et la douleur que je ressentais.

Elle me jeta un ultime regard, toujours aussi furieuse, avant de claquer la porte derrière elle. Dès qu'elle fut partie, je jetai mon pied dans un des rares meubles du salon, brisant les deux étagères à l'intérieur.

— Fait chier, jurai-je.

Je récupérai ma veste en cuir et attrapai les clés de ma moto. Je devais quitter cet endroit et oublier ce qui venait de se passer. Oublier Mathilde. Oublier les six dernières années de ma vie. Oublier l'espoir que ces derniers jours avaient fait naître en moi.

En fin d'après-midi, j'entrai dans la salle de réception où devaient se tenir les balances pour notre concert durant le gala de charité ; Evan me jeta un coup d'œil, avant de foncer sur moi. Il avait son costume de père de famille et je savais que j'allais me faire au mieux sermonner, au pire botter le cul pour avoir foiré avec Mathilde.

Sûrement qu'il savait déjà. Sûrement que Mathilde avait appelé Juliette pour tout lui raconter, sûrement que j'étais rhabillé pour les quatre hivers à venir et qu'il me serait impossible de me défendre.

— Je t'avais prévenu que tu n'avais qu'une seule chance avec elle, lança-t-il.

— Je ne suis pas le fautif.

— Tu veux l'empêcher d'avoir une carrière !

— Elle peut avoir une carrière ici. Même sans nous, si elle le veut.

— Max, on a déjà eu cette conversation il y a deux ans. Elle ne peut pas espérer réussir dans ce métier en refusant des contrats. Tu agis comme un abruti égoïste et jaloux.

— Jaloux ?

— Tu es persuadé qu'elle va rencontrer d'autres mecs.

— Evan, tu sais très bien comment ça se passe. Avant que tu te mettes avec Juliette, tu étais aussi ce genre de mec. Certains matins, tu te rendais compte que tu ne connaissais même pas le prénom de la fille qui était dans ton lit.

Evan secoua la tête. C'était dans une vie précédente, à l'époque où Michael était avec nous, déchaînant les foules et déclenchant des émeutes, l'époque où on se fichait de tout, où nous écumions les villes et les bars en jouant les rock stars.

— C'est vrai, admit-il. On agissait tous comme des imbéciles. Mais Mathilde n'est pas comme ça. Tu peux lui faire confiance.

— Elle part, Evan. Elle part à des milliers de kilomètres, pendant des semaines. Et elle ne sait même pas quand elle rentre. Elle aurait dû m'en parler.

— C'est ce qu'elle a essayé de faire. Juliette arrive, je t'en prie, fais au moins en sorte d'apprécier la soirée. Ça fait des mois qu'elle travaille dessus.

Durant les premières heures, j'affichai mon plus beau sourire factice. Les tables de fans que nous avions fait ajouter étaient pleines et quelques personnes eurent le courage de venir me voir pour me demander un autographe. Je m'exécutai mécaniquement, me retenant de noyer ma peine et ma colère dans un alcool fort. Si je me donnais en spectacle, Evan ne me le pardonnerait pas.

Mathilde n'était pas là. J'imaginais qu'elle avait convenu

avec Juliette que c'était mieux pour tout le monde. Nous risquions de nous disputer, encore, et surtout de faire les choux gras de la presse quand les plus futés des invités découvriraient que notre histoire était déjà terminée. Je n'avais pas spécialement envie qu'on me le rappelle et Mathilde m'en ferait certainement le reproche.

— Les enchères vont commencer, tu viens ? me proposa Nic, m'arrachant ainsi à mes pensées sombres.

— Tu comptes acheter un truc ? demandai-je.

— Non. Mais nous sommes les invités d'honneur de cette soirée, le minimum qu'on puisse faire, c'est nous montrer.

Je me rassis à la table principale, affichant un visage souriant, alors que je luttais contre l'envie de quitter cet endroit pour m'enfermer dans mon appartement. Un serveur remplit nos verres de vin et je portai le mien à mes lèvres, espérant qu'une gorgée m'aiderait à refouler mes idées noires. Mathilde me manquait déjà. Son rire chaleureux, son visage doux, sa façon même de me regarder avec bienveillance et comme si je n'étais pas un auguste connard.

À la réflexion, je ne méritais certainement pas toutes ses attentions. Et elle, de son côté, méritait de vivre une histoire facile, saine, avec un mec équilibré qui lui ferait une confiance aveugle.

Un mec comme Noah, par exemple. Un mec bien.

— Qu'as-tu aux mains ? s'inquiéta Louise, assise près de moi.

— J'ai répété cet après-midi, répondis-je.

— La batterie a survécu ? demanda Nic avec un petit sourire.

— Aux dernières nouvelles, oui.

Ma batterie avait tenu, mais j'allais devoir opérer un changement de peaux sous peu. Je vérifiai mes mains, bardées d'ampoules et d'éraflures. Je les avais soignées rapidement chez moi en vue du concert de ce soir, réalisant que ces deux heures de défoulement n'avaient rien arrangé : j'étais toujours en colère et mon cœur était toujours en miettes.

Les enchères furent lancées et, très vite, les tables de fans se manifestèrent. Entre d'anciennes affiches de concert, des sweat-shirts signés et même un de nos disques d'or, les chiffres s'emballaient.

Puis, le commissaire-priseur présenta le prochain lot : assister pendant une journée à l'un de nos enregistrements. Là encore, les enchères décollèrent à toute vitesse, enthousiasmant la salle. Je suivis des yeux les mains levées, cherchant à chaque fois le meilleur enchérisseur. Quand la somme atteignit un montant à cinq chiffres, la frénésie s'apaisa et, quelques secondes après, la gagnante vint récupérer son lot.

— C'est la fille du directeur de la maison de disques, m'informa Evan.

— Elle aurait certainement pu négocier de venir gratuitement, gloussa Louise.

— Son père nous aime beaucoup, mais je crois que sa fille apprécie un peu trop Maxime et j'imagine que ça inquiéterait n'importe quel père.

— Il a peur que je lui brise le cœur ? ricanai-je.

— Il a surtout peur qu'elle se fasse tatouer ton prénom sur l'épaule et que tu l'embarques dans un mariage douteux à Vegas.

— Je n'ai rien contre le tatouage. En revanche, le mariage, c'est pas trop mon truc.

— Nous le savons tous... enfin, sauf le père de la gamine, plaisanta Evan.

Les lots s'enchaînèrent. Evan avait donné une guitare, Nic, une de ses partitions de travail de piano. Le jeu de baguettes, quasiment hors d'usage, que j'avais proposé trouva preneur en trois minutes au prix d'une batterie entière.

Le dernier lot était le tirage d'une de nos premières photos, inédite, prise par Mathilde pour l'une de nos premières interviews. Nous posions avec fierté derrière nos instruments. Michael voulait qu'on devienne des stars, et nous on y croyait, même quand on finissait par manger des céréales au chocolat en guise de dîner pour pouvoir payer notre EP. Quand le groupe avait finalement décollé, j'avais coupé les ponts avec ma famille. Sûrement parce que j'en avais trouvé une autre, plus en phase avec ma définition, qui m'appréciait.

Je jetai un coup d'œil vers Evan et Nic. Ils étaient certainement en train de se remémorer le même souvenir que moi.

— Tu fais tellement jeune, dis-je à Nic. Pas un poil sur le menton !

— Et Evan était dans sa période chemises à carreaux, se moqua Nic.

— Ton frère et toi avez le même sourire, remarqua Louise.

— On devrait pas vendre cette photo, murmurai-je.

— Mathilde pourra sûrement te faire un autre tirage, indiqua Juliette.

— Sûrement. Mais je ne suis pas sûr de vouloir que cette photo appartienne à quelqu'un d'autre.

Il suffisait de regarder ce cliché pour qu'une vague

de souvenirs remonte à la surface. Entre la journaliste qui n'avait fait aucune recherche, Michael qui répondait systématiquement l'inverse de ce qu'il fallait et qui avait imposé Mathilde pour faire les photos, Evan qui était mal à l'aise devant sa soudaine notoriété et moi… Bon sang, à l'époque, je n'avais aucune idée de ce qu'il fallait faire. Je jouais le type cool, un poil ténébreux et sûr de lui.

Aujourd'hui encore, ce rôle me collait à la peau et il n'y avait que Mathilde qui avait réussi à lever le voile. Je l'avais crue inoffensive ; vu l'état de mes mains et mon cœur, je savais que ce n'était pas le cas.

Dès les premières minutes de l'enchère, les mains se levèrent un peu partout dans la salle, laissant à peine le temps de respirer au commissaire-priseur. Je finis par lever le bras à mon tour, espérant gagner. Mais très vite d'autres propositions fusèrent.

— Max, tu ne vas pas vraiment renchérir ? m'interrogea Evan.

— Tu veux vraiment que cette photo finisse chez quelqu'un d'autre ?

— Ce n'est qu'une photo, intervint Nic. Les souvenirs qui vont avec ne sont qu'à nous.

Il avait raison. C'était ce que la partie rationnelle de mon cerveau me disait. Cette photo n'était que ça : un moment figé sur du papier. Les souvenirs, eux, nous appartenaient. Pourtant, je ne pouvais m'empêcher d'y voir une incursion dans notre monde et notre groupe. Nous n'avions pas de secrets honteux, ni d'histoires à cacher, mais j'avais la sensation de donner déjà beaucoup de ma vie au public. Cette photo, j'aurais aimé la garder pour moi.

— Ce n'est pas cette photo que tu veux, dit Evan, calmement.

Je n'eus pas vraiment le temps d'y réfléchir davantage. Les enchères prenaient fin ; quelques mains s'agitaient encore, mais le prix était si élevé que cela limitait les clients potentiels. J'hésitai à renchérir et je renonçai finalement. C'était insensé de vouloir cette photo : je voulais garder Mathilde. À défaut, je pensais que ce cliché me permettrait de garder une partie d'elle-même. Je me plantais : il ne suffirait pas à me consoler.

Evan se pencha vers moi ; son expression était celle du sage qui s'apprête à délivrer l'un de ses précieux conseils.

— Appelle-la. Appelle-la avant de retourner taper sur une batterie.

C'était elle que je voulais. Plus que tout et malgré tout, même si elle était loin, même si ça signifiait se croiser dans des halls d'aéroports et prendre un bain ensemble tous les six mois. Cela ne me suffirait pas. Je le savais déjà. Mais c'était mieux que de la perdre totalement. Ou, pire encore, de la laisser à un autre homme.

Je quittai la table avant la dernière enchère et me retrouvai dans le couloir, déterminé. Je sortis mon téléphone et trouvai le numéro de Mathilde.

Avec un peu de chance, je pouvais encore sauver notre histoire.

Avec un peu de chance, elle me pardonnerait d'être un abruti absolu.

Je l'aimais. Maladroitement et intensément. Mais je l'aimais, et elle devait le savoir.

Chapitre 16

Au bout du dixième appel de sa part, j'étais parvenue à configurer mon téléphone pour que Maxime soit renvoyé directement sur ma messagerie. J'avais passé la journée enfermée chez moi et j'avais contacté Juliette pour me décommander au sujet de la soirée. En apprenant ma dispute avec Maxime et ses conséquences immédiates, elle avait été vraiment compréhensive. Mieux, elle m'avait proposé de déjeuner avec elle, histoire de vider mon sac. J'avais décliné : je me savais incapable pour l'instant de parler de lui sans m'effondrer.

Depuis mon départ de son appartement, j'avais tout fait pour m'occuper l'esprit et éviter de me laisser aller à une crise de larmes cathartique. J'avais rappelé Éric pour lui annoncer que j'acceptais de signer son contrat. Il me restait à affronter un dernier événement : le spectacle de Noël de Gloria. Impossible d'annuler, je lui avais promis que je viendrais.

Il s'agirait de ma dernière épreuve. Avec un peu de chance, Maxime snoberait l'événement. Il détestait les festivités de Noël, je pourrais donc m'en sortir et passer une bonne soirée avec le groupe, sans affronter la colère froide et silencieuse de Maxime à l'autre bout de la table.

Même si sa réaction était prévisible – elle avait d'ailleurs été précisément celle que j'avais imaginée en premier scénario –, j'accusais le coup. Entre son manque de confiance pathologique, sa jalousie incontrôlable et son besoin irrationnel de me garder près de lui, je réalisais maintenant que j'avais eu faux sur toute la ligne. Maxime n'avait pas changé, il était resté le même, se contentant de quelques changements superficiels pour me convaincre, encore une fois, de lui pardonner et de revenir. Ma déception était autant dirigée contre lui que contre moi : je m'étais fait avoir. J'y avais cru. Encore plus fort que les fois précédentes, et la chute était douloureuse.

Même être amis était désormais inenvisageable. J'étais trop blessée pour pouvoir continuer à le côtoyer. Amère, je prenais maintenant conscience que cela signifiait que je ne pourrais plus travailler pour le groupe. Maxime avait tout saccagé sur son passage, ma carrière, mon cercle d'amis et mon cœur.

Évidemment, je m'étais rejoué notre dernière conversation en boucle. J'en venais toujours à la même conclusion et, quoi qu'il en dise, je refusais de me sentir coupable. Lui le premier aurait dû comprendre que mon métier était incompatible avec de l'immobilisme. Je devais bouger, je devais me créer mon propre réseau, faire mes expériences, pour décrocher des contrats intéressants. Il me faudrait, en plus, travailler d'arrache-pied pour effacer l'image de « petite amie de » et persuader ce milieu que je ne bénéficiais d'aucun passe-droit. Je ne comprenais pas qu'il me reproche de ne pas avoir parlé de ce contrat avec lui : c'était précisément ce que j'avais essayé de faire.

Après avoir empaqueté toute ma vie, je m'étais attelée à mon matériel de photographie. Durant les deux dernières années, j'avais dépensé la majorité de mes cachets dans de l'équipement. Aussi, je devais opérer un travail de tri afin d'emporter uniquement ce dont j'avais vraiment besoin. C'était à ce moment-là que les appels de Maxime avaient débuté.

En voyant son nom apparaître sur l'écran, j'avais à peine hésité avant d'ignorer son appel. Je n'avais plus rien à lui dire. Cette dispute m'avait forcée à prendre la décision que je repoussais depuis des années : je devais m'éloigner pour de bon et oublier Maxime et ses envoûtants yeux gris.

Je passai la semaine à l'écart du groupe, préparant mon départ. Ma valise était grande ouverte et, régulièrement, j'ajoutais quelques vêtements. Tout aussi régulièrement, je m'asseyais sur mon lit, fixais cette valise et me demandais comment j'étais passée de la magie de la soirée du concours de baisers à cette rupture violente. Je refusais les appels de tout le monde, me contentant de répondre par texto, en précisant que j'allais bien. La veille, Evan m'avait envoyé un simple message : « Rappelle-le », que j'avais également ignoré.

Devant mon café fumant, je regardais les flocons de neige s'écraser délicatement sur ma fenêtre. Le spectacle de Gloria avait lieu ce soir et je ne savais pas comment j'allais pouvoir survivre à mes retrouvailles avec Maxime, s'il y assistait. Pour une fois, j'espérais qu'il jouerait les taiseux, car, à la première remarque, je savais qu'une nouvelle dispute arriverait. Ma colère était encore très inflammable.

Mon téléphone vibra, affichant le prénom d'Evan. Je passai une main sur mon visage fatigué, résultat d'une semaine de nuits trop courtes et tourmentées. Avant que l'appel ne bascule sur répondeur, je décrochai.

— Je crois que ta messagerie est saturée, lança-t-il en guise de bonjour.

— Maxime est très bavard quand il veut, ironisai-je.

Evan étouffa un rire et je m'enfonçai dans ma chaise, épuisée. J'étais tendue depuis la dispute et la perspective de la soirée à venir ne m'aidait pas à aller mieux.

— Promets-moi que tu viens ce soir, reprit Evan.

— Je viendrai. Je l'ai promis à Gloria. Je ferai en sorte de… disons, de limiter mes interactions avec Maxime.

— Tu devrais le rappeler.

— Tu te fais son avocat ?

— Plus ou moins. Il vit à la maison depuis une semaine et je ne supporte plus de le voir triste comme la pluie, à regarder son téléphone en espérant voir ton nom apparaître.

— Je ne vois pas pourquoi je le rappellerais. Je crois qu'il a été très clair et moi aussi. De toute façon, je pars dans quelques jours, le sujet est réglé.

— Il sait qu'il a merdé. Crois-moi, il a compris la leçon.

— Ça n'a rien d'une leçon, Evan. Il s'agit de ma vie et de ma carrière. Au moins, je sais à quoi m'en tenir maintenant. Tu sais que j'ai raison, finis-je, au bord des larmes.

— Ne me demande pas de prendre parti pour l'un ou pour l'autre, répondit-il dans un soupir. À mes yeux, vous avez tort l'un comme l'autre parce que vous êtes malheureux tous les deux.

Les larmes coulèrent pour de bon. Il avait raison : j'étais profondément malheureuse. J'avais la sensation d'avoir perdu six ans de ma vie et de m'être trompée sur l'homme dont j'étais amoureuse. Mais nous étions dans une impasse : je tenais à ma carrière et, même si Maxime était une partie importante de ma vie, je n'étais pas prête à le faire passer avant tout le reste.

— Appelle-le, Mathilde. Vous vous êtes disputés, ça arrive à tout le monde. En particulier à vous !

— Vraiment ? Quand t'es-tu disputé avec Juliette pour la dernière fois ?

— Je reformule : je crois que c'est votre mode de fonctionnement, à Maxime et toi. Vous avez besoin de vous affronter.

— Ce n'est pas vrai. Maxime aime ce genre de relation quand, moi, je passe mon temps à arrondir les angles. Sauf que cette fois ce n'est pas possible, Evan.

J'entendis un nouveau soupir de lassitude, qui faisait écho aux miens. Voilà pourquoi je ne prenais aucun appel : je ne voulais pas de conseils, de soutien ou de compréhension. De toute façon, j'étais persuadée que personne ne pouvait vraiment saisir ce qui me liait à Maxime.

— Je compte sur toi pour le dîner, lança Evan. Je ferai en sorte que tu sois loin de Maxime.

— Tu comptes le mettre à la table des enfants ?

— Je compte vous enfermer à l'extérieur pour que vous vous parliez. En plus, il neige ce soir, vous trouverez peut-être un moyen de vous tenir chaud.

Je levai les yeux au ciel devant les allusions lourdes d'Evan. Il était le seul à y croire. De mon côté, je revivais le même Noël qu'il y a deux ans : celui où je m'apprêtais à partir, le cœur en morceaux, pour mieux tourner la page.

— On se voit ce soir, dis-je finalement. Je vous rejoindrai directement à l'école de Gloria.

— Parfait. La maîtresse nous a accordé deux rangs.

— Ton réseau est incroyable, m'esclaffai-je. Deux rangs ! Tu n'as pas pu privatiser la salle ?

— Juliette pense qu'elle me drague, ronchonna-t-il.

— Ta fiancée a entièrement raison. Dis à la maîtresse

de Gloria que Maxime est sur le marché. Et souhaite-lui bonne chance de ma part.

— Maxime a déteint sur toi. Mais il faut que je te dise que le sarcasme ne te va pas, répliqua-t-il.

J'aurais aimé moi aussi déteindre sur Maxime, pour estomper un peu son côté sombre en lui apportant plus de lumière. Je profitai de ce court silence pour changer de sujet. Nous avions assez parlé de Maxime et de moi… Surtout que parler ne servait à rien dans notre situation. Si j'en croyais Evan, Maxime était désolé et triste, mais visiblement pas assez pour oser venir me voir et me présenter des excuses. Je refusais d'être celle qui faisait encore l'effort.

— La performance de Gloria va certainement me permettre de retrouver ma bonne humeur. Toujours aux percussions ?

— Toujours. Elle répète non-stop depuis ce matin, souffla-t-il. Ce qui m'a permis de constater que la maison n'était pas suffisamment isolée.

— Est-ce que tu te fais à l'idée qu'elle ne sera pas une guitariste ?

— Pour être tout à fait honnête, je m'y suis fait depuis longtemps. Je crois que ça date d'un des premiers repas que je lui ai donnés après la mort de son père : elle a pris sa cuillère et son gobelet pour faire du bruit. J'ai très vite compris qu'elle ne serait pas une adepte des cordes.

— Elle s'en sortira, Evan.

— Je n'en doute pas : elle a de très bons modèles féminins de réussite dans son entourage.

Je l'entendis sourire. Comme je l'avais imaginé, parler de Gloria m'avait fait du bien. Je promis à nouveau à Evan d'être présente pour le spectacle de sa fille et le dîner qui suivrait, organisé par Juliette.

Il s'agirait de mes dernières mondanités avant mon départ. J'allais devoir déployer mes ultimes forces pour afficher un visage neutre – hors de question que j'offre à Maxime ma tristesse et ma peine, il ne les méritait pas – et faire comme si la perspective de devoir quitter tous mes amis n'avait aucun effet sur moi.

Malgré mon pull, mon jean, mes bottes doublées et mon manteau en laine grise, le froid parvenait à chatouiller ma peau. Comme l'avait prévu Evan, la neige tombait à gros flocons et je marchai prudemment jusqu'à l'entrée de l'école de Gloria. En pénétrant dans le hall, je me débarrassai de mon bonnet et défis légèrement mon écharpe.

Je n'avais pas besoin du fléchage pour rejoindre la salle : une flopée de parents enthousiastes se dirigeaient vers l'extrémité du hall – lequel débouchait dans la cour –, traçant une ligne parfaite sur le sol blanc. Quelques enfants chahutaient dans la neige et des parents discutaient ensemble, emmitouflés et se frottant les mains pour se réchauffer.

Quand j'avisai la salle, une boule d'anxiété se forma dans ma gorge. Je tentais de me convaincre depuis une semaine que je pouvais survivre à une dernière entrevue avec Maxime. Maintenant que j'étais à quelques mètres de lui – du moins s'il était là – je doutais de mes capacités.

Je fourrai les mains dans les poches de mon manteau, camouflant ainsi ma nervosité. J'avais réussi pendant deux ans à faire sans lui... Pourquoi était-ce si dur d'enterrer de nouveau mes sentiments après seulement quelques semaines en sa présence ?

Je franchis le seuil de la salle avec un soupir de soulagement : il y régnait une chaleur douce et agréable. Elle était décorée de guirlandes de papier et de dessins enfantins. Des yeux je cherchai le prénom de Gloria, espérant trouver une de ses œuvres.

— Au fond à gauche, lâcha Nic derrière moi, me faisant sursauter.

— Tu as failli me tuer ! grondai-je, une main sur la poitrine pour tenter de calmer mes trépidations cardiaques.

— C'était pour aider. Gloria a dessiné le groupe avec un grand sapin derrière.

Je me dirigeai vers le dessin, le sourire aux lèvres. Le sapin de Gloria était démesurément grand et la guitare que tenait Evan faisait trois fois la taille de son oncle. Sur la gauche, on devinait trois silhouettes féminines – elles portaient des jupes – et je compris qu'il s'agissait de Louise, Juliette et moi. Cela me touchait beaucoup. Mais ce qui était le plus fragrant dans son dessin, c'était la multitude de couleurs qu'elle y avait mise.

— Je t'accompagne ? proposa Nic en tendant le bras pour que j'y accroche le mien.

— Tu n'es pas fiancé avec une chocolatière ?

— Si. Mais elle est déjà assise et déchiquette le programme. Je crois qu'elle est plus stressée que Juliette ou Evan concernant ce spectacle.

Je restai silencieuse, de plus en plus angoissée au fur et à mesure que nous avancions dans la salle. Si Evan avait bien évoqué deux rangs, il avait omis de préciser qu'il s'agissait des deux premiers de la salle. Dès qu'elles me virent, Juliette et Louise se levèrent de leurs chaises pour venir m'accueillir.

— Les deux premiers rangs ? fis-je en riant.

— Et il refuse de me croire quand je dis qu'elle a un faible pour lui ! s'écria Juliette, riant elle aussi.

Je reconnus plus loin la mère d'Evan, qui tenait son petit-fils sur ses genoux, et la saluai chaleureusement, avant de m'asseoir sur l'une des chaises libres. La salle se remplissait peu à peu et mon regard furetait partout. Maxime n'était pas là. J'étais aussi soulagée que déçue. Il ne pouvait pas faire ça à Gloria.

— Il n'est pas encore arrivé, me souffla Louise.

— Il a dit qu'il viendrait ? m'étonnai-je.

— Il adore Gloria. Et il sait qu'elle va faire des percussions, il ne veut pas louper ça. Si tu préfères, on t'installe entre Juliette et moi. Histoire de limiter les risques de contact.

— Nous sommes adultes, Louise. On y arrivera.

— Tu l'as boudé durant toute la semaine, me rappela-t-elle. Il m'a fait de la peine.

— C'est la groupie en toi qui parle !

— Peut-être. Mais tu as tout de même refusé tous ses appels ! Je t'assure qu'il est vraiment secoué.

— Je ne suis coupable de rien. S'il avait vraiment voulu me parler ou s'expliquer, il serait venu jusqu'à ma porte, avec des fleurs. Ou des chocolats, tiens ! Je crois qu'il a une bonne adresse pour ça !

Louise me fixa, désarçonnée. J'en avais assez d'obtenir des conseils non sollicités. J'étais certaine qu'ils n'osaient pas ce type de remarques avec Maxime. Ils se contentaient de le regarder de loin pour éviter de mettre le fauve en colère.

— Tu as raison, Mathilde.

La voix chaude et éraillée de Maxime me figea sur ma chaise. Il était derrière moi, si près que je devinais les effluves épicés de son parfum. Je connaissais les effets de cette voix sur mon corps : il la reconnaissait entre mille et la chair de poule me gagnait dans la seconde. Comme toujours, je frissonnai et me maudis aussitôt. Je détestais que Maxime – ou sa seule voix – ait une telle emprise sur moi.

— Tu as raison, répéta-t-il. Mais comme je te l'avais dit je suis nul pour les relations et tous ces machins de couple.

Il se matérialisa devant moi, séduisant comme jamais et irrésistible comme toujours. Ses lèvres se soulevèrent dans ce fameux sourire qui me donnait autant envie de l'embrasser que de le gifler. Ses yeux gris me sondaient, sans l'ombre d'un nuage ou d'un orage à l'horizon. Maxime était si calme que c'en était inquiétant.

— C'est la soirée de Gloria, murmurai-je.

— C'est pour cette raison que je vais m'asseoir au bout du rang et rester loin de toi. Je ne veux pas gâcher la soirée, elle a trop répété pour ça.

Je clignai des yeux, perturbée par son comportement mature et raisonnable. Je retins mon souffle et, malgré moi, grimaçai en voyant l'état de ses mains. Elles étaient écorchées et gonflées, signe qu'il avait tapé sur sa batterie au-delà de la douleur. Cela me serra le cœur et je secouai la tête, me forçant à tenir bon. Ça n'était plus mon problème dorénavant.

Evan arriva à son tour, visiblement préoccupé. Quand il me vit, puis découvrit Maxime assis à plusieurs mètres de moi, son inquiétude se mua en contrariété.

— Gloria ne veut plus monter sur scène, soupira-t-il en s'asseyant près de sa fiancée.

— Elle finira par y aller, le rassura Juliette.

Il passa une main sur son visage, agacé. Juliette prit sa main dans la sienne pour l'apaiser.

— Je ne crois pas, répondit-il finalement. Elle est assise dans un coin et refuse même de me parler. Sa maîtresse a tenté sa chance, sans résultat.

— Tu veux que j'aille la voir ? demanda la mère d'Evan à ce dernier.

— Non. Avec un peu de chance, elle se fera entraîner par ses camarades et tout rentrera dans l'ordre.

Je sortis mon appareil-photo, faisant quelques essais pour vérifier la luminosité de la salle. Derrière nous, les rangs se garnissaient et les conversations étaient animées. Planquée derrière mon appareil, je jetai un coup d'œil vers Maxime. Évidemment, il avait déjà disparu, toujours insaisissable. Je reportai mon attention sur la scène, décorée d'un immense sapin illuminé de petites lampes LED blanches et surmonté d'une étoile dorée.

Cette ambiance festive était à mille lieues de mon état d'esprit. Je songeai brièvement à l'anniversaire de Maxime, qui tombait le 26 décembre. Consciente que cette date avait dû lui valoir beaucoup d'oublis, j'avais toujours pris soin de lui offrir un cadeau, même ces deux dernières années. Cette fois encore, je le lui enverrais. Je n'avais pas la force de l'affronter en tête à tête. Peu satisfaite de l'angle que j'avais de ma chaise, je demandai à Juliette :

— Tu crois qu'ils m'autoriseraient à aller en coulisses ?

— Si tu dis que tu viens de la part d'Evan, ils te feront même monter sur scène, fit-elle dans un rire.

— La maîtresse est vraiment accro ?

— Complètement. Gloria m'a dit qu'elle avait porté un T-shirt du groupe à l'école dernièrement. Une vraie groupie !

J'éclatai de rire, imaginant la tête de Gloria devant la photo de tous ses oncles d'adoption placardée sur la poitrine de son institutrice.

— Je vais tenter de trouver une petite place en coulisses pour avoir un meilleur angle.

— Le spectacle commence dans cinq minutes, me rappela-t-elle.

— Je fais au plus vite.

Comme l'avait imaginé Juliette, je n'eus aucune peine à me faufiler en coulisses. L'ambiance y était frénétique, avec des parents aidant à confectionner des jupes en papier crépon quand d'autres s'improvisaient coiffeurs, armés de bombes de laque. Les enfants discutaient avec énergie, rendant le brouhaha presque insupportable. Je naviguai dans la foule, cherchant Gloria des yeux, et m'immobilisai en découvrant Maxime accroupi devant elle. Je restai à distance et tendis l'oreille.

— Tu vois ce tatouage ? fit-il en découvrant son bras droit. C'est le premier que j'ai fait après mon premier concert.

Les yeux de Gloria s'agrandirent et elle toucha du bout des doigts l'encre incrustée dans la peau de Maxime.

— C'est un tatouage pour me donner du courage quand je vais sur scène, expliqua-t-il.

— Moi aussi, je vais avoir un tatouage ? demanda Gloria, extatique.

— Euh, non. Parce que si ton oncle Evan apprend que tu es tatouée par ma faute il… il ne sera pas très gentil avec moi.

— Tu veux dire que tu seras puni ?

Son innocence était si adorable que Maxime rit doucement, avant de redescendre sa manche. Je m'appuyai contre le mur, observant le profil ciselé de l'homme que j'aimais plus que tout.

Même plus que ma carrière.

— Je serai certainement puni. Parce que tu es trop petite. Mais on pourra en reparler quand tu seras un peu plus grande, dit-il, confiant.

— Je ne veux pas y aller, persista Gloria. Il y a plein de gens qui vont me voir.

— Il y a plein de gens qui ont envie de te voir, mon cœur. Evan, Juliette, ton petit frère, ta grand-mère, oncle Nic et moi.

— Mais si je me trompe ?

— Tu ne peux pas te tromper. Tu as répété, tu te souviens ? Et tu sais ce qui se passe ensuite ? Quand le spectacle est fini ?

Gloria secoua la tête, faisant voler ses boucles souples sur ses épaules. Son petit poing était crispé autour de la lanière de son tambour et son angoisse était perceptible. La salle remplie de monde devait l'impressionner. Personnellement, pendant des années, j'avais été pétrifiée dès que je devais prendre la parole en réunion.

— Quand le spectacle est fini, le public se lève et applaudit. Et ça, mon cœur, c'est incroyable. Ça vibre partout dans ton corps et ça rend heureux.

— Comme quand je souffle mes bougies et que tout le monde me dit bravo ? fit-elle en souriant.

— Exactement ! C'est ça. Tu es heureuse quand tu souffles les bougies ?

Elle opina avec énergie et son sourire s'élargit. Maxime prit sa main libre et la porta à ses lèvres pour l'embrasser. Puis, Gloria lui tomba dans les bras et lui offrit un câlin. Un frisson d'émotion me parcourut et je ne pus m'empêcher de penser à Michael et à la fierté qu'il aurait ressentie en voyant sa fille si libre et spontanée.

— Va sur scène, mon cœur. On est au premier rang pour te regarder.

À nouveau, elle hocha la tête et s'éloigna, avant de revenir sur ses pas pour poser une dernière question, presque timidement, à son oncle d'adoption :

— Est-ce que demain on pourra faire de la batterie ?

— J'ai acheté des baguettes spécialement pour toi.

Les yeux de Gloria s'illuminèrent ; son sourire, déjà large, lui fendait maintenant le visage en deux. Je me surpris à sourire aussi face à sa joie communicative. Elle rejoignit sa classe et attendit, prête à entrer sur scène. Maxime se redressa et, quand il se tourna, trouva mon regard.

— Evan devra élever une statue à ta gloire rien que pour ça, dis-je, épatée.

— Pour le moment, il se contente d'appeler des tueurs à gages pour me faire la peau.

Des applaudissements fusèrent et je compris que le spectacle commençait. Les coulisses se vidaient peu à peu, nous offrant presque un moment d'intimité. Pourtant, devant le silence persistant de Maxime, je rebroussai chemin, prête à retourner m'asseoir.

— As-tu écouté mes messages ? demanda-t-il finalement.

Je m'arrêtai et me tournai lentement vers lui. Son visage, si heureux et détendu avec Gloria, était maintenant triste et crispé. Je ne compris qu'à ce moment que nous tenions le même rôle, avec le même masque pour camoufler nos émotions.

— Non, avouai-je.

— Merde. C'est con. Je disais plein de trucs qui auraient pu t'intéresser.

Un rire m'échappa devant sa mine désolée. Je n'avais aucune idée de combien de messages il avait laissés sur mon répondeur. Mais cette seule remarque me donnait une envie furieuse de les écouter.

— Tu veux savoir ce que je te disais ?

Je hochai la tête, incapable de résister à l'envie de connaître leur contenu. Il s'approcha de moi et je me tendis. J'avais eu raison de redouter cette soirée. Tout mon corps, toute mon âme et même mon cœur abîmé réclamaient Maxime. J'avais une seule envie : me perdre dans ses bras pour y étouffer nos chagrins respectifs.

— Alors, je crois que j'ai récité deux ou trois poèmes sur l'amour. Mais Evan m'a dit d'arrêter ça, que ça craignait.

— Il a eu raison, souris-je.

— Donc n'écoute peut-être pas les trois premiers messages. Ensuite, je te disais que j'étais désolé. Vraiment désolé. Parce que j'ai réagi comme un connard égoïste.

— Tu fais ça souvent, lui fis-je remarquer.

— C'est vrai. Mais je fais tout pour arrêter ça. D'être un connard et un égoïste.

— Il y a du travail.

— C'est ce que m'a dit Nic. Ensuite, il y a quelques messages où j'ai un peu forcé sur la tequila. Ça ne me semble pas très utile que tu les écoutes. Oh ! et j'ai écrit une chanson pour toi, avec uniquement de la batterie.

— Tu as écrit une chanson ? répétai-je, incrédule.

— Oui. Et j'ai décidé que c'était plutôt le boulot de Nic, finalement. Le piano sonne mieux que la batterie pour ce genre de trucs.

Il s'approcha encore de moi, me regardant avec prudence. Il craignait que je ne prenne la fuite. J'avais tout un tas de bonnes raisons de le faire, notamment le spectacle de Gloria que nous allions manquer, les photos que je devais prendre et mon stupide serment, fait à moi-même, d'oublier Maxime au plus vite.

— Je suis vraiment désolé, Mathilde, dit-il d'une voix rauque. C'est vrai, ça me tue que tu partes loin de moi, mais je ne veux pas que nous… enfin, je ne veux pas que toi et moi ça s'arrête.

— Tu dis ça sur mon répondeur aussi ?

— Pas de manière aussi claire. Je crois que la bouteille de tequila c'était pour trouver le courage de te le dire.

Il prit une profonde inspiration et à nouveau fit un pas vers moi. Il se tenait devant moi, visiblement désolé et ému. Mon cœur menaçait d'exploser dans ma poitrine et je m'appuyai contre le mur pour éviter de m'effondrer.

— On peut trouver une solution, proposa-t-il. Nic et Louise ont réussi, eux.

— Et quand j'ai avancé cet argument tu m'as fait remarquer qu'ils étaient dans le même fuseau horaire.

— C'est vrai. Mais je serai moi aussi souvent parti. On peut se coordonner. Et évidemment le plus simple serait que tu restes notre photographe.

Je risquai un sourire. Cette semaine de séparation nous avait fait du bien. De mon côté, j'avais réussi à juguler ma colère et lui avait enfin compris que nos modes de vie impliqueraient forcément des séparations.

— Même si je reste votre photographe, je serai souvent partie. Je rencontrerai d'autres personnes et…

— … et je serai jaloux, c'est certain. Mais ce que nous avons est plus fort que ça, non ? Ce que nous avons est plus fort que tout, même plus fort que moi et mon caractère de merde.

— Et tu veux que je reste votre photographe ?

— Tout le monde veut que tu restes notre photographe. Si Evan et Nic n'étaient pas fiancés, je me méfierais d'eux aussi. Tu fais partie intégrante du groupe depuis le début, tu ne peux donc pas nous quitter.

De la musique emplit la salle de spectacle et des voix enfantines s'élevèrent dans une adorable cacophonie. Maxime grimaça, pendant que je pouffais de rire. Au bout de quelques secondes, je retrouvai mon sérieux. Maxime effleura mon visage de ses doigts abîmés, avant de coller son front au mien.

— Pardonne-moi, murmura-t-il.

— Max…

— Pardonne-moi. Maintenant, si possible, sinon j'ai peur que tu te rues sur ton téléphone pour écouter ta messagerie et que ça ruine tout.

— Parce que tu as laissé d'autres messages ?

Il recula, embarrassé. Dévorée de curiosité, je sortis mon téléphone et composai le numéro de ma messagerie. Maxime parvint à subtiliser mon appareil avant de le glisser dans sa poche.

— Quoi d'autre, alors ? l'interrogeai-je.

— Il y a un message où je suis avec Louise. Elle m'a aidé à décorer le sapin dans mon appartement. Crois-moi, l'expérience a été aussi traumatisante pour elle que pour moi,

— Tu as décoré un sapin ?

— Il fallait que je m'occupe l'esprit. Louise a pris des photos. Ce sont les photos les plus flippantes que j'aie pu voir. Il faut que je les détruise avant qu'elles ne tombent entre de mauvaises mains.

Il ancra son regard au mien. Il y avait toujours cette

étincelle de révolte et de défi. J'aimais cet éclat qui le rendait imprévisible et dont j'étais tombée amoureuse.

— Que crains-tu au juste ? demandai-je.

— Les gens pourraient croire que je suis un mec gentil et toute mon aura de mec rebelle en prendrait un coup. Je pourrais décevoir les fans, qui finiront par croire que je me ramollis.

— Tu es un mec gentil, Max.

— Je ne crois pas. Mais tu parviens à voir le meilleur en moi. Quand j'ai compris ça, j'ai laissé un nouveau message.

Il hésita et, au moment où il allait prendre la parole, un chant de Noël nous parvint. En tendant l'oreille, on pouvait deviner le rythme d'un tambour. On était en train de louper Gloria. Maxime dut le réaliser aussi, car il prit ma main dans la sienne et m'attira en dehors des coulisses pour rejoindre la salle. Il était trop tard pour regagner nos places sans déranger tous les autres spectateurs, alors, nous restâmes dans la pénombre, nous nichant dans un coin. Gloria était bien sur scène, derrière ses camarades, tout sourire, avec son tambour et sa voix haut perchée.

Maxime se glissa derrière moi et entoura ma taille de ses bras. Un frisson me parcourut et mon corps sembla se détendre instantanément à son contact, retrouvant enfin son apaisement. Maxime m'avait vraiment manqué.

— Je t'aime, Mathilde, murmura-t-il à mon oreille.

Son aveu me coupa le souffle. Ces mots, je les avais tant espérés qu'ils étaient devenus inatteignables, impossibles, irréels.

Il m'attira contre son torse, me faisant oublier cette horrible semaine.

— C'est ce que dit mon avant-dernier message.

Mon sourire vacilla ; j'imaginais que dans le dernier il

trouvait un prétexte pour se défausser. Maxime n'avait jamais été du genre à s'épancher et à laisser parler ses émotions. Ce que j'avais vu avec Gloria, quelques minutes auparavant, était déjà inespéré. Alors que je sentais mon cœur se serrer, il ajouta :

— Et mon dernier message dit que je t'aime au point de virer mon cactus.

Je ravalai un rire, retenant des larmes d'émotion. Six années à attendre ce moment, et Maxime se décidait à faire sa déclaration au milieu d'un spectacle d'enfants, devant des tas d'inconnus.

— On fait quoi maintenant ? demandai-je dans un chuchotis.

J'espérais qu'on prendrait la fuite, qu'on renouerait avec nos habitudes rebelles. Mais cette soirée était trop importante pour le groupe, peut-être même plus importante que n'importe quel concert.

— On regarde Gloria vivre le meilleur moment de sa vie.

J'embrassai furtivement ses lèvres, enfin apaisée et heureuse. Maxime se contenta de sourire, ce même sourire que j'avais vu pour la première fois six ans avant et qui m'avait tout de suite hypnotisée.

— Je crois que je vis le meilleur moment de ma vie, murmurai-je.

— Je n'en doute pas. Mais, si tu ne prends aucune photo de Gloria, Evan va te priver de dessert.

Je recouvrai mes esprits et, Maxime toujours derrière moi, je mitraillai la scène où se tenait Gloria. Comme je l'avais fait lors de mon premier concert avec le groupe, je jetai un coup d'œil au premier rang. La fierté dans le regard d'Evan et l'amour dans celui de Juliette me bouleversèrent.

Devant ses premiers fans, sur scène, Gloria s'amusait, entraînant ses camarades, avec un sourire éclatant et un éclat de malice dans les yeux.

C'était exactement ce que Michael aurait voulu.

Épilogue

— Mon cœur, il faut que tu tiennes tes baguettes comme ça, expliquai-je à Gloria en positionnant correctement ses doigts.

Elle acquiesça, concentrée comme jamais. Elle grimpa sur le tabouret derrière la batterie et commença à échauffer ses poignets en tapant les caisses. Je m'installai derrière la seconde batterie, celle que j'avais fait installer pour jouer avec Gloria à loisir, et l'accompagnai. Sa capacité de désynchronisation m'impressionnait. Elle m'offrit un grand sourire, s'éclatant derrière son instrument de prédilection.

— Max ?

La voix de Mathilde me fit m'interrompre.

— Tu peux venir m'aider ? Il faut bouger un meuble dans le salon pour que j'installe mon bureau.

— J'arrive. Gloria, tu continues tes exercices ?

Je sortis de mon studio d'enregistrement, suivant Mathilde dans le couloir. Après un an à nous croiser et à expérimenter le sexe par téléphone, nous avions enfin quelques mois devant nous à passer ensemble. Elle avait quitté son appartement pour partir en Amérique du Sud et, à son retour, nous avions naturellement convenu qu'elle emménagerait chez moi.

En quelques semaines, elle avait déjà arrangé la décoration, transformant mon appartement terne et monochrome en un endroit chaleureux. La veille, nous avions fêté Noël ici, avec tous nos amis et un dîner pantagruélique constitué notamment d'une dinde monstrueuse et d'une bûche au chocolat réalisée par Louise. Maintenant, un amas de papiers cadeaux chiffonnés, vestiges de la soirée de la veille, occupait un coin du salon.

En arrivant dans cette pièce, je compris que Mathilde m'avait menti : il n'y avait aucun meuble à bouger. Au milieu de la table trônait un gâteau avec une tripotée de bougies allumées et nos plus proches amis m'accueillirent en chantant « joyeux anniversaire ».

— Vous n'avez rien de mieux à faire ? plaisantai-je.

Evan secoua la tête et, dès qu'ils eurent fini de chanter, je soufflai sur mes bougies avec un large sourire aux lèvres. Gamin, j'avais toujours rêvé qu'on m'achète ce genre de pâtisserie – un épais gâteau au chocolat, surmonté de quelques noisettes et d'une plaque décorative indiquant « joyeux anniversaire ». Surtout, je rêvais de pouvoir faire un vœu. Maintenant que mon souhait se réalisait, je pris conscience que j'avais déjà tout ; grâce à Mathilde, j'avais même plus que tout ce dont j'avais rêvé.

— C'est pour toi, m'indiqua Mathilde en me tendant un cadeau.

Louise distribua les parts de gâteau pendant que je retirais le papier cadeau. En découvrant de quoi il s'agissait, mon sourire s'élargit.

— C'est un nouveau tirage ? demandai-je.

— C'est le tirage original vendu l'an dernier pour la soirée de charité.

Je fixai le cliché entre mes mains. Cette photo, Mathilde l'avait donnée pour les enchères. Cela m'avait remué de savoir qu'un inconnu pouvait l'avoir alors qu'elle évoquait des souvenirs anciens et précieux pour moi. Nous apparaissions jeunes, souriants, naïfs, à mille lieues de savoir ce que nous allions affronter.

C'était pour ça que j'aimais cette photo : elle me rendait nostalgique, sans me rendre triste. Elle était pleine d'espérance, de joie et d'ambition.

— Tu l'as rachetée ? demandai-je à Mathilde.

— Ça a été très compliqué, mais oui. Evan et Nic m'ont beaucoup aidée aussi.

— Tu aurais pu faire un autre tirage.

— J'aurais pu. Mais, à la réflexion, je crois que cette photo ne peut appartenir qu'au groupe.

Touché par ce cadeau qui symbolisait toute l'attention qu'elle me portait, je déposai un baiser sur le front de Mathilde ; elle seule savait ce que ce cliché représentait pour moi. En un an, Mathilde et moi avions pris nos marques dans la vie de couple, une vie de couple atypique et marquée par les tournées et les obligations professionnelles de l'un et de l'autre. Nous apprenions à dépasser les obstacles, ensemble. À résoudre nos conflits, ensemble. Et chaque jour qui passait me confirmait que je voulais passer mon existence avec cette femme.

Gloria me sortit de mes pensées en déboulant dans le salon, ses baguettes à la main, un air extatique sur le visage. Instinctivement, je dirigeai mon attention vers Evan. Il ne semblait plus contrarié par la passion de sa nièce.

Elle me sauta dans les bras et j'embrassai doucement sa tempe.

— Tu as fini tes entraînements ? lui demandai-je.

— Oui. Est-ce que tu vas m'apprendre un nouveau morceau maintenant ?

— Comment ça, « nouveau » ? demanda Evan avec un froncement de sourcils. Tu as déjà appris un morceau, Gloria ?

Elle leva la main vers lui, montrant ses cinq doigts bien écartés. Mathilde camoufla un rire dans mon épaule.

— Tu as appris cinq morceaux ? fit Nic, hilare.

Elle acquiesça, rayonnante de joie et de fierté. Evan secoua la tête alors que je posais mon index sur mes lèvres, intimant à Gloria de se taire pour garder nos secrets. Elle colla sa bouche à mon oreille et plaqua sa main pour que personne n'entende sa confidence.

— Est-ce que je peux le dire ? me demanda-t-elle.

— Dire quoi, mon cœur ?

— Ce que papa disait.

J'opinai. Pendant mes sessions de batterie avec Gloria, je lui parlais souvent de son père, lui racontant l'énergie incroyable qu'il déployait sur scène, ses blagues, nos concerts, ce que nous ressentions en composant une nouvelle chanson. Gloria se montrait toujours intéressée et curieuse d'en savoir plus.

— Tu peux, mon cœur.

Elle afficha un large sourire et, tout comme son père savait le faire, elle attira l'attention de tout le monde en une seule phrase :

— Je suis une rock star, oncle Max !

Nous échangeâmes un regard avec Evan et Nic. Cette phrase, Michael la répétait après chaque concert, à chaque sortie d'album ou dès que l'un de nous avait des doutes sur notre musique. C'était son mantra et sa façon de nous rappeler que nous devions nous faire confiance.

— Tu es une rock star, mon cœur.

Remerciements

Dix-sept ! Oui, c'est le dix-septième. Et pour ceux qui se poseraient la question : oui, je vérifie toujours ce que j'ai écrit dans les remerciements précédents pour ne pas me gourer. Je ne m'amuse pas à les recompter – ça prend bien trop de temps.

Évidemment, ce roman a une saveur particulière puisque je l'ai écrit en pleine grossesse, puis en plein post-partum. Je ne recommande pas : c'est hyper crevant et, surtout, ça génère des retards de fou. Bref, il faut que je demande une formation « priorisation des objectifs » pour ne pas m'embarquer dans ce genre de projet de vie sans réfléchir.

Ce roman a aussi une saveur particulière parce qu'il clôt la trilogie qui suit les Sharp End, entamée avec *T'embrasser sous la neige*. J'avais toujours rêvé d'écrire sur un groupe de rock, c'est chose faite. Ce qui ne veut pas dire que je n'y reviendrai pas… ou que je ne réécrirai pas sur des musiciens. En tout état de cause, ce point final m'émeut un peu : on ne quitte pas des personnages qu'on a adorés pendant trois ans sans une larme ou deux. J'ose croire (et j'y crois un peu, vu vos retours à tous, chères lectrices et lecteurs) qu'ils vous ont touchées vous aussi.

Donc, voilà. C'est fini. Et c'est chouette de se dire que tous ces personnages qui nous ont accompagnées depuis trois ans ont maintenant leurs vies bien en main. Ils sont heureux, et je crois que c'est ça qui nous rend, nous aussi, heureux.

Merci donc à vous tous et toutes d'avoir embarqué avec les Sharp End et moi, merci de votre enthousiasme, merci d'avoir donné leur chance à des héros gentils et bienveillants, merci d'avoir accueilli Juliette, Louise et Mathilde, des héroïnes normales et humaines. Merci à vous d'être les fameuses groupies du premier rang et de me dire en salon « j'adore ce que vous faites ».

Parce que, moi aussi, j'adore ce que vous me faites !

Un remerciement géant à toutes les équipes de HarperCollins France qui ont tellement compressé le planning qu'il est porté disparu. Une *deadline* ? Quelle *deadline* ?

Sophie, en particulier, a sacrifié son temps, son planning et une partie de sa santé mentale pour que ce livre sorte en temps et en heure.

Et un merci aux équipes de « la Fab », à qui j'ai dû donner des sueurs froides. Je crois que je vais devoir me fendre d'une boîte de chocolats pour Noël.

Enfin, mes remerciements à mes plus proches, ceux qui m'ont vue souffrir pour ce manuscrit, qui m'ont entendue soupirer, mais qui m'ont permis de grappiller du temps pour œuvrer : M. Blaine, pour avoir fait la cuisine, géré l'intendance et étendu les lessives ; mon fils aîné, pour avoir joué les baby-sitters pour son frère, en lui répétant « maman finit son paragraphe et elle te fait un biberon ensuite » ; ma fille Constance, pour m'avoir dit, chaque soir, « un bisou, maman, pour t'encourager », et le petit dernier, Antonin, qui a accepté de dormir la nuit et de faire des siestes au moment où ce manuscrit en avait le plus besoin (souvent, donc !).

Et, comme toujours : merci à vous d'être venues et merci d'être restées !

Emily

Vous avez aimé ce roman d'Emily Blaine ?
Découvrez *Les tartines sont meilleures quand on les partage à deux*

Il est toujours temps pour le grand amour

Tournez vite la page pour découvrir un extrait !

Chapitre 1

— Café ?

Rose m'adressa un sourire chaleureux avant de nouer ses mains devant elle, attendant patiemment ma réponse. Depuis mon arrivée à Paris, l'assistante de Liliana avait pris soin que je ne manque de rien ; elle m'avait accueilli à l'aéroport, m'avait conduit à mon appartement, s'était assurée qu'il me plaisait et m'avait donné ses meilleures adresses de restaurants dans le quartier.

— La machine à expresso a été réparée, me rassura-t-elle.

Elle se mordilla furtivement la lèvre inférieure et une brève rougeur couvrit ses joues ; elle ne devait pas avoir plus de vingt-deux ans. Séduisante, serviable et drôle, elle affichait une attitude faussement ingénue, amplifiée par sa jupe plissée et son col claudine. Je sentais qu'elle n'avait rien d'une fille innocente, et elle aurait plu à n'importe quel homme doté d'une bonne vue et d'un cœur disponible.

J'avais une bonne vue.

— Pendant une seconde, j'ai cru que vous m'invitiez à boire un verre, plaisantai-je.

— Oh. Eh bien, ça peut s'arranger.

Son sourire s'élargit, et elle leva un sourcil. De toute évidence, elle tentait de me séduire. Je secouai la tête ; elle était touchante et adorable. Notre différence d'âge n'était pas si grande – sûrement à peine dix ans – mais j'avais la sensation qu'une vie entière nous séparait.

— Est-ce que Liliana approuverait ? demandai-je.

— Vous savez ce qu'on dit : ce qu'elle ne sait pas ne peut pas lui faire de mal.

Un rire m'échappa. Rose était jolie, c'était incontestable. Cependant, quand je la regardais, je ne voyais qu'un visage parfaitement lisse et des yeux aussi bleus que l'océan. Aucune aspérité, aucun secret, aucun mystère. Elle n'était que lumière éblouissante quand je cherchais l'ombre d'une imperfection qui l'aurait rendue réelle et plus que jolie.

La plupart des gens appelaient ça le charme ; pour ma part, j'avais tendance à croire qu'il s'agissait plutôt d'une question d'harmonie et d'équilibre. Une cicatrice sur une joue, un sourire un peu tordu, un regard oscillant entre le bleu et le gris : toutes ces imperfections me fascinaient car je savais que derrière chacune d'elles, il y avait une histoire à découvrir.

Rose, elle, avançait sans fard ni secrets. Et probablement sans histoire.

— Je vais me contenter d'un café de votre machine, répondis-je finalement.

Elle hocha la tête, masquant mal sa déception, et tourna les talons pour préparer la boisson chaude. Désormais seul, j'avais l'impression que les hauts murs gris de la galerie me défiaient. Chaque exposition était un pari, mais celle-ci relevait plus du duel. J'affrontais cet immense espace silencieux, souhaitant en faire jaillir de la chaleur, espérant que les histoires que j'avais à raconter étaient plus intéressantes que toutes celles qui avaient déjà hanté ces lieux.

J'en doutais.

— Le grand artiste réfléchit ?

La voix de Liliana, rauque et mâtinée d'accent italien, me sortit de mes pensées. Elle s'installa près de moi, sur le large canapé en cuir blanc que j'occupais depuis dix bonnes minutes. Comme à son habitude, elle avait les cheveux attachés en une queue-de-cheval parfaite et arborait cette attitude confiante qui rendait impossible toute tentative de lui refuser quelque chose. Elle déposa un dossier sur la table basse devant nous, avant d'embrasser du regard l'unique et dernier mur encore vide de la galerie.

Ce mur était mon plus grand défi, une zone dont le vide, éclairé de spots puissants, me rappelait qu'il était prêt à accueillir d'ultimes clichés. Si jamais je parvenais à faire un choix…

— Ça paraît toujours plus grand quand c'est vide, reprit-elle en croisant ses jambes habillées de cuir.

— Et terrifiant quand c'est plein ?

— Vivant. Ça paraît vivant. Tu t'inquiètes ?

— Si j'ai choisi la photo, c'est justement pour me cacher derrière un appareil.

— Et pour prendre de belles photos. J'ai vu tes derniers clichés, c'est… c'est magistral, Tristan. Magistral. Tu devrais être fier.

Rose nous interrompit pour poser une tasse de café sur la table basse en verre devant nous. L'assistante de Liliana m'adressa un sourire, et sans me tourner vers cette dernière, je savais qu'elle levait les yeux au ciel.

— Elle voulait juste être prévenante, dis-je pour défendre Rose.

— Prévenante ? Tristan, je suis certaine qu'elle a écrit

ton prénom dans son journal intime, avant de l'entourer d'un cœur rouge vif.

— Je ne l'ai pas encouragée !

— Je sais. Tu n'encourages jamais les filles, ce qui te rend encore plus mystérieux, et donc attirant. Tu joues contre ton camp, en fait.

— Donc, je devrais… les encourager ? demandai-je en souriant.

— Tu devrais sortir avec.

— Y compris Rose ?

— Sauf Rose. Parce qu'elle finira le cœur en miettes et que j'ai besoin d'une assistante opérationnelle pour que cette galerie reste debout.

— Ta galerie passe avant ma vie amoureuse ?

— Ma galerie passe avant tout. Et ta « vie amoureuse » ? Tristan, pèse tes mots, il n'y a aucune vie là-dedans. Juste des fantômes qui te hantent.

Si, à notre rencontre, c'était notre passion commune pour la photo qui nous avait rapprochés, elle était peu à peu devenue une amie. Elle ne m'avait jamais posé de questions sur ma vie sentimentale, et je ne m'étais jamais épanché. Liliana avait de l'instinct et quinze ans de plus que moi, je n'avais pas eu besoin de lui raconter mon histoire pour qu'elle comprenne ce qui me retenait.

— Ce ne sont pas des fantômes, murmurai-je.

— Des souvenirs, des regrets… Peu importe, puisque les conséquences sont les mêmes. Tu n'as pas le droit d'être nostalgique.

— Parce que… ?

— Parce que tu es bien trop jeune pour ça. Trente ans, c'est ça ?

— Vingt-neuf le mois prochain.

— La nostalgie, c'est pour les mecs qui dépérissent. Ou pour ceux qui voient la mort en face. Tu n'entres dans aucune de ces catégories.

— Peut-être que j'ai envie d'être nostalgique et seul ? répliquai-je dans un sourire.

— Les poètes maudits sont morts avec l'avènement du XXe siècle, alors soit tu te mets à l'absinthe pour entrer définitivement dans ton personnage, soit tu acceptes un dîner avec une fille adorable que j'ai rencontrée la semaine dernière.

Je manquai de m'étouffer avec ma gorgée de café. Liliana esquissa un bref sourire, savourant sa victoire de stratège. C'était un coup bas que je n'avais pas vu venir. Je me passai le pouce sur les lèvres et reposai ma tasse sur la table. À l'instant où j'ouvris la bouche, Liliana m'interrompit :

— Aucune excuse. Vraiment. Elle est gentille, drôle, brillante et, surtout, disponible. Elle vient d'arriver ici et elle serait ravie de se faire des amis.

— Ce que tu me proposes est un guet-apens, et non de l'amitié.

— Donc, tu acceptes ?

— Liliana…

— Oublie le dîner. Au moins un verre ? Oh ! je pourrais l'inviter pour le vernissage ? Comme ça, tu la vois et, si elle ne te plaît pas, tu as tout un tas d'alibis à disposition !

— C'est ta galerie, tu sais. Tu invites qui tu veux.

Liliana fit une petite moue lasse. Cela faisait des années qu'elle tentait de m'extirper de ma solitude. En vain. Pour moi, ce n'était ni une planque, ni un faux-fuyant, je refusais simplement de faire croire à une femme qu'elle avait une chance. Ça n'aurait pas été juste pour elle et c'était cruel pour moi.

— C'est mieux que rien, soupira-t-elle. J'ai l'impression d'extraire un ermite de sa grotte…

— Je ne suis pas un ermite ! J'ai des amis, je sors, je rejoins Liam à la salle de sport quand je suis dans le coin, je dîne rarement seul… Je suis juste célibataire, et tout le monde agit comme s'il s'agissait d'une maladie honteuse à soigner à tout prix.

Liliana étouffa un rire, avant de s'enfoncer sur le canapé pour mieux me dévisager. Si elle savait que j'avais mes secrets, elle ne se doutait sûrement pas de l'ampleur du premier d'entre eux.

— Tu as fait vœu de célibat ? m'interrogea-t-elle.

— Non, bien sûr que non.

— Donc, tu déambules comme ça, dans les rues, avec ta silhouette musclée, tes chemises blanches impeccables, tes jeans noirs élimés et ta mâchoire affûtée, sans aucune conscience de ton sex-appeal ? C'est un véritable gâchis !

Nous échangeâmes un sourire. Derrière ses provocations et son rentre-dedans, je savais que Liliana ne voulait que mon bien. Contrairement à ce qu'elle pensait, je n'avais rien d'un artiste maudit ou d'un solitaire. J'étais seulement… convalescent.

Je décidai d'éluder sa question :

— Si on parlait plutôt de ta vie amoureuse ?

— Mythes et légendes, répondit-elle, énigmatique.

Il y eut un bref silence pendant lequel son regard se voila de tristesse. Pour une raison qui m'échappait, et bien que nous soyons amis, Liliana et moi gardions pour nous nos blessures. Si je protégeais mon histoire, Liliana, elle, refusait l'idée qu'on la plaigne. Elle était bien trop fière et digne pour étaler ses souffrances.

— J'aimerais bien te prendre en photo.

— Tu me connais par cœur, objecta-t-elle. Tu gâcherais du papier.

— Peut-être. Mais je vois les nuances dans ton regard et je suis curieux de l'histoire.

— Parce que tu penses qu'il n'y en a qu'une ?

— Laisse-moi prendre mon appareil.

— Faisons un *deal* : je te laisse me prendre en photo si tu acceptes que je te présente cette fille. Un verre, plaida-t-elle, les mains jointes.

Je soupirai, abdiquant face au sourire démoniaque de Liliana. Elle se frotta les mains de satisfaction – à croire qu'elle avait conclu le contrat de l'année – avant d'ouvrir le dossier devant elle et de proposer :

— On s'y met ? Je te rappelle qu'on a une expo à finaliser.

Après deux heures de travail acharné, Liliana et moi étions tombés d'accord sur la majorité des photos à exposer ; seule la dernière série, qui devait alimenter la partie finale de l'exposition, était encore en négociation.

— Aucune histoire à raconter avec celles-ci ? avait-elle demandé.

— Si. Évidemment. Mais, pour l'instant, je crois que j'ai envie de les garder pour moi.

J'avais longuement regardé les clichés, me souvenant de chaque détail, du parfum qui flottait dans l'air aux sons qui nous cernaient, en passant par les couleurs du ciel.

La plupart des gens prenaient des photos pour garder des souvenirs, pour les aider à se rappeler un événement drôle ou heureux. Dans mon cas, les photos ne servaient qu'à capturer du temps ou une émotion. Malgré tout, les souvenirs restaient, avec ou sans les clichés. Chaque histoire qu'on me racontait, chaque secret qu'on me confiait, chaque aveu qu'on me faisait s'imprimait durablement dans mon esprit.

Je relevai le col de ma veste, sentant quelques gouttes de pluie tomber dans ma nuque. Un bref coup d'œil vers le ciel me fit grimacer : de toute évidence, le temps clair de ce matin allait laisser place à de lourds nuages gris. Je pressai le pas mais, déjà, les quelques gouttes se transformaient en pluie fine et glaciale. Secouant la tête, je décidai de me replier dans un café. Je m'installai sur une des banquettes en skaï noir, légèrement craquelé avant de passer une main dans ma chevelure humide. Je tournai la tête vers la fenêtre, observant la buée se former peu à peu sur la vitre. À l'extérieur, les passants couraient, tentant d'échapper à la pluie, abrités par leurs sacs ou des parapluies cabossés.

— Bonjour, je vous sers quelque chose ?

Je pivotai vers la serveuse, découvrant une jeune femme pâle et aux grands yeux clairs. Elle ne devait certainement pas avoir plus de vingt ans et semblait porter sur ses épaules un poids bien plus lourd qu'elle.

— Euh, juste un café. Un grand café, me corrigeai-je en réprimant un bâillement.

— Quelque chose à manger ? On a des pancakes, des gaufres…

— Une gaufre, ça sera parfait, merci. Avec juste un peu de sucre.

Je lui offris un maigre sourire, et elle tourna les talons pour transmettre ma commande. Je la suivis des yeux et trouvai alors un regard familier. Hélène.

— J'avais un doute, me dit-elle en souriant. Mais c'est vraiment toi ?

Je me levai d'un bond de la banquette et la pris dans mes bras. Elle avait toujours le même parfum de vanille épicée et ce rire spontané et communicatif qui aurait pu contaminer une armée entière. Elle m'étreignit en retour, et cela suffit à me rendre énergie et bonne humeur.

— C'est vraiment moi, répondis-je dans un murmure.

Nous nous écartâmes, arborant tous les deux un large sourire. Plonger mon regard dans celui d'Hélène, c'était m'offrir un aller simple vers le passé, avec son lot de souvenirs doux-amers et d'anecdotes improbables. Sous le choc de notre rencontre impromptue, nous restâmes silencieux, nous scrutant l'un l'autre.

Après la mort de son mari, mon cousin Bastien, deux ans auparavant, j'avais promis d'être plus présent. Je regrettais de ne pas avoir été encore plus assidu dans nos appels et nos conversations.

Dès notre première rencontre, j'avais adoré Hélène, pour son énergie et son enthousiasme permanent. Nous étions devenus amis et très complices. Loin de nous séparer, la mort de Bastien avait renforcé ce lien. J'étais admiratif de sa résilience et de sa force de caractère : Hélène avait tenu, sans jamais s'effondrer.

— C'est nouveau cette barbe ? m'interrogea-t-elle.

— Depuis presque trois mois, oui.

— Si tu me rappelais après tous mes messages, j'imagine que je le saurais… Ça te va bien.

— Tu es superbe, la complimentai-je. Comment fais-tu pour être toujours aussi belle ?

— Un budget conséquent en maquillage, et la pluie a tendance à faire boucler mes cheveux.

— Tu as le temps pour un café ? Il faut absolument que tu me racontes ce que tu fais ici !

Elle jeta un coup d'œil à sa montre et opina. Puis elle retira son trench, le posa sur la banquette et s'y installa. Je m'assis face à elle, encore stupéfait de la voir. Hélène avait toujours eu cette capacité rare à rendre les gens heureux. C'était inné : une pression de la main sur une épaule, un regard appuyé, un sourire chaleureux. Hélène était lumineuse et, invariablement, elle attirait les gens autour d'elle.

— Tu me connais depuis plus de huit ans, et on s'est vus il y a quelques semaines, j'ai tellement changé ? demanda-t-elle alors que je la détaillais du regard.

— Je sais. Je suis juste... surpris. Tu es sûrement la dernière personne que je m'attendais à voir ici.

— Je suis là pour le travail : un de mes clients cherche un lieu pour ouvrir un restaurant.

— Je ne savais pas que tu étais si... connue ! Je croyais que tu refusais de travailler en région parisienne ?

— C'est une première. J'avais besoin d'élargir mon horizon. Et toi ?

— Oh ! la rétrospective dont je t'avais parlée. Le vernissage est demain. Tu viens, j'espère ? Je me sentirais moins seul et... traqué.

— Traqué ?

— Liliana a invité la presse. Je ne suis pas contre un peu de soutien amical et sincère !

La serveuse qui avait pris ma commande surgit à notre table et déposa mon café et ma gaufre. Hélène esquissa un sourire complice devant mon assiette. Je ne culpabilisais plus depuis plusieurs années à ce sujet ; à croire que ma jauge était finalement arrivée à épuisement.

— Quelque part dans le monde, il est l'heure du petit déjeuner ? s'amusa Hélène.

— Exactement.

— Tu as besoin de réconfort ?

— Je ne cherche aucune excuse. J'aime le petit déjeuner, je ne vois pas pourquoi on devrait le limiter au matin. C'est cruel et inutile, affirmai-je, déterminé.

— J'avais oublié ton tempérament d'activiste. Je prendrai la même chose avec un peu de sauce au chocolat sur la gaufre, indiqua-t-elle à la serveuse.

Cette dernière s'éclipsa, et j'échangeai un sourire avec Hélène.

— J'avais oublié ton addiction au chocolat.

— On a tous des vices, répondit-elle en haussant les épaules.

C'était confortable de retrouver si vite notre complicité et notre amitié. Si confortable que des milliers de questions se bousculaient dans ma tête et que je ne savais pas par laquelle commencer.

— Je trouve ça rassurant, dit-elle finalement, tu n'as pas beaucoup changé. Vieillir t'a même fait du bien on dirait.

— Du bien ?

— Des épaules plus larges, une mâchoire carrée… Tu n'as plus ce visage poupon qui te donnait l'air inoffensif.

— Je suis inoffensif !

— Tristan, je suis désolée de te l'apprendre, mais ça ne t'empêche pas d'être l'homme le plus attirant de ce restaurant. Tu n'as pas vu la serveuse te sourire stupidement, et je suis certaine que tu n'as pas fait plus attention à la table d'ados sur ta gauche ? Elles ne font que glousser depuis au moins dix minutes.

Je jetai un coup d'œil vers la table en question, provoquant une nouvelle salve de rires. Face à moi, Hélène en laissa échapper un à son tour. Je levai les yeux au ciel et me planquai dans mon mug de café.

— Encore un truc qui ne change pas : tu portes des œillères, dit-elle, amusée.

— Ce n'est pas vrai.

— Vraiment ? Donc tu vas enfin m'annoncer que tu as quelqu'un ? Une copine ? Une fiancée ? Une femme ? Un coup d'un soir ?

En moins d'une journée, on venait de me faire deux fois la même remarque. Et si j'appelais ma mère avant la nuit, j'aurais certainement droit aux mêmes questions et recommandations. L'atmosphère liée à la prochaine Saint-Valentin ne devait pas être étrangère à cet état d'esprit.

— Je dois rayer la mention inutile ?

— Donc, tu n'as personne. Je ne devrais même pas être surprise !

— Je n'avais pas compris qu'être en couple était obligatoire. Tu vas bien t'entendre avec Liliana, lui assurai-je en pointant ma fourchette dans sa direction.

— L'union fait la force ! On pourrait…

— Non.

Hélène pencha la tête, comme si elle voulait m'attendrir. Je secouai la mienne, définitif. Je n'avais pas besoin d'aide ou de soutien. Si Liliana ne connaissait pas mon histoire, Hélène, elle, était au fait de certains détails. Elle avait été, tour à tour, témoin et confidente. Surtout, elle avait toujours été présente.

La serveuse réapparut pour déposer la commande d'Hélène devant elle. Cette fois, le petit sourire que la jeune femme m'adressa ne m'échappa pas ; j'y répondis mécaniquement, flatté.

Extrait

— Bel effort ! À poursuivre, commenta Hélène.

À nouveau, je relevai les yeux vers elle. Hélène m'encourageait sûrement parce qu'elle s'inquiétait. Elle coupa un morceau de sa gaufre et le recouvrit consciencieusement de sauce au chocolat. Sa concentration me tira un sourire et l'entendre soupirer de gourmandise me fit rire.

— Je sais très bien que tu ne prendras aucune initiative avec elle. Comme avec toutes les autres, dit-elle en essuyant délicatement ses lèvres. Laisse-moi croire que tu vas agir comme un type normal.

— Et comment agit un type normal ?

— Il oublie, Tristan. Il fait table rase, il rencontre d'autres filles, il prend un petit déjeuner uniquement au petit déjeuner.

— Franchement, ça a l'air chiant comme mode de vie, la normalité, répondis-je avant de prendre une gorgée de mon café.

— Tu ne veux pas de normalité ?

— Personne n'en veut. Surtout pas moi.

Hélène haussa les épaules, avant d'engloutir un nouveau morceau de sa gaufre. C'était grâce à elle, à Emma, que j'avais compris que je voulais plus que la normalité. Je voulais des nuits extravagantes, des journée inattendues, des rires suivis de larmes l'instant suivant, des baisers volés, des évasions de dîners soporifiques, des crêpes au milieu de la nuit et des disparitions matinales.

Emma m'avait appris à vivre intensément, comme si ma vie était une course permanente, cadencée à un rythme fou que je devais poursuivre à tout prix. Elle, je l'aurais suivie, coûte que coûte. Je tournai mon visage vers la vitre du restaurant, désormais complètement embuée.

Extrait

J'avais passé une partie de la journée à lutter contre mes souvenirs avec elle.

Les photos, les histoires. Hélène. Même cette gaufre. Tout me ramenait à elle.

Quand je reportai mon attention sur Hélène, elle vérifiait l'heure à sa montre.

— Pressée ?

— Non. Je suis en avance pour mon cours de salsa.

Également disponibles en poche

www.emilyblaine.com

Harper
Collins
POCHE

Composé et édité par HarperCollins France.

Achevé d'imprimer en septembre 2022.

CPI

FIRMIN-DIDOT

à Mesnil-sur-l'Estrée (Eure)

Dépôt légal : octobre 2022.

Pour limiter l'empreinte environnementale de ses livres, HarperCollins France s'engage à n'utiliser que du papier fabriqué à partir de bois provenant de forêts gérées durablement et de manière responsable.

Imprimé en France